SAUERLÄNDER

Chris O'Dowd ist ein preisgekrönter Schauspieler aus dem kleinen Kaff Boyle in Irland. Er hat am University College Dublin und der London Academy of Music and Dramatic Arts studiert, aber keinen Abschluss geschafft. Chris hat Moone Boy erfunden, um sich an seinen Schwestern zu rächen, die ihm als Kind Make-up aufgetragen haben.

Nick V. Murphy stammt aus Kilkenny, Irland, und arbeitet als Autor. Er hat am Trinity College in Dublin Englisch und Geschichte studiert und sich danach für das Schreiben entschieden, weil man diese Arbeit auch im Pyjama machen kann.

Weitere Informationen zum Kinder- und Jugendbuchprogramm der S. Fischer Verlage, auch zu E-Book-Ausgaben, gibt es bei *www.blubberfisch.de* und *www.fischerverlage.de*

Chris O'Dowd

Nick V. Murphy

MOONE BOY

Eine Mütze voll Chaos

Aus dem Englischen
von Karlheinz Dürr

Mit zweifarbigen Bildern von
Walter Giampaglia / Cartoon Saloon

SAUERLÄNDER

MIX
Papier aus verantwortungsvollen Quellen
FSC® C083411

Erschienen bei FISCHER Sauerländer

Die englische Originalausgabe erschien 2014 unter dem Titel
›Moone Boy – The Blunder Years‹ bei Macmillan Children's Books, London

Mit Dank an Sky, Baby Cow Productions und Sprout Pictures

Für die deutschsprachige Ausgabe:

Covergestaltung: Norbert Blommel, Vreden,
unter Verwendung von Illustrationen von
Walter Giampaglia / Cartoon Saloon
Lektorat: Silvia Bartholl
Satz: Dörlemann Satz, Lemförde
Druck und Bindung: CPI books GmbH, Leck
Printed in Germany
ISBN 978-3-7373-5342-7

Für all meine Nichten und Neffen und Patenkinder,
deren Geburtstage ich immer vergesse.
Dieses Buch ist für euch. Herzlichen Glückwunsch.
Und für Präsident Obama. Er weiß, warum.

Chris

Für meinen dreijährigen Sohn Leo,
der darauf besteht, dass ich der lustigste
Mensch bin, dem er je begegnet ist.
Mögest du nie einem weiteren
Menschen begegnen.

Nick

Guten Tag, Leser oder Leserin. Oder guten Morgen, Hörerin oder Hörer. Oder guten Abend, liebe Zuschauerinnen und Zuschauer – und damit sind die von euch gemeint, die jemand anderem beim Lesen dieses Buches zuschauen und zu erraten versuchen, was drinsteht. Aber egal, wer ihr seid: Willkommen in diesem Buch!

Bevor wir anfangen, muss ich allerdings erst noch eine kleine Umfrage durchführen.

Liest du dieses Buch, weil

A. du ein Englischprofi bist und dich für den Mond interessierst?
B. du herausfinden willst, wie viele Möglichkeiten es gibt, das Wort »moon« auf Englisch falsch zu schreiben?
C. du herausfinden willst, wie du schnell und einfach einen »Imaginären Freund« finden kannst, der dann für immer dein bester Kumpel bleibt?
D. du sowieso alles liest, weil du eben einfach nicht anders kannst?

Hast du mit A oder B geantwortet, dann wirst du wohl enttäuscht werden, fürchte ich. In dieser Geschichte spielt der Mond nämlich keine große Rolle, abgesehen davon, dass die Pobacken eines Catchers einmal kurz wie ein Mondgesicht aufleuchten.

Wenn du dich für Antwort C entschieden hast, wirst du genauso enttäuscht sein. Dir würde ich eher ein anderes Buch empfehlen, nämlich den Ratgeber *Imaginäre Freunde – schnell und leicht finden und für immer behalten*, verfasst von einem früheren Kollegen von mir, dem Kundendienst-Mitarbeiter 263748. Er schrieb das Buch, als er noch beim »Verein für Imaginäre Freundschaften (VIF)« arbeitete. Er hat wirklich sein ganzes phänomenales Wissen in das Buch gepackt, und ich garantiere dir, dass du spätestens auf Seite 2 einschlafen wirst.

Aber wenn du Antwort D gewählt hast: Glückwunsch! Dann bist du mein Leser. Oder meine Leserin. Ich bin froh, dass wir die anderen Idioten schon mal los sind, die sich für A, B oder C entschieden haben. Dir steht jedenfalls was Supertolles bevor. Wenn du Blödsinn magst, ist das hier dein Buch. Auf jeder einzelnen Seite findest du mehr Scherze, Streiche und Grammatikfehler, als ein Schweizer Käse Löcher hat. Wenn du nach einer Geschichte suchst, die sich mit den vielen Risiken und Nebenwirkungen von imaginären

Freundschaften beschäftigt, dann wird dir »Moone Boy – Eine Mütze voll Chaos« gefallen.

Okay, fangen wir an, bevor mein Tee kalt wird. Und hör auf zu popeln. Du glaubst, ich seh dich nicht, aber du wirst dich noch wundern. Und Popeln ist einfach eklig.

Also, viel Spaß beim Lesen. Blättere weiter. Aber sei vorsichtig.

Kapitel 1
Der Zopfgummi-Fall

Boyle, die überflüssigste Stadt Irlands, an einem regnerischen Mittwoch im letzten Monat der Sommerferien.

Wetteraussichten: Niesel, am Nachmittag möglicherweise in Niebel* übergehend.

Es war in den Sommerferien, und es regnete. Wieder mal. Martin Moone war zwar von den eisernen Ketten der Schule befreit, aber jetzt musste er eine noch härtere Strafe ertragen: zu Hause bleiben, mit den zickigen Weibern seiner verrückten Familie. Er hatte schon früh lernen müssen, dass Frauen im Allgemeinen ein schwieriger Haufen waren. Und das galt noch viel mehr für Schwestern. Besonders *ältere* Schwestern, die mit ihrer Schwierigkeit selbst Magier in Erstaunen versetzen.

***Niebel:** Niesel mit Nebel.

Moone-Wörterbuch

Martin Moone hatte sogar *drei* ältere Schwestern. Und eine viel ältere Mutter, die auch wieder die Schwester von irgendjemandem war. Das gab unserem elfjährigen Einfaltspinsel das Gefühl, in Frauen förmlich zu ertrinken. Oder allmählich in weiblichem Treibsand zu versinken. Egal – seine Lage war jedenfalls nicht ideal.

Wenn doch seine nutzlose Mutter nur einen Bruder für ihn produziert hätte!

Nur einen einzigen!

Einen großen, schlaksigen Kumpel, der Martin bei seinem Kampf gegen diese Damenlegion zur Seite gestanden hätte!

Hatte sie aber nicht. Wahrscheinlich nur, um ihn zu ärgern.

Nein: Martin Moone war ganz auf sich allein gestellt. Eine Ein-Mann-Armee. Und an diesem feuchtkühlen Mittwochmorgen geriet Martin Moone von allen Seiten unter Beschuss.

»In diesem Haus war alles toll, bevor du auf die Welt gekommen bist!«, rief Sinead und stieß ihren orangenmarmeladegelben Finger fast in Martins Gesicht. Dann griff sie nach ihrer sechsten gebutterten Toastscheibe an diesem Morgen und biss krachend hinein.

»Stimmt doch gar nicht«, widersprach Martin. »Wie hätte es das tollste Haus sein können, wenn ich noch gar nicht da war?«

»Genau deshalb war es doch das tollste Haus, du Blödmann!«, gab Sinead zurück, wobei sie Martin mit einem Mundvoll Toastkrümel besprühte.

Martins noch ältere Schwestern Fidelma und Trisha murmelten zustimmend mit vollen Mündern und ohne den Blick von der Glotze abzuwenden. Sie machten sich erst gar nicht die Mühe, ihren Abscheu gegenüber Martin in Worte zu fassen.

Denn kurz zuvor war ihr Bruder beschuldigt worden, das Zopfgummi* seiner nächsten Schwester kaputtgemacht zu haben – er hätte es als Steinschleuder verwendet, lautete die Anklage. Mit »nächste« Schwester meine ich natürlich nach dem Alter. Ansonsten standen sich Martin und seine Schwestern ungefähr so nahe wie der Fuchs einer Meute tollwütiger Jagdhunde.

Zu Martins Verteidigung muss gesagt werden, dass so eine Steinschleuder ein Gerät ist, dessen Benutzung ordentliche Kraft im Oberkörper voraussetzt. Die Kraft in Martins Oberkörper war aber alles andere als ordentlich. Deswegen war schon die bloße Idee absurd und die Anklage völlig

*** Zopfgummi:** ein Gummiband, auch Haarband genannt, das mit irgendwelchem Baumwollzeug umwickelt ist. Langhaarige verwenden solche Gummis, um ihr fettiges, lausverseuchtes Kopfgewächs zu einem Pferdeschwanz zu bündeln.

haltlos. Denn Martin bekam jeden Tag mehrmals die tödlichen Boxhiebe seiner Schwestern auf seinen Oberarmen zu spüren, was dazu geführt hatte, dass sich auf seinen Armen kein einziger noch so dünner Muskelstrang hatte entwickeln können. Er hätte dieses Verbrechen also gar nicht begehen können, selbst wenn er es gewollt hätte. Völlig unmöglich. Ein Zopfgummi so weit zu dehnen, dass damit ein Kieselstein auch nur eine Handbreit durch die Luft geschleudert worden wäre, hätte weit mehr Kraft erfordert, als Martins Oberkörper hergab. Fall geklärt. Der Beschuldigte erwies sich als unschuldig. Oder so gut wie unschuldig.

Aber jetzt, beim Frühstück in der Moone-Küche (die an diesem Morgen eher einem mittelalterlichen Gerichtssaal irischer Clans* glich), wurde Martin trotzdem einem gnadenlosen Kreuzverhör unterzogen.

»Toller als der Buckingham-Palast?«, fragte Martin. Er hatte nur knapp drei Minuten gebraucht,

*** Clan:** gälisches** Wort für die Mitglieder deines Stammes, also all die Typen, die zu deinem eigenen Zoo gehören, auch Familie genannt.
**** Gälisch:** eine zwar gefühlvolle, aber schwer zu erlernende und noch schwerer auszusprechende Sprache, die in manchen Ecken Irlands tatsächlich noch gesprochen wird, aber auch in manchen Gegenden von Schottland, Wales und (frag mich nicht warum) sogar von Frankreich.

bis ihm eine schlaue Antwort auf Sineads Behauptung eingefallen war, dass das Leben im Moone-Haus vor Martins Geburt viel besser gewesen sei.

»Wovon faselst du jetzt schon wieder?«, muffelte Sinead, die gerade einen Becher Schokojoghurt in sich hineinschaufelte.

»Du hast gesagt, dieser … irische Iglu, diese windige Scheune, dieser Berg voller Schimmel« – Martin wies mit einer ausholenden Geste auf die Küche und überhaupt auf das ganze Haus – »war vor meiner Geburt viel besser als … zum Beispiel … das Weiße Haus in Amerika?«

Er grinste, sehr zufrieden mit seiner Antwort, die so schlagfertig und witzig war, dass diesen scharfzüngigen Monstern bestimmt nichts mehr einfallen würde.

»Machst wieder mal den Klugscheißer, was, Martin?«, kam Trishas näselnde Stimme von der Couch. Trisha war die mittlere Schwester und mit allem gesegnet, was eine mittlere Schwester normalerweise ausmacht – ständig hatte sie Angst, übergangen zu werden, und stritt sich daher mit allen. Außerdem war sie besonders begabt darin, alles anbrennen zu lassen, sogar das Teewasser, und ganz allgemein mochte sie nichts und niemanden und misstraute allen lebenden Dingen.

»Klar doch, wie immer«, fauchte Sinead und schnitt eine Ecke von dem alten Käse ab, den sie ganz hinten im Kühlschrank entdeckt hatte. »Er ist und bleibt ein Klugscheißer.«

Fidelma blickte von der Schale mit den aufgeweichten Readybix* auf, die sie gerade futterte. »Martin, am besten, du entschuldigst dich jetzt einfach bei Sinead und gibst ihr dein Taschengeld, damit sie sich neue Zopfgummis kaufen kann. Als Gegenleistung verzichten wir darauf, dich in Stücke zu hacken und den Enten im See zum Fraß vorzuwerfen.«

»Wer will hier zum See? Ich gehe, wenn jemand mitkommt.«

Die Moone-Kinder drehten sich um. Ihr Vater Liam stand in der Tür, mit einem breiten Grinsen im Gesicht.

»War schon seit einer Ewigkeit nicht mehr am See«, verkündete er fröhlich.

Sinead und Martin schrien gleichzeitig los, um ihrem Vater die unterschiedlichen Auffassungen zum Zopfgummi-Fall darzulegen.

* **Readybix:** ein zu kleinen Bauklötzen zusammengepresster Mischmasch aus Sägemehl, Haferflocken und Kindertränen, den müslisüchtige Eltern ihren Kindern jeden Morgen zum Frühstück aufzwingen.

»Martin hat mein Zopfgummi als Steinschleuder benutzt!«, schnaubte Sinead und hielt zum Beweis das Gummiband in die Höhe, als sei es eine Mordwaffe. »Und jetzt ist es total ausgeleiert!«

»Was?! Als ob ich jemals noch eine Steinschleuder benutzen könnte, wo ihr mir ständig auf die Arme boxt!«, versuchte Martin sie zu überbrüllen. »Es ist ein Wunder, dass ich überhaupt noch einen Löffel heben kann!«

»Holla, holla, holla!«, stöhnte ihr völlig überforderter Vater. »Also beruhigt euch erst mal, und dann immer einer nach dem anderen, sonst darf niemand mit zum See!«

»Dad! NIEMAND will zum See!«, schrien alle.

»Na gut, vielleicht nicht sofort«, sagte Liam stur.

Fidelma und Trisha verdrehten die Augen und wandten sich wieder dem flimmernden Fernseher zu.

»Er nimmt immer meine Sachen, Dad!«, beschwerte sich Sinead weinerlich. »Letzte Woche hat er meine Strümpfe geklaut, um Würmer damit zu fangen!«

»Sie mögen den Gestank und lassen sich dann besser anlocken!«, erklärte Martin.

»Und davor hat er meiner Sindy-Puppe ein Bein ausgerissen!«

»Das war wegen meinem Action-Man. Der rettet eine wie Sindy nur, wenn sie *wirklich* in Gefahr ist.«

»Und außerdem klaut er immer mein Fashion Wheel*!«

Plötzlich waren alle Blicke auf Martin gerichtet. Alle fragten sich, was mit einem Jungen los war, der mit Mädchensachen spielte. Aber ihm fiel nur eine ziemlich lahme Erklärung ein.

»Ist halt einfach ein interessantes Spielzeug …«

»Martin. Hast du Sineads Zopfgummi als Steinschleuder benutzt?«

»Es tut weh, dass du überhaupt fragst, Dad«, sagte unser Mini-Moone beleidigt.

Genau in diesem Augenblick wurde das Kreuzverhör durch Mammy Moone unterbrochen, die in die Küche stampfte wie das bösartige Fräulein Knüppelkuh** – mit einem Handtuchturban, den sie um ihr frisch gewaschenes Haar gewickelt hatte.

»Hat jemand meinen Ledergürtel gesehen?«, rief sie. Debra Moone hatte die Angewohnheit, immer nur in die Zimmer hinein- und wieder aus ihnen hinauszurasen, wie Mütter das eben häufig tun.

* **Fashion Wheel:** Ende der 1980er Jahre ein beliebtes Weihnachtsgeschenk für Mädchen. Damit konnte man tolle Kleider und Stoffmuster entwerfen und farbig ausmalen. Mädchen waren ganz scharf darauf; ihre Brüder auch, aber nur, wenn sie sich unbeobachtet fühlten.

** **Fräulein Knüppelkuh:** Hexenartige Schulrektorin in Roald Dahls wunderbarem Kinderroman *Matilda*.

Martin glaubte deshalb, dass seine Mutter noch ein anderes, geheimes Leben führen müsse. Denn als Mutter von vier Kindern hatte sie doch so gut wie nichts zu tun, oder?

»Den grünen?«, fragte Fidelma, die in ganz Boyle, Irland, am ehesten in Verdacht geriet, wenn es um das nichtgenehmigte Ausleihen von Ledergürteln ging.

»Nein, den schwarzen, meinen neuen. Warum zum Henker können andere Leute nicht die Pfoten von meinen Sachen lassen?« Und schon rauschte Debra mit Höchstgeschwindigkeit wieder aus der Küche, um zu ihrer Gemeinderatssitzung über das neue Krötenbiotop oder weiß der Geier was zu gehen.

»Dad, das ist einfach total unfair«, jammerte Sinead, die noch immer Rache und Schadenersatz für das ausgeleierte Zopfgummi haben wollte.

»Das Leben ist nun mal unfair, Liebes«, erklärte Liam und versuchte dabei, wie ein großer irischer Dichter zu klingen.

»Weise Worte, alter Mann. Ich denke, wir alle sollten uns diesen Satz merken«, nickte Martin und tätschelte seinem Vater anerkennend den Unterarm.

Sinead verdrehte die Augen. Ihre Mum rauschte wieder herein, doch jetzt hing ihr das feuchte Haar in geraden, schlaffen Spaghetti-Strähnen auf die Schultern.

»Worüber streiten die Kinder sich jetzt schon wieder?«, wollte sie von Liam wissen und tupfte sich die nassen Haare mit einem noch nasseren Handtuch ab.

Liam tat so, als sei er vollauf damit beschäftigt, den Konflikt zu schlichten. Er flüsterte ihr zu: »Wen interessiert das schon? Wenn es Streit gibt, sage ich ab jetzt nur noch: ›Das Leben ist unfair.‹ Das passt immer.«

Schon der geringste Anflug eines verständnisvollen Lächelns auf Mums Gesicht reichte Sinead, um ihren Angriff fortzusetzen.

»Martin hat mein Zopfgummi als Steinschleuder benutzt, und jetzt ist es kaputt!«, jammerte sie.

»Ich schwöre bei meinem eigenen Grab, dass das nicht stimmt!«, erklärte Martin und legte die Hand aufs Herz.

»Du hast kein Grab, Freundchen«, wandte Liam ein und nippte an seinem Tee.

»Dann eben bei *deinem* Grab, Dad.«

»Wir sind alle noch am Leben, danke, Martin«, erinnerte ihn seine Mutter.

»Aber nicht mehr lange ...«, flüsterte Sinead und warf Martin todbringende Blicke zu. »Deins bringe ich eigenhändig zu Ende, du Flöte*!«

*** Flöte:** Musikinstrument, meistens aus Holz, in das man hineinbläst, damit am anderen Ende ein quietschender Ton herauskommt. Das Wort wird auch als Beleidigung benutzt, wahrscheinlich, weil es Jungs extrem schwerfällt, Flöte spielen zu lernen.

»Aber mein Leben hat doch gerade erst angefangen!«, protestierte Martin.

»Martin. Hast du Sineads Zopfgummi als Steinschleuder benutzt, ja oder nein?«, fragte Debra ruhig und unheilvoll.

»Nein, und noch mal nein! Und allmählich hab ich genug von diesen falschen Beschuldigungen!«

»Hast du es für *irgendetwas anderes* benutzt?«, fragte Mammy Moone mit wissender Miene.

In der Küche wurde es mucksmäuschenstill. Das hatte ihn noch niemand gefragt. Alle starrten Martin an und warteten auf die Antwort.

»Na ja …«

»Hab ich dich nicht heute Morgen im Garten Karate üben sehen, Martin?«, fragte seine Mum weiter, die offenbar mehr wusste als die anderen.

»Kann sein, dass ich ein paar meiner Kampftechniken verfeinert habe«, sagte Martin kleinlaut*.

»Und du hast dabei nicht zufällig Karate Kid gespielt und dafür Sineads Zopfgummi als Stirnband benutzt, oder?«, bohrte Debra weiter, womit der Fall eigentlich ziemlich klar war.

***kleinlaut:** ein anderes Wort für verlegen, bedeppert, bang, eingeschüchtert, beklommen, gehemmt, ängstlich, kleingläubig, mutlos … na, jetzt wirst du's wohl kapiert haben.

Sinead und ihre Schwestern starrten Martin mit offenen Mündern an, während er schluckte, sich räusperte und zu seiner großen Verteidigungsrede ansetzte.

»Aber man braucht doch ein Stirnband, wenn man cool aussehen will, Mum!«

Daraufhin wurde Martin von seinen Schwestern in höchster Lautstärke mit Beleidigungen bombardiert, während seine Mutter ihr vernichtendes Urteil fällte.

»Du kaufst Sinead ein neues Zopfgummi. Von deinem Taschengeld. Und in Zukunft lässt du die Finger von den Sachen deiner Schwestern. Ist das klar?«, befahl Debra und rannte aus der Küche, um sich endlich für ihre Besprechung mit irgendwelchen Krötenliebhabern oder wem auch immer fertig zu machen.

»Warte mal«, rief Trisha plötzlich, die inzwischen Blut geleckt hatte. »Trägt Karate Kid nicht einen *schwarzen Gürtel?«*

Martin ließ den Kopf hängen. Debra machte auf dem Absatz kehrt, schaute auf die leer herabhängenden Gürtelschlaufen an ihrem Kleid und richtete dann den Blick, dunkel wie Gewitterwolken, auf den ebenfalls herabhängenden Kopf ihres nutzlosen Sohnes. Stumm wartete sie auf eine Erklärung. Und wartete.

Schließlich zuckte Martin die Schultern. »Ich brauche den schwarzen Gürtel für Karate. Ich muss nämlich unbedingt Selbstverteidigung lernen. Sonst werde ich in diesem Haus nicht mehr lange überleben.«

Sinead brachte die Sache passenderweise mit einem wirklich bösartigen Boxhieb auf Martins Oberarm zu Ende.

Martin hatte längst genug davon, sich von diesen unberechenbaren Teenagern terrorisieren zu lassen. Ich kann mich gegen diese Übermacht nicht mehr allein verteidigen, dachte er. Ich brauche Verstärkung.

Kapitel 2
Was ist ein IF?

Am nächsten Tag besprach Martin das Problem mit seinem besten Freund Padraic. Der verzog verwirrt das Gesicht. Padraic hatte ein vollkommen rundes Gesicht, rund wie ein Teller, der sich aufs Abendessen freut, oder wie ein Traktorreifen. Deshalb dauerte es immer eine Weile, bis sich sein gesamtes Gesicht verzogen hatte.

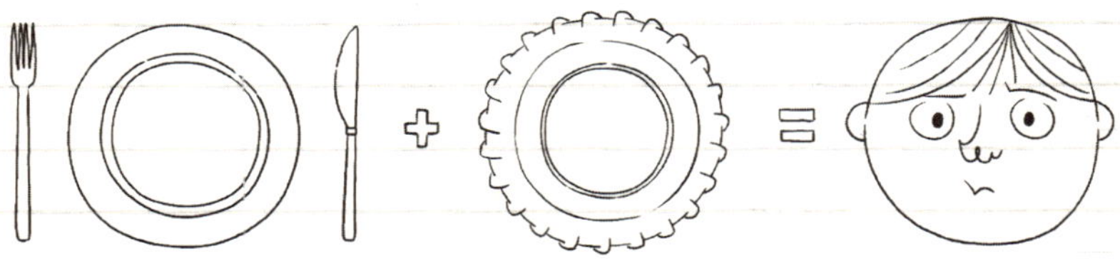

»Du meinst also, dass du einen männlichen Kumpel brauchst?«

»Genau.« Martin nickte. »Das ist alles, was mir noch helfen kann. Oder vielleicht ein Schutzschild für den Arm.« Er rieb sich den neuesten blauen Fleck, den er Sinead zu verdanken hatte.

»Aber hast du denn nicht schon einen männlichen Kumpel?«

»Und wer soll das sein?«, fragte Martin verblüfft.

»Na ja – ich.« Padraic wischte sich einen Spritzer Milch von der Knubbelnase. »Bin *ich* denn nicht dein männlicher Kumpel?«

Die beiden Jungen standen im Kuhstall des großen Bauernhofs, der Padraics Eltern gehörte. Padraic hängte eine Kuh nach der anderen an die Melkmaschine. Ein paar waren bereits an das laut dröhnende Gerät angeschlossen und ließen sich ihre tägliche Milchspende aus den Eutern saugen, während Padraic schon der nächsten Kuh die Melkbecher über die Zitzen stülpte.

»Jaaa, genau!«, rief Martin, nachdem er kurz nachgedacht hatte. »Bist du natürlich, Pad! Du bist mein Flügelmann! Mein Helfershelfer! Mein Komplize! Mein treues Schlachtross!«

Padraic grinste erfreut, wenn auch ein wenig verwirrt, und knöpfte sich die nächste Kuh vor.

»Es ist nur so …«, fuhr Martin zögernd fort, »neben meinem Spitzenkumpel könnte ich noch einen weiteren Kumpel an meiner Seite gebrauchen. Einen Reserve-Flügelmann! Stell dir nur mal vor – was würde mit einem Flugzeug passieren, wenn es nur einen Flügel hätte?«

Padraic schob den Kopf hinter dem gewaltigen Hintern des Horntiers* hervor und runzelte die Stirn. »Es würde Probleme bekommen, oder?«

*** Horntier:** ein anderes Wort für ein hörnertragendes Tier. In diesem Fall ist eine Kuh gemeint. Könnte auch ein Bulle sein, aber den kann man nicht melken. Andere nette Namen für Horntiere sind Gräfin von Kuhflading oder Baron von und zu Kuhberg.

»*Korrektamente*, Pad! RIESIGE Probleme! Mit einem einzigen Flügel würde der Moone-Jet ziemlich schnell eine Bruchlandung hinlegen, vor allem, wenn sein einziger Flügel den ganzen Tag Kühe melken muss!«

Padraic stand auf; er sah ein bisschen beleidigt aus. »Mart, du weißt doch, dass mein Daddy auf dem Hof Hilfe braucht. Und dass ich nicht helfen kann, wenn ich in der Schule bin. Also ist es nur fair, dass er mich in den Sommerferien schuften lässt wie einen Hund.«

»Macht er ja auch. Du bist ein großer, kühemelkender Hund.«

»Genau das bin ich«, nickte Padraic düster.

»He, vielleicht ist das die Lösung!«, rief Martin, und seine Miene hellte sich auf. »Warum schaffst du dir nicht einfach einen Kuhmelkhund an?«

»Kannst mir glauben, dass ich das schon längst versucht hab«, sagte Padraic und schaute wütend zu einem schafdämlich dreinschauenden Schäferhund hinüber, der in der Ecke des Stalls hockte. »Du nutzloser Köter*!«, schrie er ihn an, und der Hund ließ beschämt den Kopf hängen.

* **Köter:** ein anderes Wort für Kläffer. Oder Töle. Oder Wauwau. Man könnte natürlich auch Melkhund sagen, aber er würde trotzdem nicht melken können.

»Aber, Kumpel«, wandte sich Padraic wieder an Martin, »so schlecht ist das hier auch wieder nicht. Schau dir diese großen Viecher nur mal genau an – das sind echte Schönheiten, und sie machen eine Menge *craic**.« Er gab der Kuh einen kräftigen Klaps auf den Hintern, und sie antwortete mit einem donnernden Furz.

Padraic lachte fröhlich auf. »Ha ha! Siehst du, was ich meine? Unsere gute alte Wendy von Darmwind!«

Eine gewaltige Gestankwolke traf Martin, und er sprang rasch ein paar Schritte zurück.

»Und wenn ich mal ein Problem habe«, fuhr Padraic fort, »brauche ich mich nur an meinen IF zu wenden.«

Martin schaute ihn verwundert an, während Padraic hinter der nächsten Kuh abtauchte und ihr die Melkbecher auf das Euter schob.

»IF?«, fragte Martin.

»Was?«

»Was ist ein IF?«

*** craic:** ausgesprochen »Kräck«. Ein gälisches Wort für »Spaß«. Die Iren scheinen aber selbst nicht genau zu wissen, was es bedeutet, denn oftmals verwenden sie es auch, wenn sie nur fragen wollen: »Was geht ab, Kumpel?«

»Mein imaginärer Freund. Abgekürzt IF«, erklärte Padraic mit einem Schulterzucken.

Das sagte er so beiläufig, dass Martin ihn nur verblüfft anstarren konnte. Er hatte bisher keinen blassen Schimmer gehabt, dass sein bester Freund auch noch einen imaginären, also einen eingebildeten Kumpel hatte. Klar, es war ihm schon ein paarmal aufgefallen, dass Padraic manchmal vor sich hin murmelte, über einen Witz lachte, den niemand außer ihm gehört hatte oder sich mit einem unsichtbaren Typen abklatschte. Aber nie wäre er auf die Idee gekommen, dass Padraic so einfallsreich sein könnte, sich einen Freund mit allem, was dazu gehörte, tatsächlich *aus-zudenken*.

Und Martin konnte auch ein anderes Gefühl nicht völlig unterdrücken: Er war ein bisschen eifersüchtig. So ähnlich, als hätte er gerade entdeckt, dass Padraic einer Bande angehörte, zu der Martin nicht gehörte. Obwohl Padraic tatsächlich zu mehreren Banden gehörte, in denen Martin nicht Mitglied war, nämlich:

- Die Böhsen Boylerz: Eine Gruppe von Bauernlümmeln, die sich einmal im Monat auf einem Acker trafen und sich gnaden-los verprügelten, was sie aber »Catchen« nannten, T-Shirts tauschten und auf die »Stadt-

Die Toten Höschen
Die Böhsen Boylerz
Boyler Matrosen
Ratzfatz Traktoren-Mafia
Söhne von Mums Buchclub

eier«* schimpften, die sich nicht aus Boyle herauswagten, um sich verprügeln zu lassen.

- Boyler Matrosen: Ein Gesangsquintett, das ausschließlich Seemannslieder sang, obwohl vom Meer weit und breit nichts zu sehen war.
- Ratzfatz Traktoren-Mafia: Eine Bande von Bauernsöhnen, die sich extrem harte Beschleunigungsrennen auf frisierten Traktoren lieferten.
- Die Toten Höschen: Ein geheimer Samstagabendclub von Jungen, die gemeinsam kratzende Unterhöschen strickten.
- Und natürlich noch die Söhne von Mums Buchclub, die allerdings so zerstritten waren, dass sie sich nicht auf einen Namen einigen konnten.

»Du hast also einen imaginären Freund?«, fragte Martin ungläubig.

»Äh – ja«, antwortete Padraic. »Hab ich dir doch bestimmt schon erzählt.«

»Nö, hast du nicht.«

»Bist du sicher?«

* **Stadteier:** Gegenteil von Landeiern. Stadteier sind Leute, die mehr als einen Steinwurf vom nächsten Misthaufen entfernt wohnen. Und Landeier sind Leute, die auf einem Misthaufen wohnen.

»Ja, ziemlich sicher. Daran würde ich mich garantiert erinnern.«

»Okay. Hab ihn jetzt schon eine ganze Weile. Und bisher komm ich super mit ihm klar.«

Hinter Padraic plätscherte es plötzlich laut, dann tauchte über dem Rand eines großen, vollen Milchtanks der Kopf eines kräftigen Ringkämpfers auf. Er trug eine Badekappe mit der Aufschrift »Danger«.

»Ahh, danke, Padraic«, schniefte der Ringer, offenbar geschmeichelt. »Freut einen doch immer, wenn man gelobt wird.«

Padraic lächelte ihm zu. »Gern geschehen, Crunchie. Ehre, wem Ehre gebührt.«

Martin starrte verblüfft zu dem Milchtank hinüber. Er konnte Crunchie weder hören noch sehen. Aber das war ja eigentlich zu erwarten gewesen.

»Ist er … ist er in der Milch?«, fragte er schließlich.

Padraic nickte. »Ja, ist er. Darf ich dir Crunchie Haystacks vorstellen? Er ist Catcher. Sein Catchername ist übrigens ›Danger‹«.

»Danger!«, brüllte Crunchie, plantschte wild in der Milch herum und trommelte sich auf die Brust. »Mmmh, hier drin ist es so warm und … irgendwie milchig!«

»Ja, klar, weil es warme Milch ist«, erklärte Padraic. »Du trägst doch hoffentlich einen Badeanzug, oder?«, fragte er dann plötzlich besorgt.

Crunchie hörte auf, in der Milch herumzuplantschen. »Äh … ich trage meinen Geburtstagsanzug …«

»Pfui, Crunchie! Ich hab dir doch gesagt, du sollst nicht nackt in die Milch springen! Das ist unhygienisch!«

»Was ist daran unhygienisch? Ich trag doch eine Badekappe!«, schrie der Catcher und tauchte ab, wobei kurz seine nackten, milchglänzenden Pobacken auftauchten, die wie ein weißes Mondgesicht aussahen.

Padraic schüttelte den Kopf und kicherte. »Mann, der Typ ist echt krass.«

»Dann ist er also … nackt?«, fragte Martin.

»Splitterfasernackt«, nickte Padraic. »Er ist wahrscheinlich auch etwas angesäuselt, denn zum Mittagessen trinkt er manchmal ein bisschen zu viel. Als IF ist er vielleicht nicht besonders professionell, aber er ist jedenfalls echt *craic**. Du solltest dir wirklich überlegen, ob du dir nicht auch einen IF zulegst.«

»Einen imaginären Freund?«

»Warum nicht? Kostet nicht viel im Unterhalt. Ich muss mir nur ab und zu eine Schale Crunchy Nuts vorstellen, und schon ist er glücklich wie ein Schneekönig.«

* **craic:** Hatten wir doch schon. Blättere mal zurück.

»Oookay«, sagte Martin zweifelnd. »Aber so, wie du mit ihm redest, während ihn andere Leute überhaupt nicht sehen können – meinst du nicht, dass sie dich irgendwann für ein bisschen bekloppt halten?«

»Klar, das kann schon passieren. Aber das kann ich locker wegstecken. Der Vorteil, einen IF zu haben, ist viel größer. Stimmt doch, Crunchie, oder?«, fragte Padraic und schaute in eine andere Stallecke.

»Steckt er nicht mehr im Milchtank?«, fragte Martin.

»Nein, er trocknet sich gerade ab.«

»Meine Finger sind schon ganz runzelig«, erklärte Crunchie und wickelte sich das Handtuch um den Kopf, so dass er wie ein nasser Sultan aussah. »Weißte, ich könnte deinem Kumpel ein paar Kameraden empfehlen, wenn er einen als IF haben will«, schlug er Padraic vor. »Hamish der Knochenbrecher sucht zurzeit Arbeit. Und Peter der Pfähler ist auch arbeitslos, er wurde gefeuert, weil er seinen Realo* versehentlich k.o. geschlagen hat.«

»Äh, nett von dir, Crunchie«, sagte Padraic.

»Was hat er gesagt?«, wollte Martin wissen.

* **Realo:** eine nicht-eingebildete Person. Jemand, der wirklich schreit, wenn du ihn kneifst.

»Crunchie kann dich mit ein paar anderen Catcher-IFs zusammenbringen, wenn du magst. Völlig unverbindlich, nur zum Kennenlernen.«

Martin blickte ungefähr in die Richtung, in der er Crunchie vermutete. »Oh, äh, danke, Crunchie.«

»Er steht jetzt hier neben mir«, sagte Padraic und deutete auf die Stelle.

Martin drehte sich zu ihnen um. »Aber wenn ich mir einen IF anschaffe, muss er nicht unbedingt ein Catcher sein.«

»Wie du willst.« Padraic zuckte die Schultern. »Aber du weißt nicht, was du verpasst!«

Und dann stürzte er sich plötzlich auf Crunchie und nahm ihn in den Schwitzkasten. »Hab ich dich, du milchiger Fettwanst!«

»Aaauuu! Nicht fair!«, schrie Crunchie, während er herumtaumelte und versuchte, Padraic abzuschütteln. »Nach den Regeln musst du drei Sekunden Vorwarnzeit einhalten!«

»Die Regeln mache ich, du Milchhirni! Ergibst du dich?«

»Niemals!«

»Ergib dich, sonst zeige ich dir, wie eine richtige Clothesline* geht, du Rollmops!«

* **Clothesline:** eine Kampftechnik im Wrestling oder Catchen, bei der ein Kämpfer den Gegner frontal angreift und ihn mit einem Treffer am Hals niederreißt. Ist viel brutaler, als es hier klingt.

Martin wich schnell ein paar Schritte zurück. Es war wohl besser, den beiden nicht in die Quere zu kommen. Oder gleich ganz zu verschwinden. »Okay, Jungs, ich glaube, ihr schafft das auch ohne mich.«

»Tschüs, Martin!« Padraic winkte ihm kurz zu, während er versuchte, Crunchie im Schwitzkasten zu halten.

Martin winkte zurück und ging. Padraic blieb im Stall und rang mit sich selbst.

Kapitel 3
Wenn ich doch nur einen IF hätte …

In dieser Nacht konnte Martin lange nicht einschlafen. Die meisten Leute hätten wohl gedacht, dass daran die schweinischen Schnarchtöne schuld waren, die von Sineads Bett auf der anderen Seite der Wand herüberschallten – ein Geräusch, das ungefähr so klang, als würde ein wilder Eber auf einem von Rotzschlamm aufgeweichten Boden nach Trüffeln* schnüffeln. Und damit würden sie nicht mal völlig danebenliegen. Aber das war nicht der Grund, warum er nicht schlafen konnte.

Martin ging einfach nicht aus dem Kopf, was Padraic ihm erzählt hatte. Und je mehr er darüber nachdachte, desto besser gefiel ihm die Idee, sich einen imaginären Freund zuzulegen.

»Ein IF«, murmelte er leise ins Kissen, »ein IF könnte genau das Richtige sein. Mein eigener

* **Trüffel:** Wenn du denkst, dass damit die köstlichen kleinen Schokokugeln gemeint sind, muss ich dich enttäuschen. Ein Trüffel ist eine Art Pilz, den reiche Leute in Nudelgerichte tun. Na ja, reiche Leute sind eben manchmal ein bisschen seltsam. Ich persönlich esse Nudeln immer nur mit Schokosoße.

Tanzaffe! Das Leben würde viel mehr Spaß machen, wenn ich einen IF-Mann hätte!«

Bei diesem Gedanken musste er grinsen, und dann fing er an, eine Filmmelodie zu summen, die er mal im Kino gehört hatte. Der Film hatte irgendwas mit einem armen Milchmann zu tun, der drei Töchter hatte, die ihm gewaltig auf die Nerven gingen. Immer noch besser als drei ältere Schwestern.

Leise sang Martin vor sich hin:

Hätt' ich einen IF-Mann,
o je wi di wi di wi di wi di wi di wi di bum,
alle Tage wär ich wi di bum,
hätt' ich einen IF-IF-Mann!

Er könnt', ziemlich groß sein
oder fett und bärtig wie ein kleiner Elf,
ich würd' singen mit ihm jeden Tag,
statt immer nur mit mir allein!

Und mein eig'ner IF-Mann
lacht mit mir den ganzen lieben langen Tag!
Nur wir zwei erobern diese Welt,
ich und er, mein eigner IF-IF-Mann!

Martin hörte auf zu singen und setzte sich auf. Dann war das mit dem IF also beschlossene Sache. Und wie alle seine besten Entscheidungen hatte er auch diese beim Singen getroffen.

»Okay«, sagte er laut. »Imaginärer Freund: Fang an!«

Erwartungsvoll starrte er in die Dunkelheit, aber es passierte nichts.

Weil er keine Ahnung hatte, was er jetzt machen sollte, klatschte er in die Hände und hoffte, dass damit die Sache in Gang kommen würde. Aber es passierte wieder nichts.

»Ich hab gesagt: Fang an!«, befahl Martin, aber dieses Mal lauter.

Von der anderen Wand kam ein wütendes Grunzen, und das Schnarchen hörte auf.

»WOMIT soll ich anfangen?«, schrie Sinead herüber.

»Äh – mit nichts«, sagte Martin und legte sich wieder hin.

»Mit wem redest du da?«

»Mit niemandem.«

Sie schnaubte verächtlich. »Knallaffe*!«

* **Knallaffe:** Knallkopf plus Affe. Eine liebevolle schwesterliche Bezeichnung für einen Bruder. Andere nette Wörter sind: Amöbenhirn, Blitzbirne, Tiefflieger, Torfnase und so weiter.

Ein paar Augenblicke später setzte das Schnarchen wieder ein. Martin grübelte still vor sich hin. Vielleicht ist die Sache doch nicht so einfach, wie ich mir vorgestellt habe, dachte er. Vielleicht muss ich einen speziellen Trick anwenden, um einen IF herbeizurufen? Oder vielleicht muss ich …

»Halt endlich die Klappe!«, brüllte Sinead.

»Ich hab doch gar nichts gesagt!«, protestierte Martin.

»Ich kann dich denken hören, du Hirni!«

Martin seufzte und versuchte, sein Gehirn nicht mehr zu benutzen. Er lag einfach nur da, starrte an die Decke und gab sich Mühe, jeden Gedanken aus seinem Kopf zu verbannen – und das war tatsächlich viel leichter, als er erwartet hatte. Bald schlief sein leerer Kopf ein, und Martin verlor sich in leeren Träumen, in denen absolut gar nichts passierte.

Kapitel 4
Wie und wo kriegt man einen IF?

»Jetzt sag schon: Wie kriegt man denn nun einen IF?«, wollte Martin am nächsten Tag von Padraic wissen. »Gibt es irgendwelche Tricks? Weil ich es nämlich schon probiert hab: Mit Händeklatschen funktioniert es nicht.«

»Nö, klatschen reicht nicht. Am Ende taucht dann nur ein Kobold oder so was auf, aber ganz bestimmt kein IF.«

»Okay. Dann sag endlich, wie du's gemacht hast.« Martin klickte auf den Kugelschreiber und schlug das Schreibheft auf. »Und zwar in allen Einzelheiten, P-Bomber. Ich will alles ganz genau wissen.«

Padraic lehnte sich zurück und blickte nachdenklich durch die verdreckte Windschutzscheibe des Mähdreschers*. Er saß hinter dem enormen Lenkrad, während sich Martin in den engen Raum zwischen Fahrersitz und Tür gequetscht

* **Mähdrescher:** eine Maschine, mit der Getreide geerntet wird, zum Beispiel Weizen oder Gerste. In England heißt die Maschine »Combine Harvester« und war mal ein Star – eine britische Popgruppe mit dem unglaublichen Namen *The Wurzels* stürmte nämlich mit dem Hit »I've got a brand-new Combine Harvester« auf Platz 1 der britischen Hitparade! Kein Witz!

hatte. Ringsum wogte ein riesiges Weizenfeld im Wind, das Padraic bereits zur Hälfte abgeerntet hatte. Im Moment machte er Vesperpause. Das laute Motorengebrumm war verstummt. Padraic biss krachend in den letzten Schokokeks und spülte ihn mit einem großen Schluck Tee (mit viel Milch) hinunter. Dann wischte er sich den Mund mit dem Hemdärmel ab und blickte nachdenklich auf das Weizenfeld hinaus.

»Bevor ich dir das erkläre«, sagte er schließlich ein wenig geheimnisvoll, »muss ich wissen, ob du es wirklich wagen willst.«

»Das hast du mir doch selbst vorgeschlagen«, antwortete Martin mit einem Schulterzucken.

Padraic nickte langsam, starrte aber weiter in eine unbestimmte Ferne. »Wenn du meinst … Die Sache hat nämlich einen Haken: Sie ist ziemlich gefährlich. So ungefähr wie eine kurvige Landstraße mit riesigen Schlaglöchern und Stolpersteinen. Und mit jeder Menge Müll am Wegrand.«

»Du meinst, so wie die Straße zu eurer Farm?«

»Ja, so ungefähr«, sagte Padraic. »Nur dass dieser Weg eben nicht zu unserem Haus führt. Überhaupt nicht.«

»Wohin führt er dann?«

Padraic drehte sich zu ihm hin. »Das musst du selbst herausfinden.«

Martin tat so, als müsste er darüber nachdenken

und sich die Sache aufschreiben. Aber weil er nicht den blassesten Schimmer hatte, was Padraic damit meinte, kritzelte er stattdessen ein Strichmännchen in sein Heft.

»Vor dir haben schon viele versucht, einen IF zu bekommen«, fuhr Padraic fort, »aber sie sind kläglich gescheitert.«

»Echt? Wer denn?«

Padraic überlegte kurz. »Äh, eigentlich ... nein, ich glaube, gescheitert ist keiner.«

»Dann hat also jeder, der es versucht hat, auch tatsächlich einen imaginären Freund gekriegt?«

»Ja, ich glaube, bei der Sache gibt es so was wie eine hundertprozentige Erfolgsgarantie.«

»Ist doch super!«

»Stimmt, das sollte eigentlich jeden ermutigen ...«

»Gut – und wie fange ich damit an?«, fragte Martin eifrig. »Muss ich jemanden anrufen? Gibt's eine Hotline? Muss ich jemanden bestechen?«

»Also, um ehrlich zu sein«, sagte Padraic schlicht, »gibt es eine ganz einfache Methode, einen imaginären Freund zu bekommen. Man muss ihn sich nur vorstellen.«

»Das hab ich natürlich auch schon ausprobiert. Hat aber nicht geklappt.«

Padraic nickte, dann bemerkte er Martins Kritzelei im Schulheft. »Was soll das sein?«

Martin zuckte die Schultern. »Das bin ich.«

Padraic tippte auf das Strichmännchen. »Und was machst du da?«

»Ich steh einfach nur da.«

Padraic betrachtete die Zeichnung eine Weile, dann sagte er: »Deine Vorstellungskraft ist nicht gerade die beste, stimmt's?«

»Armselig«, sagte Martin traurig. »Gerade deshalb brauche ich den imaginären Freund. Der erledigt das mit dem Vorstellen dann für uns beide.«

Padraic trank den letzten Schluck Tee und schraubte den Becher wieder auf die Thermosflasche.

»Okay, Martin, wenn du dir deinen IF nicht selbst vorstellen kannst, ist es wahrscheinlich besser, wenn du dir einen aus dem Katalog aussuchst und bestellst.«

»Es gibt einen Katalog?«, rief Martin überrascht. »Warum sagst du das nicht gleich? Jetzt reden wir hier schon eine Stunde lang rum, und dir fällt erst jetzt ein, dass es einen Katalog gibt? Warum sagst du es nicht gleich, wenn es für irgendwas einen Katalog gibt!«

Padraic zuckte die Schultern. »Wollte die Sache für dich spannender machen.«

Martin schüttelte leicht verärgert den Kopf. »Und woher kriege ich den verfluchten Katalog?«

»Na ja, jetzt wird die Sache erst richtig interessant. Du musst einen Briefumschlag mitten in den Boyle Forest bringen, mit deiner Adresse und Briefmarken drauf.«

Martin notierte sich alles. »Geht doch!«, sagte er. »Fakten! Jawohl! Jetzt kommen wir der Sache endlich näher. In den Boyle Forest, okay. Und dann?«

Aber Padraic hatte soeben seinen Vater entdeckt, der über das Feld auf sie zu stapfte.

»Daddy kommt. Ich muss weitermachen.«

»Erst wenn du mir gesagt hast, was ich mit dem Briefumschlag machen soll!«

Padraic sah Martin an, und plötzlich sprudelten die Sätze nur so aus ihm heraus: »Du gehst nach Westen, zur äußersten Ecke des Waldes, dort, wo die Brennnesseln am dichtesten wachsen. Geh direkt durch die Brennnesseln hindurch und lass dich sieben Mal von ihnen stechen – nicht weniger, nicht mehr. Dann kommt ein breiter Streifen mit dichtem, dornigem Brombeergestrüpp. Da musst du durchkriechen, bis du zum Trügerischen Pfad kommst. Dem folgst du bis in den tiefsten, dunkelsten Teil des Waldes. Dort siehst du dann den Großen Imaginären Baum und legst den Umschlag in seine Baumhöhle.«

»Den großen ... was?!«, fragte Martin atemlos, weil er mit dem Aufschreiben nicht nachgekommen war.

Aber im selben Moment wurde die Tür aufgerissen, und Martin, der sich mit dem Rücken dagegengelehnt hatte, stürzte auf das Stoppelfeld. Padraics Vater starrte verblüfft auf ihn hinunter. Er war ein stämmiger, kleiner Mann mit sauber rasiertem Gesicht und einem wilden roten Haarschopf – wenn man ihn verkehrt herum sah, also von unten. Aber als Martin aufstand, sah er den Farmer wieder richtig herum und stellte fest, dass er vollkommen glatzköpfig war und dafür einen wilden roten Bart hatte.

Padraics Vater drehte sich zu seinem Sohn um. »Die Vesperpause ist rum, Padraic«, knurrte er. »So ein Weizenfeld erntet sich nicht von selbst. Oder hast du so'n Zeug ausgesät, das sich selber erntet?«

»Nein, Daddy.«

»Warum nicht?«

»Weil ... weil es so was gar nicht gibt!«

»Richtig!«

»Tut mir leid, Daddy.«

Martin winkte dem Farmer freundlich zu. »Hallo, Farmer O'Dwyer!«

Padraics Vater blickte von seinem Sohn zu Martin und wieder zurück. »Und wer ist der Kasper hier?«

»Martin, mein bester Freund.«

Eine kleine Pause trat ein; Farmer O'Dwyer betrachtete Martin mit einer Miene, die klar zeigte, dass er ihn noch nie gesehen hatte.

»Moone«, fügte Padraic hinzu.

»Wir kennen uns schon«, sagte Martin freundlich.

Farmer O'Dwyer betrachtete ihn misstrauisch von oben bis unten. »Ach ja?«

»Äh, ja. Ich war schon oft bei Ihnen«, erklärte Martin verlegen. »Bei Geburtstagspartys. Schlafsackpartys. Und ich war auch sonst schon ziemlich oft in Ihrem Haus.«

Padraics Vater starrte Martin immer noch wie einen völlig Fremden an. »Hattest du früher mal einen Schnurrbart?«

»Äh … ich glaub nicht«, antwortete Martin verwirrt.

»Dann kenne ich dich nicht. Hilfst du meinem Sohn bei der Ernte?«, knurrte der Farmer.

»Ey, Martin, das wär doch super!«, sagte Padraic, setzte sich wieder aufrecht und schaute Martin begeistert an. »Dann hätte ich zur Abwechslung mal menschliche Gesellschaft!«

»Äääh …«, sagte Martin zögernd und warf einen schnellen Blick auf seine Uhr. »Eigentlich … fängt *MacGyver** in zehn Minuten an, deshalb muss ich mich beeilen …«

Enttäuscht lehnte sich Padraic im Fahrersitz zurück.

»Genau«, brummte Padraics Vater. Dann schaute er seinen Sohn mit hochgezogenen Augenbrauen an. »Und für dich, Padraic, heißt das: Zurück an die Arbeit!«

Der Farmer räusperte sich geräuschvoll, spuckte kräftig auf den Acker und zwinkerte dann Martin zu. »Schön, dich kennenzulernen, Marvin«, sagte er und stapfte in seinen verschlammten Gummistiefeln davon.

* ***MacGyver:*** eine TV-Serie aus den 1980er Jahren, in der ein Mann allerhand unglaublich nützliche Dinge herstellte – aus den Fusseln, die er in seinem Bauchnabel fand.

Padraic grinste Martin verlegen an. »Sorry, Kumpel. Er kann sich Gesichter nicht so gut merken. Namen auch nicht. Und erst recht nicht beides zusammen.«

Martin schlug sein Heft auf und las noch einmal, was er sich aufgeschrieben hatte. »Also: Ich muss zuerst zu den Brennnesseln, muss mich sieben Mal stechen lassen, dann kommen die Brombeeren, dann der Trügerische Pfad, der führt mich in den tiefsten Teil des Waldes, dort finde ich den Großen Imaginären Baum und lege den Umschlag in die Baumhöhle. Sonst noch was?«

»Nö. Das wär's dann.«

»Aber das ist doch total nervig!«

»Dann nimm halt den direkten Weg.«

»Es gibt einen direkten Weg?«

»Klar, den Primelweg. Der ist wahrscheinlich einfacher. Und duftet wunderbar. Im Frühjahr jedenfalls.«

Martin schüttelte frustriert den Kopf, riss das Blatt aus seinem Heft und zerknüllte es. »In Zukunft sagst du mir gleich am Anfang, dass es einen direkten Weg gibt!«

Padraic zuckte entschuldigend die Schultern und drückte auf den Anlasser. »Ich bin allergisch gegen Primeln. Deshalb ist mir der Trügerische Pfad lieber.«

»He, noch was«, rief Martin und drehte sich

noch einmal zu ihm um. »Wie weiß ich, ob ich den richtigen Baum gefunden habe?«

»Ach, das merkst du sofort, wenn du vor dem Imaginären Baum stehst«, versicherte ihm Padraic grinsend.

»Wie denn?«, überschrie Martin den Motorenlärm.

»Weil der Große Imaginäre Baum der einzige ist, der nicht da ist!«, brüllte Padraic zurück, als er auf seinem eisernen Ungeheuer über das Weizenfeld davonrumpelte.

»Könnte stimmen«, murmelte Martin nachdenklich und machte sich auf den Heimweg.

Kapitel 5
Elsterkacke im Boyle Forest

An diesem Abend fühlte sich Martin so kribbelig, als hätte er einen ganzen Ameisenhaufen in der Schlafanzughose. Wenn er sich nur vorstellte, wie spannend sein neues Leben als IF-Besitzer sein würde, wurde er ganz aufgeregt. Deshalb beschloss er, sich schon in der frühesten Morgendämmerung auf den Weg zum Wald zu machen. Leider hatte Martin einen sehr tiefen Schlaf und war außerdem fauler als ein Faultier. So kam es, dass der Vormittag schon fast vorüber war, als sich Martin endlich aus seinem Leaba* quälte und, eine Scheibe verbrannten Toast kauend, zur Hintertür schlich.

»Wohin gehst du, Martin?«, wollte seine Mutter wissen, während sie in der Küche hin

*** Leaba:** das irische Wort für Bett. Das klingt geheimnisvoll, weil es ein magischer Ort ist – falls du tatsächlich daran glaubst, dass Träume Zauberei sind. Ich persönlich glaube, dass sie Hexenwerk sind, aber das hat vielleicht damit zu tun, dass sich alle meine Träume um Fledermäuse drehen, die Zylinderhüte tragen.

und her lief, damit alle glaubten, sie hätte viel zu tun.

»Ach … äh … ich wollte nur zum … äh …« Martin hatte eigentlich immer Probleme, aus dem Stand heraus eine Ausrede zu finden, und wenn er aufgeregt war, fiel ihm nicht mal im Sitzen etwas ein. »Wollte nur zum … zur, äh, Hecke … um mein … Kamel … äh … an der Hecke … zu beerdigen …« Gab's noch was Blöderes? Er verfluchte seine eigene Dummheit.

»Hast du die Zähne geputzt?«, fragte seine Mutter, womit wieder mal bewiesen war, dass Mütter nie zuhören. Sie lief mit einem Wischlappen vom Spülbecken zum Tisch und zur Anrichte, ohne den Lappen auch nur ein einziges Mal zu benutzen.

»Äh, also … meine Zahnbürste ist … äh … an die Decke gefallen.« Er musste über sich selbst den Kopf schütteln.

»In Ordnung, bis später dann«, antwortete Debra und lief ins Esszimmer, um auch dort nichts abzuwischen.

Hast du super hingekriegt, dachte Martin, klatschte sich selbst ab und lief zur Hintertür hinaus.

Vom Haus der Moones bis zum Boyle Forest waren es ungefähr fünf Meilen. Das sind rund acht Kilometer. Der Weg führte über eine sanft ansteigende und abfallende Landstraße und war auf einem anständigen Fahrrad in einer knappen halben Stunde zu schaffen, wenn man nicht trödelte.

Leider hatte Martin kein anständiges Fahrrad. Sondern ein furchtbar unanständiges. Ein völlig verrostetes Rad. Es quietschte bei jeder Pedalumdrehung, und der Sattel knarzte so laut, dass es klang, als käme ein Biber mit Flatulenz* daher. Außerdem war es ein Mädchenrad.

Es hatte früher mal Sinead gehört. Davor Trisha. Und VOR Trisha war es Fidelmas Rad gewesen. Aber jetzt gehörte es Martin. Es war rosa und braun. Oder eher rotbraun. Okay, rostbraun. Eigentlich war es nur noch rostig. Es war mal rosa gewesen und bestand aus Rost. Jemand hatte rosa Bänder an den Lenker gebunden, die vom Fahrtwind hochgewirbelt wurden und Martin am Kinn kitzelten. Aus irgendeinem Grund hing am Hinterrad noch ein einsames, verbogenes Stützrad. Es erinnerte Martin ständig daran, dass er so langsam erwachsen wurde. Und daran, dass sein Dad im Umgang mit dem Schraubenschlüssel ein absolut hoffnungsloser Fall war.

Wie alle Damenräder hatte auch dieses keine Querstange. Martin konnte einfach nicht begreifen,

* **Flatulenz:** ein schöneres Wort für »Furzen wie ein Weltmeister«. Oder für pupsen.

warum das so war. Man musste doch kein Arzt und nicht mal Krankenpfleger sein, um eins zu kapieren: Wenn ein Kerl vom Pedal rutschte und auf die Querstange prallte, war der Schaden bestimmt viel größer als bei einer Frau.

Aber darüber wollte er jetzt lieber nicht nachdenken. Martin konnte entweder Fahrrad fahren oder denken. Aber nicht beides gleichzeitig, das funktionierte nicht.

Und schließlich hatte das Fahrrad auch eine Klingel am Lenker. Sie klingelte aber nicht, sie schepperte. Und so wussten die Leute immer gleich, dass da irgendein Schwachkopf daherkam.

Eine Stunde später und nach vielen spöttischen Zurufen, Beleidigungen und erstaunlich vielen bewundernden Pfiffen von Passanten kam Martin endlich am Boyle Forest an.

Er zog den frankierten und adressierten Umschlag aus der Jackentasche, warf den rostigen Furzgenerator in ein Gebüsch, damit ihn niemand klaute, und machte sich auf den Weg zur westlichen Waldecke.

Padraic hatte recht: Die Brennnesseln wuchsen hier wirklich sehr dicht. Während er die Stiche zählte – »Eins … zwei … (Autsch, der war stark!) … drei … vier … (Verdammt, ich bin schon ganz wund!)« –, kam es ihm so vor, als hätte er irgendetwas vergessen. Was war es? … Na ja, war bestimmt nicht wichtiger als das hier, dachte er und streckte die Hand aus, um sich noch einmal stechen zu lassen. »Fünf … sechs … Moment mal!«

Wenig später kam er auf den Primelweg und pflückte ein Sauerampferblatt, um die Quaddeln auf seiner Haut zu verarzten. Eigentlich hätte er nach all den Stichen schon sauer genug sein müssen, aber er musste sich nur vorstellen, wie wunderbar die Primeln im Frühjahr dufteten, und schon verbesserte sich seine Laune.

Wie konnte Padraic gegen diesen herrlichen Duft allergisch sein? Echte Männer waren doch nur gegen gefährliche Dinge allergisch!

Wogegen ich allergisch bin:

- Stachelbeeren
- Seide
- Schlangen (nur Kobras)
- Seifenschaum

Das war's auch schon. Alles, wogegen ich allergisch bin. Jedenfalls alles, was mit S anfängt.

Weiter zum Buchstaben T.

- Tinte (nur königsblaue)
- Thunfisch aus der Dose
- Tulpen
- Tupperware
- Tontaubenschießen
- Truthähne
- Taranteln (aber nur weibliche)
- Tote
- Tennisschläger
- Tempeltänzerinnen
- Teufel
- Tranfunzeln
- Treppen (nur aufwärts)

Bitte umblättern.

Als er am Ende des Primelwegs ankam, stellte er fest, dass er sich mitten im Wald befand. Und was für ein waldiger Wald das war! Es gab Farne und Eichen und … und jede Menge andere Bäume, die Martin sogar gekannt hätte, wenn er in Bio besser aufgepasst hätte.

Er kämpfte sich durch das dichte Unterholz voran, wobei er so leise und vorsichtig wie möglich auftrat. Dafür gab es eigentlich keinen besonderen Grund, aber es gefiel ihm, die Sache spannend wie bei den Indianern zu machen. Ein bisschen *craic* musste ja schon dabei sein.

Endlich entdeckte er weiter vorne eine Lichtung, sozusagen eine Waldglatze. Aha, sagte er zu sich selbst, dort müssen wir hin. »Dort müssen wir hin«, sagte er sogar laut zu sich, obwohl er es eigentlich nur hatte denken wollen, und deshalb kippte er fast aus den Latschen*, als er es plötzlich laut hörte.

Während er auf die schattige Wiese hinaustrat, passierte etwas sehr Seltsames.

Eine prächtige Elster schwang sich plötzlich herab und landete genau in der Mitte der Lichtung.

Martin starrte die Elster an. Der große Vogel wich seinem Blick nicht aus. Er brauchte nicht lange, bis

* **Aus den Latschen kippen:** nur so eine Redewendung. Wenn jemand so erschrickt, dass er umfällt, und zufällig Latschen statt Schuhe anhat.

er merkte, dass er sich in einem richtigen Anstarr-Wettkampf mit der Elster befand. Er dauerte eine ganze Weile. Dann fiel Martin etwas ein, das seine Mutter immer tat, wenn sie einer Elster begegnete. Sie nannte es »Elstergruß«.

»Guten Morgen, Mr Elster, wie geht es der Frau Gemahlin?«, fragte Martin ein bisschen verlegen, hoffte aber, dass die Begrüßung den seltsamen Wettkampf beenden würde.

»Großartig, danke der Nachfrage. Ein bisschen erkältet, aber sie jammert ja ständig über irgendwas«, antwortete die Elster. »Sag mal, mir ist aufgefallen, dass du mich angestarrt hast«, fügte der Vogel linkisch hinzu.

»Oh, äh, ja«, antwortete Martin immer noch etwas verlegen, »ich dachte nämlich, dass wir uns einen Anstarr-Wettkampf lieferten.«

»Ach so, nein, das wäre doch wirklich sehr bizarr. Nein, ich hab mir nur die Bäume und so angeschaut.«

Martin wurde noch verlegener und suchte nach irgendeiner witzigen Bemerkung, um das Eis zu brechen, aber wie immer fiel ihm nichts Gescheites ein.

»Ich muss weiter«, krächzte die Elster schließlich. »Wird wohl besser sein, wenn ich ein bisschen Hustensirup besorge, bevor sie anfängt, im Nest herumzubrüllen. Dann also ciao-ciao.« Die Elster

schlug ein paarmal mit den Flügeln und schwang sich in die Luft.

»Ciao«, rief Martin und schaute zu, wie die Elster vom Boden abhob. Dabei musste Martin allerdings feststellen, dass der Vogel ein eigenes kleines Abschiedsgeschenk zurückließ: Als er ein paar Meter über dem Boden war, ließ er einen winzigen Vogelschiss fallen. Martin sah das Häufchen ins Gras platschen – und sah, dass es größer wurde.

Es wurde größer und größer und größer. Und immer höher, bis Äste daraus hervorwuchsen, aus denen Zweige sprossen, und aus den Zweigen Blätter.

Aus dem Vogelschiss wurde ein Baum!

Mitten im riesigen Stamm wuchs eine knorrige, knotige Nase heraus. Und darunter ein ziemlich zarter Mund. Wenn sich Martin mit seinem naturkundlichen Wissen nicht täuschte, hatte dieser Ahornbaum tatsächlich ein Gesicht.

»Ik bin eene Tanne«, sagte Jan de Tann.

Kapitel 6
Der Große Imaginäre Baum

»Hor mal, schau nur mal meine ranken Assde und meinen sslanken Sstamm an«, sagte Jan de Tann mit einem Akzent, der irgendwie skandinavisch* klang. »Glaubst du im Ernst, een Ahorn kann so sstramm dasteijhen?«

»Tut mir leid«, antwortete Martin verlegen. »Bio kommt nach der großen Pause, da penne ich immer.«

»Das ist dumme Ausrede, aber weil ess leijd dir tut, ik vergeijbe dir«, sagte der freundliche Baum.

»Du bist also eine Tanne? Kommt mir irgendwie bekannt vor. So wie eine Nordmanntanne vielleicht?«

»Nix Nordmanntanne! Ik bin eene hollandische!«

»Also wie eine Holländische Ulme?«

»Keene Ulme, eene Tanne, du Holzkopf! Wir kommen nicht alle von da oder dort, Maartijn! Oder bist du Baumrassist?«

* **Skandinavisch:** hat was mit den Leuten in Nordeuropa zu tun. Von dort kamen auch die Wikinger, die früher mal ganze Armeen plattmachten und andere Länder eroberten. Heutzutage machen die Skandinavier nur noch platt verpackte Möbelstücke und erobern mit Regalen namens Ivar der Schreckliche die Wohnzimmer auf der ganzen Welt.

Noch nie hatte jemand Martin vorgeworfen, er sei ein Baumrassist. Aber wahrscheinlich war das überhaupt noch nie jemandem vorgeworfen worden, deshalb war es Martin egal.

»Es tut mir leid, Mr Tann, ich wollte nicht …«

»Jan!«, fauchte der Baum.

»Tut mir leid, Mr Jan …«

»Nee, ik heijsse Jan! Ik bin Jan de Tann!«

»Ah, gut, das kann man sich leicht merken.« Martin notierte sich den Namen auf der Handfläche, als kleine Gedächtnisstütze. »Tut mir leid, Jan, dass ich alles durcheinanderbringe.«

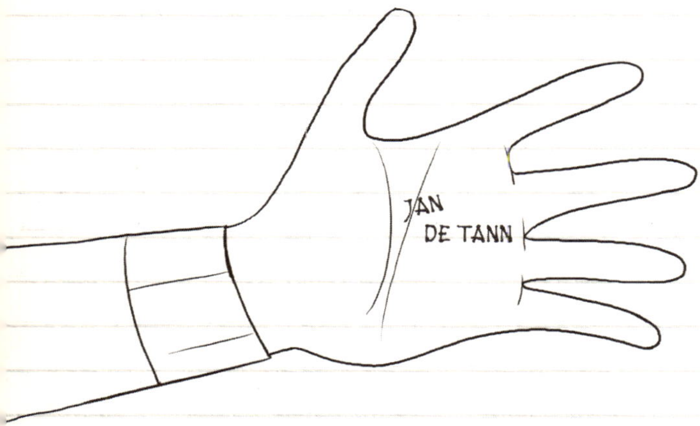

»Schon okej, Maartijn. Wir hatten schlechten Sstart, aber jetzt wir sind Fraunde.«

»Danke. Also, ich müsste mal was fragen …«, fing Martin an, obwohl er eigentlich die Antwort schon wusste, schließlich unterhielt er sich gerade mit einer sprechenden holländischen Tanne, die aus der magischen Kacke einer Elster gewachsen war. »Bist du der Große Imaginäre Baum?«

»Jaha!«, bestätigte der immergrüne Baum begeistert. »Lass mijk raten: Du suchst nach Fliegenden Teppich, sstimmt's?«

»Nein.«

»Nach Passwort für Trollbrucke?«

»Nein. Aber auf die Trollbrücke würde ich gerne später noch mal zurückkommen«, antwortete Martin.

»Wass willst du denn dann, Maartijn?«, fragte Jan verwirrt.

»Ich suche nach einem imaginären Freund«, vertraute ihm Martin an.

»Ahhh … hab ik mir doch gedacht. Du wohl denkst nicht gern sselbst nach, oder?«

»Korrektamente, Jan de Tann. Je weniger ich selber nachdenken muss, desto besser, finde ich.«

»Ooo-keeeij«, sagte Jan gedehnt. »Und hast du einen frankierten Ruckumsslag mitgebracht?«, fragte er und setzte eine Lesebrille auf die knorrige Nase.

»In der Tat, Sir.« Martin zog den Briefumschlag aus der Tasche, als sei es der Hauptgewinn der Weihnachtslotterie.

Er trat ein paar Schritte näher und suchte nach der Baumhöhle, in die er den Umschlag legen sollte. Direkt unter Jans zartem schmalen Mund war eine kleine Einbuchtung. Martin begann den Umschlag hineinzustopfen.

»Du Rindenpups!«, kreischte Jan entsetzt. »Willst du mich kopfen, Maartijn?«

»Großer Gott, nein, nein! Es … es tut mir furchtbar leid …«

»Hahahahaha! Ich mache Witze, das richtiger Platz isst, du Knallkopf!« Jan lachte, während er den Umschlag überprüfte. »Aber … das isst falsche Briefmaake!«

Martin schaute den Baum verwirrt an und zog den Umschlag zögernd wieder heraus.

»Dass Problem ist namlich, dass du Sswanzig-Pence-Maake aufkleben musst. Aber wass hast du gemacht, Maartijn? Wo Maake hin muss, hasst du nur ein Bild von dich gemalt!«

»Ja, klar«, sagte Martin. »Ich dachte, weil es doch imaginär ist …«

»Dann du hasst falsch gedacht«, unterbrach ihn Jan. »Den Brief ich nicht annehm kann, Pat wurde mich glatt auslachen …«

»Dein Postbote heißt Pat?«, fragte Martin.

»Postbotin. Sehr sst-renge Dame mit bosem sswarz-weiß Hund.«

»Ach so.« Martin hatte keine Ahnung, was er jetzt tun sollte. »Aber vielleicht macht sie ja dieses Mal eine Ausnahme und nimmt den Brief an, auch ohne echte Maake – äh, Marke, meine ich.«

»Nein. Pat immer klar und klipp bei solcher Unsinn. Du gehst nach Hausse, peppst richtige Maake drauf, und morgen du kommst wieder.«

Martin seufzte tief. »Du verlangst wirklich, dass ich nur wegen der verdammten Marke wieder den ganzen Weg zurückradle?«, fragte er ungläubig und starrte verzweifelt auf den Umschlag. Er bekam keine Antwort. Schließlich blickte er auf, um die holländische Tanne noch einmal anzuflehen, doch nicht so gemein zu sein – aber der riesige Baum war verschwunden.

Und so schüttelte Martin frustriert den Kopf und machte sich auf den Heimweg. Er kämpfte sich eine ganze Weile durch das Brennnesselfeld, bis ihm der Primelweg wieder einfiel. Er war doch wirklich ein Blödmann.

Am nächsten Tag kehrte Martin in den Wald zurück, diesmal bewaffnet mit einem ordentlich frankierten Umschlag. Die Briefmarke hatte er von einem Scheck abgelöst, den ihm sein Vater mitgegeben hatte, damit er ihn in den Briefkasten warf. Nachdem er sich Mr Elsters Bericht über Mrs Elsters Großzehenballenentzündung* angehört hatte, durfte er erneut die spektakuläre Verwandlung eines Häufchens Elsterkacke beobachten. Und schon stand er wieder Auge in Auge dem ranken, schlanken Immergrün gegenüber.

»Eine Maake!«, bemerkte der Baum, offenbar schwer beeindruckt.

»Jawohl, Sir, frisch abgeleckt und fertig für den Versand«, sagte Martin, froh und glücklich, dass er den Umschlag endlich einwerfen durfte. »Na dann, tschüs!« Er winkte dem Imaginären Baum zu und machte sich erleichtert auf den Rückweg.

»Halt, warte! Dafur bin ik nicht zustandig. Ik uberprufe nur, ob richtike Maake iss drauf.«

Martin ließ frustriert den Kopf hängen. »Dann bin ich also den ganzen Weg für nichts und wieder nichts zurückgekommen?«, rief er und tippte sich auf das Handgelenk, als hätte er eine Armbanduhr. »Dann sind Sie also gar nicht dafür zuständig, imaginäre Freunde auszuliefern?«

* **Großzehenballenentzündung:** eine Fußkrankheit. Wird in der Regel dadurch ausgelöst, dass man an den Zehennägeln anderer Leute knabbert. An den eigenen Zehennägeln zu knabbern ist jedoch eine harmlose Beschäftigung.

»Ik uberprufe nur Maake.« Jan de Tann schüttelte entschuldigend die untersten Äste. »Du hast Maake drauf, und ik habe fertik. Oder willst du Lotto sspijelen? Ik verkoof auch Loohse fur Lotto.«

»Was kosten sie?«, fragte Martin interessiert.

»Maaken.«

»Wissen Sie was?«, fragte Martin vorwurfsvoll. »Die ganze Sache hier müsste man mal gründlich aufmischen. Das ist doch total idiotisch! Rätsel über Rätsel, und jede Menge Brennnesselstiche. Ich bin ein vielbeschäftigter Mann. Zum Beispiel jetzt gerade habe ich Sommerferien, und trotzdem musste ich vier Stunden auf einem schrottigen Fahrrad hin- und herradeln, und dabei bin ich meinem imaginären Freund keinen Schritt näher gekommen! Das bringt mich zur Raserei!«

»Du musst Umsslag mit dejr Maake und die Adresse bei Laurel Laurelius abgeben«, erklärte Jan.

»Laurel Laurelius?«, wiederholte Martin. »Und wo finde ich sie? Auf einer gruseligen Insel voller Wölfe? In der Sahara? Oder in Cork*?«

*** Cork:** eine Grafschaft in der Republik Irland. Dorthin schicken die Iren alle Irren, Stänkerer, Unruhestifter und Querulanten. In Irland ist Cork also so etwas wie Texas in den USA oder Ostfriesland in Deutschland. Die Corker selber glauben, dass ihre Grafschaft größer und schöner ist als Texas. Oder Ostfriesland.

»Ey, Leute«, ertönte plötzlich eine leise, atemlos klingende Männerstimme. »Cork ist doch super, oder nicht?«

Martin blickte sich suchend um, sah aber niemanden.

»'ne Menge Leute glauben, dass Texas größer ist als Cork. Stimmt aber nicht, sag ich dir«, fügte die atemlose Stimme hinzu.

Martin schaute nach oben, nach unten, nach rechts, nach links – bis er schließlich einen Baum bemerkte, der direkt hinter Jan de Tann stand.

»Es gibt da vier Zoos. Achtundvierzig Autowaschanlagen. Das sagt doch eigentlich alles, denke ich mal.«

»Klar«, nickte Martin. »Cork ist echt spitze.«

»Das hätte ich selber nicht besser formulieren können, mein Junge. Ah, übrigens: Ich bin Laurel Laurelius. Und du wärst ...?«

»Ich wäre ... bin Martin. Ist Laurel denn nicht ein Mädchenname?«

»Was?! Wie?! Nein! Du lieber Himmel! Ein Jungenname. Was bist du denn, irgendein Baumsexist, oder was?«

»Nein! Ich bin kein ... äh ...«

»Wie ich höre, gibt's wohl 'n Problem mit deiner Marke, Baumsexist?«, sagte Laurel.

»Das isst jetzt alles gebongt, Laurel«, warf Jan de Tann ein.

»Na prima. Dann schieb das Ding mal rüber, Tann. Ich hab schließlich noch was anderes zu tun.«

Martin, der sich gerade an Jans seltsamen Akzent zu gewöhnen begann, verwirrte die neue Stimme nun erst recht. Sie klang wie eine normale Stimme, aber irgendwie schien sie sich immer ein bisschen zu verhaspeln, wenn sie sich dem Satzende näherte. Als ob sie für das, was sie sagen wollte, nicht mehr genug Atem hätte. Außerdem klang die Stimme auch ein bisschen arrogant.

Aber darauf wollte er Laurel nicht hinweisen, es war schon schlimm genug, zuerst für einen Baumrassisten und jetzt auch noch für einen Baumsexisten gehalten zu werden. Deshalb reichte er Laurel Laurelius den frankierten und adressierten Rückumschlag und wartete däumchendrehend, bis Laurel das Ding überprüft hatte. Es dauerte eine ganze Weile.

»Sieht ja ganz gut aus«, erklärte Laurel schließlich. »Mach dich vom Acker, Junge, und vergiss nicht, allen zu sagen, dass Cork super ist.« Und mit einer lässigen Astbewegung winkte er Martin weg.

»Oh, eine Frage noch«, sagte Martin hastig. »Was passiert jetzt?«

»Das Übliche, mein Junge.«

»Aber ich hab das noch nie gemacht. Was ist denn das Übliche?«

»Was für eine Pissnelke, Tann!«, beschwerte sich

Laurel bei Jan de Tann. »Denkzwerge wie der hier bringen mich noch um den Verstand! Also: Morgen früh kommt dein IF-Katalog mit der Post. Du kreuzt den IF an, den du haben willst, und vergräbst den Katalog im Garten. Kinderleicht. Dann schreist du, so laut du kannst: ›Cork ist spitze!‹, und zwar zwanzig Mal, und gehst wieder ins Haus.«

»Zwanzig Mal?«, fragte Martin nach.

»Ungefähr. Wie oft genau, kannst du dir aussuchen«, antwortete Laurel. »Danach wartest du einen Tag oder auch länger, das hängt nämlich davon ab, welche Laune Postbotin Pat gerade hat, und dann wirst du deinen IF im Kleiderschrank finden.«

Das waren ziemlich viele Informationen auf einmal, deshalb notierte sich Martin die wichtigsten auf die Handfläche.

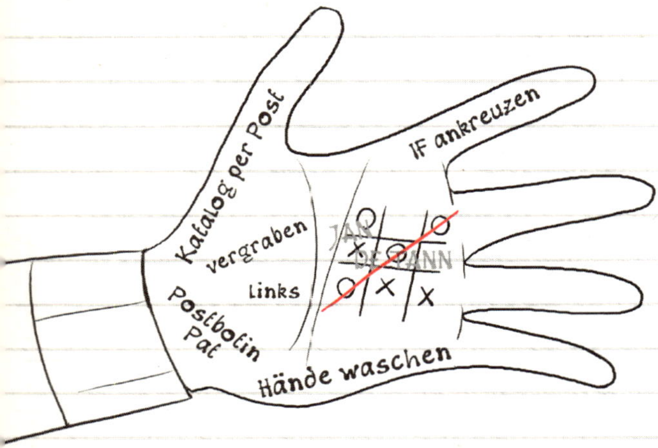

CORK

»Dann also vielen Dank für Ihre …« Martin blickte auf, um sich bei den eigenartigen Bäumen zu bedanken, doch beide waren verschwunden. Wo Laurel eben noch gestanden hatte, bemerkte er einen kleinen, hellbraunen Gegenstand. Auf Zehenspitzen schlich er hinüber (um die Sache für sich selbst so aufregend wie möglich zu machen) und hob ihn auf. Es war der Korken einer Weinflasche.

Laurel hatte ein Stückchen Cork zurückgelassen.

Kapitel 7
Postbotin Pat

Am nächsten Morgen schellte es durchdringend zu einer wirklich gottlosen Zeit – um acht Uhr. Martin verfluchte die Person, die an der Tür läutete, und wollte sich gerade auf die andere Seite drehen und noch mindestens eine Runde weiterschlafen, als ihm klarwurde, dass das Klingeln nicht von der Haustür kam, sondern von seinem Wecker. Mürrisch setzte er sich auf und schaltete den Wecker aus. Dann schaute er sich benommen um und überlegte, warum er den Wecker so früh gestellt hatte.

»Die Post!«, rief er plötzlich laut.

»Ruhe, du Vollpfosten!«, grunzte Sinead von der anderen Seite der Wand.

Aber Martin war bereits aus dem Bett gesprungen. Er warf sich den Morgenmantel über, schlüpfte in die Hausschuhe und raste zitternd vor Aufregung die Treppe hinunter und zur Haustür.

Schaute auf die Fußmatte vor der Tür. Sie war leer. Die Postbotin war noch nicht vorbeigekommen.

»Super!«, rief Martin. »Ich hab's also noch nicht verpasst!«

Dann blieb er einfach hinter der geschlossenen Tür stehen und starrte den Briefschlitz an, ein bisschen so wie ein eifriger, aber leicht einfältiger Hund.

Sein Vater reckte sich halb aus der Küchentür, eine Tasse Tee in der Hand.

»Was hast du nicht verpasst?«

Martin drehte sich erschrocken um. Er hatte angenommen, dass noch alle schliefen. Schließlich war es noch verdammt früh am Morgen.

»Wieso stehst du an der Tür?«, fragte Liam.

Martin zuckte die Schultern. »Nur so. Nichts Besonderes. Hänge nur ein bisschen rum.«

»Im Flur?«

»Äh, ja, klar. Mach ich eben manchmal.«

»Warum?«

»Keine Ahnung.« Wieder zuckte Martin mit den Schultern, schaute sich im schäbigen Flur um und suchte nach einer guten Ausrede. »Wahrscheinlich, weil wir hier ... immer nur durchgehen. Manchmal muss man eben einfach ... stehen bleiben, verstehst du? Und alles auf sich wirken lassen.«

Liam nickte nachdenklich. Er kam in den Flur und schaute sich um. »Ich glaube, ich weiß, was du meinst, Kumpel. Ich stehe auch manchmal früher auf, um ein bisschen ›Ich-Zeit‹ zu haben. Ich mache mir eine Tasse Tee, setze mich in die Küche, schließe die Augen und stelle mir vor, dass ich ganz allein bin. Der einzige lebende Mensch im ganzen Haus.«

Martin runzelte die Stirn. »Und wir anderen sind alle tot, oder wie?«

»Ah, nein, nein«, lachte Liam leise. »Überhaupt nicht. Ihr seid alle nur … na ja, weg.«

»Weg? Wohin?«

»Weiß ich nicht. Nur halt … verschwunden«, sagte Liam fröhlich.

»Wir könnten zum Beispiel von Aliens entführt worden sein«, schlug Martin vor.

Liam lachte. »Hahaha. So ungefähr.« Er wuschelte durch Martins Haar und lächelte ihn liebevoll an. »Na, dann lass ich dich mal wieder allein, Kumpel. Will dich nicht bei deiner Ich-Zeit stören.« Er schlenderte in die Küche zurück, und Martin setzte die Bewachung des Briefschlitzes fort.

Immer noch keine Post.

Kann sich nur noch um Minuten handeln!, dachte er aufgeregt.

Drei Stunden später war er immer noch im Flur vor dem Briefschlitz, hatte sich aber inzwischen hingelegt und schlief fest.

Trisha ging gähnend vorbei und trat ihm auf ein Bein.

»Aua!«, brüllte Martin, setzte sich auf und schaute zur Fußmatte. Das dumme Ding wollte immer noch nicht mitspielen und blieb stur postlos.

»He, Trisha, wann kommt die Post?«

»Null Ahnung«, murrte sie. »Irgendwann vormittags?«

»Wie spät ist es?«

Sie zuckte die Schultern. »Irgendwann vormittags?«

»Super!«, rief Martin und sprang auf. »Dann muss sie ja jeden Moment kommen!«

Trisha schlurfte in die Küche, gerade als Mum den Kopf herausstreckte, um zu schauen, was ihr einfältiger Sohn im Flur so trieb.

»Warum wartest du auf die Post, Martin?«

»Nur so«, antwortete er schlau. »Sagen wir doch einfach, Pat hat einen besonderen Brief abzuliefern. Mit meinem Namen drauf.«

Debra runzelte die Stirn. »Heißt unser Postbote Pat?«

Im selben Augenblick waren draußen Schritte zu hören. Ein paar Briefe wurden durch den Briefschlitz geschoben.

»Endlich!«, schrie Martin und riss die Tür auf.

Erschrocken zuckte der Postbote zusammen, der leicht gebückt vor dem Briefschlitz stand und weitere Briefe einwerfen wollte. »Hallo, Martin«, sagte er liebenswürdig.

Martin riss ihm die Briefe aus der Hand und blätterte sie schnell durch. Der Postbote lächelte ihn und Debra freundlich an. »Und wie geht's der Familie Moone an diesem herrlichen ...«

»Nichts als verdammte, blöde, nutzlose Rechnungen!«, schrie Martin wütend.

Frustriert warf er sie auf den Boden und stürmte in sein Zimmer hinauf.

»Martin!«, schimpfte ihm seine Mutter nach, aber er schmetterte nur die Tür zu.

Verlegen wandte sich Debra wieder zu dem Postboten um. »Tut mir wirklich leid, Pat.«

Ein wenig befremdet runzelte er die Stirn. »Äh. Mein Name ist nicht Pat, Debra.«

»Oh? Tut mir leid. Ich dachte, äh ...«

»Ich bin seit siebzehn Jahren Ihr Postbote, Debra. Haben Sie all die Jahre wirklich gedacht, ich heiße ›Postbote Pat‹, wie der im Kinderbuch?«

»Nein!«, protestierte Debra, der die Sache sehr peinlich war. »Tut mir leid, Postbote ...?«

»Matt. Mein Name ist Matt.«

»Matt.« Debra nickte und schaute ihn zerknirscht an. »Tut mir wirklich leid, Matt.«

Der Mann schüttelte empört den Kopf und stapfte davon.

Debra schloss die Tür und schrie durch den Flur: »MARTIN! Warum hast du mir erzählt, dass er Pat heißt?«

»Weil mir das dieser verdammte Lorbeerbaum gesagt hat!«, brüllte Martin zurück.

Debra stutzte, dann schüttelte sie verwirrt den Kopf und ging in die Küche zurück.

Mittlerweile hatte Martin in seinem Zimmer einen richtigen Tobsuchtsanfall.

»Das ist alles totaler Blödsinn!«, brüllte er und warf wütend ein paar Kleider auf den Boden.

Danach tigerte er eine Weile im Zimmer auf und ab und murmelte vor sich hin. »Imaginäre Bäume. Sprechende Elstern. Blöde Briefmarken und Rückumschläge. Alles totaler Quatsch!«

Voller Wut kickte er gegen den Schrank. Die Tür ging quietschend auf. Noch einmal kickte er voller Wut dagegen, aber die Tür prallte sofort zurück und schwang noch weiter auf.

»Blöde Tür!«

Gerade wollte er sie wieder zuschmettern, als er unten im Schrank etwas entdeckte. Er riss erstaunt die Augen auf: Es war der Rückumschlag mit Briefmarke und Adresse, den er gestern in den Imaginären Baum gestopft hatte.

Hastig kniete er nieder, nahm den Umschlag aus dem Schrank und riss ihn auf. Ungeduldig zog er den Inhalt heraus, warf den Umschlag beiseite und strahlte vor Freude, als er endlich den glänzenden, wunderbaren Katalog in den Händen hielt.

CLIFF VERLAG
WIF?
Welcher IF?
In dieser Ausgabe:
NOMINIERUNGS-
LISTE FÜR DEN
IFFY-PREIS
– 50 % Nachlass auf zweisprachige IFs
– Neue Gutscheine für IF-Zubehör

Kapitel 8
Der Katalog

Martin blieb fast den ganzen Rest des Tages in seinem Zimmer und blätterte im Katalog. Es war ein teuer aussehendes Magazin. Der Titel WIF? klang ein bisschen seltsam, war aber nur die Abkürzung für »Welcher IF?« Der Katalog war von vorn bis hinten gespickt mit Hochglanzfotos. Sie zeigten jede Art von imaginären Freunden, dazwischen immer wieder Anzeigen für IF-Zubehör – imaginäre Hüte, imaginäre Bankkonten, imaginäres Rasierwasser und sogar imaginäre Unterhosen.

Vor allem aber gab es hunderte Beschreibungen von imaginären Freunden, die einen neuen Job suchten. Es war eine interessante Mischung – vom Aalfischer bis zum Autofahrer, von der Elfe bis zum Einbrecher, vom Riesenkaninchen bis zum Roboter, vom Superhelden bis zum Schauspieler, vom Zauberkünstler bis zum Zuchthäusler. Als Spitzenmodelle gab es sogar einen Papst, eine Riesennacktschnecke und eine Exin*. Außerdem

*** Exin:** eine Nixe, aber verkehrt herum. Das ist die weniger bekannte und viel weniger beliebte Art von Meerjungfrauen – sie haben einen riesigen Fischkopf, einen schuppigen Fischkörper und lange, schlanke Frauenbeine.

gab es Bilder von tanzenden IFs, fremdsprachigen IFs, Computer-Freak-IFs, extrem fetten IFs, ängstlichen IFs, lächelnden IFs und natürlich auch von Ringer-IFs.

Außerdem gab es Artikel über »IF-Zubehör« und »IF-Pflege«. Martin blätterte weiter. Es gab eine Briefkastentante, die Leserbriefe von Realos aus der ganzen Welt beantwortete. Weiter hinten im Katalog fand er Rezepte für IF-Süßigkeiten, Tipps

FELICITAS FRUMP

ALTER: ~~57~~ 39
BERUF: Gute Fee
BESONDERE
FÄHIGKEITEN: Kann Kürbisse in so ziemlich jedes andere Gemüse verwandeln (sofern es dieselbe Größe und Farbe wie ein Kürbis hat).
HOBBYS: Boxen (ohne Handschuhe).
LIEBLINGSSPRÜCHE: »Papperlapapp!« – »Abra in den Kochtopf, der Kürbis wird zum Krautkopf!«

TENNESSEE-TOM

ALTER: unbekannt
BERUF: Cowboy und geheimnisvoller Fremder
BESONDERE
FÄHIGKEITEN: Pferdebrüllen (so ähnlich wie Pferdeflüstern, nur viel lauter).
HOBBYS: Cowboyhüte tragen.
In die Ferne starren.
LIEBLINGSSPRUCH: »Japp.«

zur IF-Zahnpflege und einen sehr ausführlichen Bericht über die glamouröse IFFY-Preisverleihung. Eine Doppelseite enthielt die Nachrichten vom W.I.F.F.-Rat*, der vermutlich aus den Leuten bestand, die hier das Sagen hatten. Die Abkürzung W.I.F.F. bedeutete »Weltverband der Imaginären Freunde und Freundschaftsvereine«. In dem Artikel wurde berichtet, wie weit der Neubau der Verbandszentrale seit dem Erscheinen des letzten Katalogs vorangeschritten war. (Zum Beispiel hatten sie Lifte einbauen lassen, nachdem darüber geklagt worden war, dass es zu schwierig sei, an den Feuerwehrstangen hochzuklettern.)

Martin wollte den Katalog gar nicht mehr weglegen, so faszinierend fand er diese neue Welt. Und so lag er auch Stunden später noch immer auf seinem Bett und brütete über dem Inhalt.

Irgendwann stieß er auf eine ganzseitige Anzeige für den »IF des Monats«.

***W.I.F.F.-Rat:** das Direktorium des Weltverbands, eine Gruppe geheimnisvoller Personen, die über die imaginäre Welt herrschen (und zwar mit eiserner Faust oder mit Pelzpfoten oder mit einer nassen Flosse oder mit Flügelschlagen oder mit seltsamen außerirdischen Gliedmaßen oder mit widerlichem Rotz. Das war nämlich bei jedem Ratsmitglied anders).

LOOPY LOU

»Der IF des Monats«

ALTER: 46
BESONDERE
FÄHIGKEITEN: Ballontiere. Leute erschrecken. Endloses Gelächter.
HOBBYS: Fruit Loops essen. Rapmusik. Ballett.
LIEBLINGSSPRÜCHE: »Hoppsala!« – »Das ist der Hammer!« – »Er war's nicht!«

SONDER-ANGEBOT:

Bestelle Loopy Lou jetzt, und du bekommst einen SCHOKOLADEN-FISCH KOSTENLOS dazu!

Als Martin auf diese Seite stieß, war es fast Abendessenszeit; sein Magen machte sich mit lautem Knurren bemerkbar. Er starrte das Sonderangebot unten auf der Seite an. Ein kostenloser Schokoladenfisch! Martin hatte noch nie einen Schokoladenfisch gegessen. Er kannte Schokomäuse, Schokokäfer, Schokohasen und sogar Schokoschnecken. Aber nicht Schokofische. Er überlegte, wie ein Schokofisch wohl schmecken würde. Wahrscheinlich wie ganz normale Schokolade – aber vielleicht ziemlich salzig?

Dann starrte er Loopy Lous lachendes Gesicht an.

Scheint ein richtig lustiger Bursche zu sein, dachte er. Und freundlich.

Wieder glitt sein Blick zum Sonderangebot. Diesen Schokofisch musste er *unbedingt* haben.

Nachdem er noch ein paar Momente lang nachgedacht hatte, nickte er entschlossen. Ja, das war er.

Und damit haben wir einen Gewinner.

»Mein imaginärer Freund wird Loopy Lou, und den Schokofisch krieg ich umsonst dazu«, sang er vor sich hin, nahm den Kugelschreiber und zeichnete sorgfältig einen großen Kreis um die Anzeige. Zur Betonung fuhr er den Kreis mehrmals nach. Dann betrachtete er stolz die Katalogseite, sehr zufrieden mit seiner Entscheidung.

Jetzt kam Bewegung in die Sache! Endlich hatte er sich einen neuen Kumpel besorgt. Bald würde es nicht mehr heißen: Martin Moone gegen den Rest der Welt. Sondern: Martin Moone und Loopy Lou und der Schokofisch gegen den Rest der Welt!

Jetzt sah alles schon viel, viel besser aus.

Nach dem Abendessen nahm Martin den Katalog und ging in den Garten hinter dem Haus. Er schnappte sich eine Schaufel, die neben dem Geräteschuppen an der hinteren Mauer lehnte, und grub mitten im Garten ein schön großes Loch. Bei der Arbeit pfiff er glücklich vor sich hin. Dann legte er den Katalog in das Loch, genau nach den Anweisungen, die ihm Laurel Laurelius gegeben hatte, und bedeckte ihn mit Erde. Als er das Loch zugebuddelt hatte, legte er das Stück Grasnarbe wieder obenauf und trat es fest. Stolz und zufrieden betrachtete er sein Werk – kein Mensch würde auf die Idee kommen, dass an dieser Stelle ein imaginärer Katalog vergraben worden war!

Schließlich richtete er sich hoch auf und schrie in den Himmel: »Cork ist spitze! Cork ist spitze! Cork ist spitze! Cork ist …«

Nachdem er den Satz schon einige Male geschrien hatte, ging die Tür des Schuppens auf, und sein Vater schaute heraus.

»Martin?«

»Eine Sekunde, Dad«, sagte Martin, um mit dem Zählen nicht durcheinanderzukommen. »Cork ist spitze! Cork ist spitze! Cork ist spitze! Cork ist spitze! Cork ist …«

Liam kam aus dem Schuppen und schaute schweigend seinem Sohn zu, der vor ihm stand und das Gras anbrüllte. Besorgt schüttelte Liam den Kopf.

»Cork ist spitze! Cork ist spitze! Cork ist spitze! Cork ist spitze! Cork ist …«

»Ist alles in Ordnung bei dir, mein Junge?«, fragte Liam.

Martin brach ab und schaute seinen Vater verständnislos an. »Ja, klar, wieso?«

»Warst du eigentlich schon mal in … Cork?«

»Also ehrlich, Dad, ich weiß nicht mal genau, ob es das wirklich gibt. Aber ich musste es eben zwanzig Mal rufen.«

Liam runzelte die Stirn und gab sich große Mühe, nicht zu zeigen, wie besorgt er war. »Aha. Zwanzig Mal, sagst du? Äh … Ist dir langweilig? Sehnst du dich nach der Schule?«, fragte er sanft.

»Nö, eigentlich nicht.«

Aber Liam hörte ihm gar nicht zu. »Klar, wir sehnen uns alle nach der Schule«, nickte er. »Die langen Sommerferien machen euch Kinder immer ganz … äh …« Er suchte nach einem anderen Wort, um nicht »verrückt«, »durchgeknallt« oder »abgeschimmelt« sagen zu müssen, und beendete den Satz schließlich mit einem lahmen »unruhig«.

»Keine Angst, Dad«, sagte Martin fröhlich. »Ich hab das deutliche Gefühl, dass mein Leben bald sehr viel besser wird!«

Liam nickte und lächelte, obwohl er keinen

blassen Schimmer hatte, was sein Sohn damit meinte. »Okaaay … das ist doch prima …«

Martin lief ins Haus zurück. Liam ging kopfschüttelnd in seine Werkstatt und wunderte sich, was er von der ganzen Sache halten sollte.

Ein paar Augenblicke später rannte Martin wieder in den Garten. Er hatte noch drei Finger übrig, also war er noch gar nicht fertig! »Cork ist spitze! Cork ist spitze! Cork ist spitze!«

Dann sprintete er wieder ins Haus, während erneut die Schuppentür aufging und Liam herausschaute – diesmal sah er nun wirklich *sehr* besorgt aus.

Kapitel 9
Loopy Lou

Als Martin am nächsten Morgen aufwachte, erwartete ihn der furchtbarste Anblick, den er jemals hatte ertragen müssen: seine Schwester Sinead, die sich gerade anzog, aber eben erst halb angezogen war.

»Arrrrghhh! Das halten meine Augen nicht aus!«, jaulte er und tauchte sofort wieder unter die Bettdecke.

»Du verdammter Spanner!«, kreischte sie und warf ihm etwas an den Kopf.

Wahrscheinlich ein Schuh, aber das wollte Martin lieber nicht so genau wissen. Er beschloss, unter der Decke zu bleiben, bis Sinead aus dem Zimmer war. Eine Zeitlang versuchte er, den Anblick von ihrem pickeligen Rücken aus dem Gedächtnis zu verjagen, aber das gelang ihm erst, als er sich schönere Dinge vorstellte, wie zum Beispiel die bevorstehende Ankunft seines imaginären Freundes.

»Wie kommt er zu mir?«, fragte er sich, womit er endlich die Erinnerung an den ekligen Leberfleck auf Sineads Schultern verdrängen konnte. »Steht er einfach an der Tür? Oder kommt er durch den Kamin? Oder gräbt er sich in mein Gehirn wie ein frecher Parasit?«

Im selben Moment verpasste ihm seine Schwester einen üblen Abschiedstritt.

»Aua!«

Sie kicherte zufrieden und trampelte zur Tür hinaus.

Martin warf die Bettdecke zurück, setzte sich auf und rieb sich das Schienbein. Sinead brauchte gar nicht hinzusehen, um seine empfindlichsten Stellen zu treffen, in diesem Fall das Schienbein. Martin musste zugeben, dass sie dafür ausgesprochen talentiert war.

Er öffnete den Schrank, um ein frisches T-Shirt herauszunehmen. Aber statt seiner ordentlichen Sammlung von Hemden und Hosen sah er sich plötzlich einem sechsundvierzigjährigen kahlköpfigen Mann gegenüber, der einen lila Mantel und eine weiße Hose mit großen roten Tupfen trug und ihn aufgeregt anstrahlte.

»Loopy Lou iss daaa!«, rief der Mann voller Freude und fiel Martin um den Hals.

»Aaaarrrggghhh!«, schrie Martin, taumelte und fiel auf den Boden. Der Mann landete auf ihm.

»Hoppsala!«, rief der Mann im schönsten Singsang.

Martin schnappte nach Luft. Sein Herz klopfte wie rasend. »Lou?«

»*Loopy* Lou, bitteschöööön!«, schrie der IF. »Loopy, wie ein Loop* aus der Cornflakes-Schachtel!«

Loopy Lou sprang mit einem Satz wieder auf die Füße und fing an, eine Art Rap zu tanzen, wobei er mit seinen riesigen roten Schuhen herumhüpfte und den Text eigentlich nicht sang, sondern brüllte.

* **Loops:** kleine bunte Getreidekringel in verschiedenen Geschmacksrichtungen. Kann man (muss man aber nicht) als Frühstück essen. Im Englischen bedeutet das Wort »loopy« aber auch noch was anderes, nämlich *durchgeknallt*.

Wer bin ich, und wer bist du?
Ich bin der schräge Loopy Lou!
Dein funkelnagelneuer IF!
Dein supertoller IF mit Pfiff!

Den sagenhaften Loopy Lou
gibt's nur für dich, den Martin Moo!
Ich bin dein IF, jetzt bin ich hier
und bleib für immer hier bei dir!

Dann blieb er plötzlich stehen und grinste Martin dümmlich an, offenbar erwartete er Applaus. Aber Martin lag immer noch wie ein verunglückter Maikäfer auf dem Rücken, total verblüfft über Lous großartigen Auftritt.

»Ich heiße Moone«, brachte er schließlich hervor, »nicht Moo.«

»Verdammmich!«, brüllte Lou. »Hätte nicht gedacht, dass du das merkst. Vielleicht hätte ich einen anderen Reim nehmen sollen. Zum Beispiel: Ich bin dein schräger Loopy Lou – und spiel den ganzen Tag Kazoo!«

Und schon zog er ein Kazoo* aus der Tasche und blies hinein. Das Instrument gab ein langes, gräss-

* **Kazoo:** ein kleines Blasinstrument aus Blech, das genau so klingt, nämlich blechern.

liches Quäken von sich. Lou grinste Martin begeistert an und wartete darauf, dass Martin ihn lobte.

Martin lächelte höflich, obwohl er sich eigentlich aus Kazoos nicht viel machte.

»Nett, dich kennenzulernen, Lou«, sagte Martin, stand auf und klopfte den Staub vom Schlafanzug. Er war immer noch völlig baff, dass tatsächlich ein imaginärer Freund aufgetaucht war. Aber natürlich hatte er sofort bemerkt, dass da noch etwas fehlte.

»Und – wo ist denn nun mein Gratisgeschenk?«, fragte er eifrig.

»Dein Was-wär-das-jetzt-noch-mal-gewest?«

»Mein Schokofisch.«

»Natürlich!«, quietschte Lou aufgeregt. »Hätte Loopy Lou beinah vergesst!«

Wieder griff er in die Manteltasche und zog eine große Makrele aus Schokolade am Schwanz heraus.

»Fisch-fang-du, Marty Moo!«, jauchzte Loopy Lou und warf ihm den Fisch zu.

Martin fing den Fisch auf – der plötzlich in seinen Händen zu zappeln begann. Das verfluchte Ding war lebendig! Der Fisch wand und drehte sich wie irre und warf sich herum, als hätte Martin ihn frisch aus einem Fluss geangelt.

Entsetzt ließ Martin den Fisch fallen, aber der zappelte immer weiter und klatschte seinen großen Schokoschwanz auf den Boden.

»Hoppsala!«, sang Lou, der das anscheinend total komisch fand.

»Er ist lebendig!«, rief Martin.

»Natürlich isser lebendig!«, sagte Lou. »Ich geb dir doch nicht toten Fisch.«

Der Fisch war inzwischen bis zur Tür gezappelt und katapultierte sich nun mit einem gewaltigen Satz in den Flur hinaus.

»Er haut ab!«, rief Martin voller Panik. »Mach ihn tot! Mach ihn tot!«

»Tot?«

»Ja! Mach ihn tot!«

Beide rannten in den Flur und folgten dem Fisch, der sich auf dem Teppich bis zur Treppe wand und schlängelte.

»Wie machts man ihn tot?«, fragte Lou verwirrt.

»Ich hab keine Ahnung! Schlag ihn auf den Kopf oder so!«

Lou nahm das Kazoo aus der Tasche und warf es auf den Fisch.

»Nein, du Granatentrottel!«, stieß Martin aufgeregt hervor. »Mit einem Hammer oder so!«

»Das ist der Hammer!«, zwitscherte Lou vergnügt.

»Was?«

»Ist eins von meinen Mottottos«, erklärte Lou. »Hab tatsächlich einen Hammer dabei. Los geht's.«

Und Lou zog einen großen aufblasbaren

Plastikhammer aus der Innentasche seines lila Mantels und gab ihn Martin.

»Ach du Sch…«, stöhnte Martin. »Damit kann man doch keinen Fisch erschlagen!«

»Doch, kann man, glaub's mir. Der Hammer tuts eine Menge Schaden anrichten.«

Martin seufzte frustriert, aber dann schlug er mit dem aufblasbaren Hammer auf den Fischkopf. In diesem Moment ging Martins Schwester Fidelma im Morgenmantel vorbei und beobachtete verwirrt, wie ihr Bruder mit einem imaginären Hammer einen imaginären Fisch totschlug. Sie öffnete schon den Mund, um etwas zu sagen, aber dann klappte sie ihn doch lieber wieder zu und ging kopfschüttelnd weiter.

Martin schaffte es tatsächlich, mit dem Hammer ein paarmal auf den Fisch einzuprügeln, aber der Hammer prallte immer wieder ab, und der Fisch schnellte sich weiter und verschwand im Bad.

»Er darfs nicht ins Klo!«, quiekte Lou alarmiert.

Aber es war schon zu spät. Die Schokomakrele sprang in die Luft und landete mit einem lauten Klatscher auf dem Spülkasten. Von dort grinste sie die beiden Verfolger siegessicher an, denn sie wusste genau, dass sie ihnen gleich entkommen würde.

»Vielleicht hast du nächstes Mal mehr Glück, Mondgesicht!«, spottete der Fisch und drückte mit dem Schwanz auf den Spülkastenhebel.

»Nein!«, schrie Martin.

»Sayonara*, Jungs!«, winkte ihnen der Fisch mit den Flossen zu und sprang mit elegantem Kopfsprung in das strudelnde Wasser.

*** Sayonara:** Japanisch für: adieu, adios, arrivederci, auf Wiedersehen, au revoir, ciao, shalom und so weiter. Aber weil englischsprechende Schokofische, die ins Klo springen, besonders schlecht erzogen sind, muss man »Sayonara« vielleicht eher mit »Verpisst euch« übersetzen.

Martin rannte zum Klo und blickte hinein, aber der Fisch war schon verschwunden, und im Wasser wirbelte nur noch eine dünne Schokoladenspur herum.

»O nein, das hats er nicht gemacht!«, sang Lou vergnügt.

Aber Martin war nicht mehr so gutgelaunt.

»Mein Schokofisch!«, jammerte er. »Ich hab ihn nicht mal probieren können!«

»Trinks doch ein bisschen Schokowasser!«, schlug Lou vor und bespritzte Martin mit Wasser aus der Kloschüssel.

»Ich trinke doch kein Wasser aus dem Klo!«, prustete Martin angewidert, aber Lou bespritzte ihn munter weiter und grinste dabei wie ein Mondkalb. »Hör sofort auf, du Vollidiot!«

»Was machens wir jetzt?«, fragte Lou eifrig. »Soll ich 'n Ballonhund aufblasen? Oder 'n Frosch auf meinen Kopf setzen? Oder machen, dass der Ballonhund einen Ballonfrosch frisst? Und dann den Hund auf meinen Kopf setzen und gucken, ob er den Frosch wieder ausscheißt?«

Martin starrte ihn kalt an. »Das ist alles nur deine Schuld! Mir wurde ein Schokofisch versprochen, und jetzt bin ich von oben bis unten mit Klosuppe eingesaut!« Er stand wütend auf. »Krieg dich erst mal wieder ein, verdammt!« Er warf Lou den aufblasbaren Hammer an den Kopf und stürmte aus dem Badezimmer.

Lous Grinsen verschwand, als er Martin nachblickte. »Hoppsala«, murmelte er.

Am Nachmittag beschloss Martin, ein bisschen frische Luft zu schnappen und in die Stadt zu gehen. Er hatte vor, eine Tafel Schokolade zu kaufen und sie in die Form einer Makrele umzuschmelzen. Er hatte schon die halbe Strecke hinter sich, als Loopy Lou plötzlich aus einer Hecke sprang.

»Buh!«

Martin blieb stehen, ein wenig verärgert. »Oh. Hallo.«

Dann ging er weiter, und Lou hüpfte in seinen idiotischen roten Clownschuhen vergnügt neben ihm her.

»Wo geht's denn hin, Marty Moo?«

»In die Stadt. Wollte nachschauen, ob es im Schreibwarenladen irgendwelche Sonderangebote für den Schulanfang gibt. Und ob sie einen Winkelmesser* für die Sechste** haben.«

* **Winkelmesser:** ein Halbkreis aus durchsichtigem Plastik. Man kann damit spitze Winkel messen, genau. Und stumpfe. Außerdem kann man damit Strichmännchen (oder Strichweibchen oder Strich-IFs) kritzeln, Papierkugeln schießen oder Joghurt löffeln.

** **Sechste (Klasse):** in Irland die letzte Klasse der Grund- oder Primarschule. Sechstklässler sind die Omas und Opas der Schule, die »alten weisen Kröten«, die danach in die Sekundarschule wechseln und dort merken, dass sie wieder als Kaulquappen anfangen müssen.

»Winkelmesser? Wills ich haben!«

Martin sagte nichts, sondern ging einfach weiter.

Eine Zeitlang schwiegen beide, dann sagte Lou mit völlig normaler Stimme: »Hör mal, Martin, ich glaube, wir beide hatten keinen guten Anfang. Die Sache mit dem Fisch tut mir leid. Echt. Wirklich. Ich will doch nur der beste imaginäre Freund sein, den es jemals gegeben hat. Was meinst du, können wir uns nicht einfach die Hand reichen und noch mal von vorn anfangen?«

Martin blieb stehen und schaute ihn an. Lou streckte ihm die Hand hin. Martin konnte nicht anders – er fühlte sich ein bisschen schuldig.

»Du hast recht, Lou. Auch mir tut es leid.«

»Dann schüttle sie, Partner«, lächelte Lou, und Martin schüttelte ihm die Hand.

»SUMMM!!!«

Martin riss seine Hand zurück. Lou bog sich vor Lachen und hielt seine Hand hoch: Auf der Handfläche lag eine verdächtig aussehende kleine Plastikscheibe – ein Handsummer. »Hoppsala! Ich kanns zaubern!«, sang der IF und tanzte schadenfroh auf dem Weg herum.

»Das hat nichts mit Zaubern zu tun. Ist ja nur ein blöder Handsummer«, sagte Martin verärgert.

»Aber Loopy Lou hats ihn selber gemacht!«, rief Lou stolz. »Solls ich dich noch mal summen?«

Martin verdrehte die Augen und ging weiter.

Loopy Lou hüpfte ihm hinterher. »He, Moo-Moo! Warts auf mich!«

Es wurde einer der anstrengendsten Tage, die Martin jemals erlebt hatte. Während er im Schreibwarenladen in den Regalen stöberte, sprang und tobte Lou wie ein Springteufel, der zu lange und zu eng eingesperrt gewesen war. Ständig sprang er hinter einer Ecke hervor und erschreckte Martin, er hüpfte auf die Regale und jagte dort oben durch den ganzen Laden. Der arme Martin konnte sich überhaupt nicht auf seine Einkäufe konzentrieren, deshalb ging er bald wieder und schlenderte stattdessen durch die Innenstadt. Aber Lou folgte ihm überallhin wie ein überdrehtes, geschorenes Hündchen, vollführte irgendwelche idiotischen »Zaubertricks«, sang bescheuerte Rapsongs und produzierte am laufenden Band neue Ballontiere, die er Martin zuwarf.

Als sie endlich nach Hause zurückkehrten, drehte sich Martin zu Lou um und sagte barsch: »Also – hier wohne ich, Lou. Tschüs, bis irgendwann!«

Schnell ging er ins Haus und warf die Tür hinter sich zu, während ihm Lou verwirrt nachschaute. Im Flur blieb Martin stehen und atmete erleichtert auf.

»BUH!«, kreischte Lou durch den Briefschlitz.

Martin rieb sich die Schläfen. Allmählich bekam er Kopfschmerzen. Er bückte sich und sagte durch den Briefschlitz: »Hör mal, wie lange soll das noch weitergehen?«

»Was meinst du damit, Moo-Moo?«

»Wann machst du Feierabend?«

»Feierabend?! Loopy Lou hats niemals Feierabend!«

Martin ließ den Kopf hängen. »Scheiße«, murmelte er und ging niedergeschlagen in die Küche.

Seine Mutter stand ratlos vor dem offenen Kühlschrank. Sie warf ihm einen kurzen Blick zu.

»Hallo, mein Lieber. Was hättest du gern zum Abendessen?«

»Egal.« Martin ließ sich auf einen Küchenstuhl fallen.

»Ach, komm schon. Ich mach uns was Nettes, nur als *craic*. Du kannst *alles* haben, was du willst, du musst es nur sagen …«

Martin runzelte die Stirn, während er angestrengt überlegte. Aber seine Vorstellungskraft war für heute völlig erschöpft. Vor dem Küchenfenster sah er Lou herumhüpfen, der mit zwei Ballontieren eine Art Kasperletheater aufführte.

»Weiß nicht«, murmelte Martin und versuchte, sich wenigstens an irgendwelche Lebensmittel zu erinnern. »Brot vielleicht?«

»Brot?«, fragte Debra ein wenig überrascht. »Ooo-kaaay. Und was dazu?«

Wieder zermarterte Martin sein erschöpftes Gehirn

und stöhnte dabei, als hätte er ganz schlimme Schmerzen. »Wasser?«

»Brot und Wasser?«

Martin nickte matt. »Klingt wunderbar, Mum.«

»Hallo, Moo-Meister! Schau doch mal!«, brüllte Lou durch das geschlossene Fenster und tat so, als würde er eine Treppe hinuntergehen, bis sein Kopf unter dem Sims verschwand. Aber Martin ließ den Kopf auf die Tischplatte sinken und schloss die Augen.

»Mein Kopf ist eine Ananas!«, schrie Lou schrill.

Martin gab sich größte Mühe, nicht mehr auf ihn zu achten. Ihm war klar, dass es so nicht weitergehen konnte. Er hatte einen furchtbaren Fehler gemacht, und daran war niemand schuld außer er selbst.

Aber als er ein bisschen genauer nachdachte, fiel ihm ein, dass er die Schuld eigentlich jemand anderem zuschieben konnte: Padraic! Schließlich hatte Padraic mit diesem ganzen Unsinn angefangen. Also musste Padraic die Sache auch wieder in Ordnung bringen.

Kapitel 10
Plan B

Am nächsten Tag stellte Martin fest, dass der schmale Feldweg zu Padraics Farm ganz besonders verdreckt und vernachlässigt war. Zerfetzte Müllsäcke lagen überall herum, aus denen leere Konservendosen, angegammelte Lebensmittel und stinkende Fleisch- und Wurstreste herausquollen. Der Müll verbreitete einen üblen Gestank. Die ganze Straße stank wie immer an dem Wochentag, an dem die Müllmänner kamen. Und daran merkte Martin endlich, dass heute Donnerstag sein musste. Was wiederum hieß, dass es jetzt FÜNF VOLLE TAGE her war, seit er mit dieser lächerlichen IF-Sache angefangen hatte. Und dass er heute schlimmer dran war als zuvor.

Eine Schande!, dachte er. Das alles ist nur Padraics Schuld! Padraic musste eine totale Nullnummer sein, wenn er ihm, Martin, nicht einmal einen halbwegs vernünftigen imaginären Freund beschaffen konnte! Martin bog um eine Ecke – und sah die totale Nullnummer direkt vor sich.

Padraic hatte einen prächtigen roten Haarschopf, so ähnlich wie ein Wischmopp. Meistens hingen die Haare lässig und faul bis über seine Ohrläppchen herab. Aber heute standen sie eine volle Handbreit senkrecht in die Höhe. Padraics *gruaig** stand sozusagen stramm.

»Hi, Martin, kommst gerade richtig. Bin fast fertig mit Zaun-Checken.«

»Mit *was?*«, fragte Martin besorgt.

»Zaun-Checken. Muss ich jede Woche einmal machen. Um den gesamten Zaun der Farm herumgehen und prüfen, ob die elektrischen Weidezäune noch richtig funktionieren.«

»Ach so … aber ist das nicht ein bisschen gefährlich, P?«

»Ein bisschen? Hahaha … ein *bisschen*?!!! HAHAHAHAHAHAHAHA!«

Das war ein furchtbar langes und lautes Gelächter, deshalb begann sich Martin nun wirklich Sorgen zu machen, ob Padraics Gehirn vielleicht durch ein paar Stromschläge ein bisschen gegrillt worden war.

»Du hast jetzt aber wirklich sehr lang und sehr laut gelacht, Padraic.«

* **gruaig:** ein irisches Wort für Haarschopf. In Irland haben viele Leute rote Haare. Das kommt bekanntlich davon, dass die allererste Irin einen Feuerlöscher heiratete.

»Jep«, sagte Padraic fröhlich, »kann schon sein.«

Kichernd wie eine durchgeknallte Giraffe lief er zum nächsten Zaunabschnitt.

Martin machte sich zwar Sorgen um seinen Freund, aber sein eigener Kummer über den absolut nutzlosen imaginären Freund war noch größer, deshalb kam er sofort zur Sache.

»Hör mal, P, ich hab gewisse Probleme mit meinem IF.«

»Echt jetzt?«, fragte P. »Warum? Nimmt er dich zu hart in den Schwitzkasten? Hab ich alles schon hinter mir, Kumpel, das kannst du mir glauben.«

Bevor Martin antworten konnte, war Padraic schon weitergegangen, wobei seine Beine immer wieder seltsam zur Seite wegknickten, als wollten sie ihm nicht so recht gehorchen.

»In dem Fall gibt's nur eins«, erklärte Padraic, »nämlich die Freisprechung. Wenn dein IF die Freisprechung hört, muss er deine Vorstellungskraft sofort freigeben. Und wie muss eine Freisprechung aussehen, damit sie zuverlässig wirkt? Ganz einfach: Sie muss kompliziert sein. Sie muss völlig anders sein als jedes normale Wort, das du sonst benutzen würdest. Crunchie und ich benutzen im Moment das Wort ›Frangipani-Sandwich‹«, plapperte Padraic munter weiter. »Jetzt wirst du bestimmt gleich fragen, was ein Frangipani-Sandwich ist? Ich sag dir: Ich hab keine Ahnung. Und es ist mir so egal wie nur irgendwas, weil es gar nicht um das Sandwich geht – also frag erst gar nicht blöd. Wichtig ist doch nur, dass mich Crunchie freigibt, sobald ich ›Frangipani-Sandwich!‹ brülle. Vorher hatten wir ›Tarantula-Lippenstift‹ als Freisprechwort. Zweimal pro Woche machen wir ein neues Freisprechwort aus, damit es Crunchie nicht langweilig wird. Das Problem ist nur, dass ich ziemlich oft vergesse, es ihm zu sagen. Deshalb glaubt er manchmal, dass ich nur Unsinn vor mich hin murmle, während ich versuche, nicht bewusstlos zu werden. Aber eigentlich ist alles nur *craic*.«

Padraic drehte sich zu seinem Freund um und entdeckte erst jetzt, dass Martin immer noch auf demselben Fleck stand, gut zwanzig Schritte von ihm entfernt.

»Hast du überhaupt gehört, was ich gesagt habe?«

»Irgendwas über ein Sandwich?«, meinte Martin unsicher.

»So ungefähr, Kumpel.« Padraic schaute zum Himmel. »Mein Gott, was für ein sagenhafter Sternenhimmel heute!«

»Sag bloß, dass du Sterne siehst«, sagte Martin, während er näher kam.

»Du nicht? Schau nur, dort ist Orion. Und der Große Bär.« Padraic deutete zum hellen, grauen, völlig sternenfreien Morgenhimmel hinauf. »Und dort drüben ... ich glaube, der Mond hat mir gerade zugeblinzelt.«

»Jaaaa ...«, sagte Martin gedehnt und machte sich nun wirklich Sorgen. »Hör mal, P, mit meinem neuen IF ist das so eine Sache. Loopy Lou ist total von der Rolle. Er macht mich noch wahnsinnig.«

»Warum, was ist denn mit ihm?«

»Er ist einfach zu gaga. Und zu anstrengend. Der braucht mal eine ordentliche Tracht Prügel!«

»Ach, du liebe Milchkuh. Gehört er zu der Sorte, die sich selber ›verrückt‹ nennen?«

»Genau so einer ist er!«

»Oh. Die Art hasse ich. Das sind die Schlimmsten von allen.«

»Genau. Als ich heute Morgen aus dem Haus ging, schleckte er gerade die Tapeten ab, weil er herausfinden wollte, ob alle gleich schmecken.«

»Na, das klingt ja ganz so, als hätte hier jemand Realo-Reue*«, meinte Padraic, als er am nächsten Zaunpfosten ankam.

* **Realo-Reue:** so was wie Kaufreue, also, wie wenn man zum Beispiel den Kauf einer Unterhose bereut und sie wieder umtauschen will, nachdem man sie zwei Wochen lang getragen hat. Nur dass es hier darum geht, einen IF umzutauschen. Das ist nicht so einfach, denn man bekommt normalerweise keine Quittung für eine imaginäre Bestellung aus einem imaginären Katalog.

»Und dieser Jemand bin ich«, nickte Martin. »Aber was kann ich dagegen machen? Wahrscheinlich könnte ich ihn umerziehen, ihn sozusagen hauszahm machen, aber eigentlich will ich ihn überhaupt nicht mehr haben. Ich kann keinen männlichen Kumpel brauchen, der nichts anderes im Kopf hat, als ein Einhorn totzukitzeln.«

Um fair zu sein: So hatte das Loopy Lou nun wirklich nicht gesagt. Tatsächlich hatte er gesagt: »Junge, Junge, ich könnte glücklich und zufrieden sterben, wenn ich nur einmal ein verrücktes Hornpferd mit meiner Kitzelfeder kitzeln könnte, bis es umfällt!« Und damit konnte Lou ja auch ein paar ganz verschiedene Dinge gemeint haben. In diesem Fall war das jedoch seine Antwort auf eine ganz einfache Frage von Martin gewesen. Er hatte gefragt: »Hast du meinen anderen Schuh gesehen, Lou?« Es spielte also gar keine Rolle, was Lou mit seiner Antwort sagen wollte. Martin hatte eben einen »Lunatic«* als IF adoptiert.

* **Lunatic:** englischer Ausdruck für einen Vollidioten, Irren, Wahnsinnigen, Verrückten, Knallkopf, Vollpfosten usw. Ursprünglich bezeichnete man damit Leute, die den Mond (Luna – die griechische Mondgöttin) anheulten oder glaubten, der Mond hätte ihnen zugeblinzelt.

»Dann besorg dir doch einen anderen«, schlug Padraic vor, während er zur nächsten Station seiner Weidezaunstromprüfpatrouille ging.

»He, warte mal – willst du damit sagen, dass ich mir einen anderen IF bestellen kann?«

»Ja, sicher, ich glaube, seit einiger Zeit ist es zulässig, den ersten IF umzutauschen. Sie mussten die Bezugsregeln ändern, weil mal irgendeine doofe Österreicherin statt der Bestellnummer versehentlich die Seitenzahl im Katalog umkringelt hat – und die war zweistellig. Deshalb sprangen dann plötzlich zwei IFs aus ihrem Kleiderschrank.«

Während er das sagte, legte Padraic die Hand auf den Elektrozaun. Nichts geschah. Kein Stromschlag. Zufrieden trug er den unfolgsamen Zaun in seinen Weidezaunstromprüfordner ein.

»Na, dann sieht die Sache doch gleich ganz anders aus!«, rief Martin erfreut. »Genau das werde ich tun! Ich suche mir einen anderen IF aus. Ich werde jetzt sofort den Katalog wieder ausgraben, dann die nächste Folge von Raumschiff Enterprise*

* **Raumschiff Enterprise:** eine erfolgreiche TV-Serie, in der ein Raumschiff in unendliche Weiten vordringt und unbekannte Lebewesen findet. Die Episoden sind sehr spannend, weil der Captain ständig Earl-Grey-Tee trinkt und der Chefingenieur ein spitzohriger Vulkanier ist.

anschauen, vielleicht sogar ausnahmsweise ein Bad nehmen und mich dann mit der wichtigsten Entscheidung meines jungen Lebens beschäftigen. Noch einmal.«

Entschlossen und voller Vorfreude auf das, was ihm heute bevorstand, machte sich Martin auf den Heimweg. Aber was ihm ganz direkt bevorstand, war der Elektrozaun, über den er dummerweise springen wollte – was er aber nicht ganz schaffte.

»AAARRRGGGHHHAAAUUUAAAHHH!«, kreischte Martin.

Er zappelte eine ganze Weile am Zaun, wie ein Fisch an der Angel. »AAAUUUAAAAHHH!«

»Ah, dich hat der Elektrozaun erwischt, Martin«, stellte Padraic fest.

»VERRRDAMMMTEEE SCHEI…«, schrie Martin.

»Komm schon, Zaun, lass ihn in Ruhe, er ist doch noch ein Kind«, knurrte Padraic den Zaun an.

»LLLAAACHZZZIIISCHSCHSCH«, summte der Zaun.

»Zaun! Ich sag's dir nicht noch mal!«, bellte Padraic.

Während Martin noch immer mit gesträubten Haaren, die wie die Borsten einer Pferdebürste in die Höhe standen, am Zaun hing, bückte sich Padraic und flüsterte dem Zaun zu: »Frangipani-Sandwich, Zaun.«

Kapitel 11
Ein neuer IF!

Als Martin auf seinem Furzfahrrad nach Hause kam, saß Loopy Lou im Vorgarten. Lou blickte zum Himmel, kritzelte ab und zu etwas in ein Schulheft und sah überhaupt irgendwie verwirrt aus. Um ihn herum lag zusammengeknülltes Papier im Gras.

»Verdammt, Lou«, schimpfte er mit sich selbst und radierte seine Zeichnung wieder aus.

Martin ließ das Fahrrad ins Gebüsch fallen und ging zu ihm hin. »Hallo, Lou, wie läuft's denn so? Hast du schon alle Wolken gezeichnet?«

Lou zuckte zusammen und schien ein bisschen in Panik zu geraten, vielleicht, weil er den Boss noch nicht zurückerwartet hatte. »Oh, hallo, äh … na ja, ich bins immer noch an der ersten. Wolke, meine ich. Das Ding tuts sich ständig verändern, Marty Moo!«, jammerte er und zeigte Martin sein unfertiges Kunstwerk.

Martin schaute zum Himmel und entdeckte ein paar flockige Kumuluswolken, die lässig über den Himmel trieben, wie eine Herde flauschiger, vollgefressener, fauler Schafe.

»Ich versuche gerade, die dort zu zeichnen, die wie ein Kuchen aussiehts«, erklärte Loopy Lou.

»Du meinst sicher die Wolke, die wie ein Schuh aussieht?«

Lou schaute wieder zum Himmel auf. »AAARRRGHHH!«, stöhnte er frustriert, riss das Blatt heraus und zerknüllte es.

Martin kam sich plötzlich ein wenig gemein vor. Er hatte Lou die Aufgabe gegeben, die Wolken abzuzeichnen, damit er sich unbemerkt zu Padraics Farm davonstehlen konnte. Aber er hatte nicht damit gerechnet, dass sich sein IF so verbissen mit der Aufgabe abrackern würde.

»Na ja, du kannst damit jetzt aufhören, wenn du willst, Lou«, sagte er freundlich.

»Nein! Ich weiß, wie wichtig das für dich ist, Moo-Moo. Sonst hättest du mir doch bestimmt nicht befohlen, die Wolken zu zeichnen!«

»Äh … das … das stimmt, Lou, aber mach dir darüber keinen Kopf!«

»Ich wills das aber fertigmachen! Loopy Lou machts keine halbfertigen Sachen!«

Jetzt fühlte sich Martin erst recht schlecht. Andererseits wollte er unbedingt in den Garten, um den Katalog wieder auszubuddeln und einen Ersatz für diesen wolkenzeichnenden Trottel zu bestellen. Schon beim bloßen Drandenken bekam er Schaufeljuckfinger*.

Deshalb zuckte er nur mit den Schultern. »Okay, wie du willst. Mach weiter so, du bist auf dem richtigen Weg!« Und rannte zur Haustür.

Loopy Lou blickte wieder zum Himmel auf und seufzte frustriert, als er sah, dass sich die Schuh-Wolke wieder in eine Kuchen-Wolke zurückverwandelt hatte.

Kurz darauf stand Martin mitten auf dem Rasen und exhumierte den Katalog. Oder jedenfalls versuchte

* **Schaufeljuckfinger:** kriegt man, wenn man ein Loch graben will. Nicht zu verwechseln mit Lochjuckfinger – die kriegen nur Leute, die sich ständig die Unterhose aus der Pospalte ziehen.

er es. Nur hatte er leider schon wieder vergessen, wo genau er den Katalog beerdigt hatte. Bald war er völlig verdreckt und verschwitzt und grub bereits das siebzehnte Loch.

Liam stand am Küchenfenster und beobachtete seinen Sohn, während er darauf wartete, dass das Teewasser kochte.

»Was zum Teufel macht Martin da draußen?«, fragte er, und einmal mehr schlich sich eine gewisse Besorgnis in seine Stimme.

Debra saß am Tisch, machte sich aber nicht die Mühe, vom *Roscommon Herald** aufzublicken, den sie gerade las. »Vielleicht Kung-Fu?«, riet sie. »Oder Trockenübungen fürs Surfen?«

»Er gräbt den Garten um.«

Debra seufzte und kam zum Fenster. »Ach so. Wahrscheinlich sucht er nur nach einem Knochen, den er mal irgendwo vergraben hat.«

Das Wasser kochte, und sie goss es in die Teekanne. Liam beobachtete Martin weiter und runzelte enttäuscht die Stirn. Früher einmal hatte er

*** Roscommon Herald:** mit vielen Buchstaben bedrucktes Papier, das an den Fingern schwarz abfärbt und deshalb besonders gut zum Einwickeln von Fish-and-Chips geeignet ist. Kann in gebügeltem Zustand auch als Zeitung oder Klopapier verwendet werden.

große Hoffnungen auf seinen einzigen Sohn gesetzt. Aber diese Hoffnungen hatte er längst beerdigen müssen. Und traurig ein paar Blümchen auf das Grab gepflanzt.

»Was meinst du – könnte es sein, dass er allmählich ein wenig ... verrückt wird?«, fragte er vorsichtig.

Debra warf ihm einen verblüfften Blick zu. »Wie meinst du das – *richtig* verrückt? Oder nur einfach sommerferienverrückt*?«

»Sommerferienverrückt ist er auf jeden Fall. Definitiv.«

»Ja, klar, aber das ist er schon seit ungefähr Mitte Juli.«

»Diese verdammten Sommerferien«, knurrte Liam kopfschüttelnd. »Hören einfach nie auf.«

Debra nickte grimmig. »Finde ich auch. Eine Woche oder so ist ja noch ganz nett. Meinetwegen auch mal zehn Tage. Aber volle zwei Monate schulfrei, das ist einfach ...« Sie suchte nach einem passenden Wort.

* **sommerferienverrückt:** eine Form des Wahnsinns, die vor allem Schulkinder befällt, wenn sie zu lange zu wenig zu tun haben. Die Krankheitssymptome sind leicht zu erkennen: Vor-sich-hin-Pfeifen, Tagträumen, Drachen oder ein Floß bauen, Lachkrämpfe und ganz allgemein übertriebenes Glücklichsein.

»Barbarisch«, ergänzte Liam. »Anders kann man es nicht nennen. Schau ihn dir doch nur mal an. Gräbt sich durch den Garten wie ein durchgeknallter Maulwurf.«

Im selben Augenblick richtete sich Martin auf und stieß einen Jubelruf aus, so ungefähr, wie ein durchgeknallter Maulwurf jubelt. Er kam durch die Hintertür in die Küche gerannt und schwenkte triumphierend den Katalog über dem Kopf.

»Ich hab ihn gefunden! Ich hab ihn gefunden!«, schrie er.

Liam und Debra betrachteten seine leere Hand, mit der er den imaginären Katalog schwenkte.

»*Was* hast du gefunden?«, fragte Debra.

Martin hielt inne. Plötzlich wurde ihm klar, dass er sich von seiner Begeisterung hatte mitreißen lassen. Schnell versteckte er den Katalog hinter dem Rücken.

»Äh … nichts«, antwortete er und schaute seine Eltern an, so unbekümmert wie er nur konnte.

Einen Moment lang stand er noch da, dann raste er wieder hinaus.

Liam schüttelte den Kopf. »Siehst du, was ich meine? Sommerferien machen doof. Basta.«

Am Abend lag Martin auf seinem Bett und brütete wieder über dem Katalog. Aber dieses Mal war er ein Käufer mit Erfahrung. Ein aufmerksamer, kritischer Käufer. Der wusste, was er wollte. Und was er wollte, hatte mit einem IF der Loopy-Lou-Art so wenig zu tun wie nur irgendwas. Was er haben wollte, war definitiv etwas Ruhigeres. Weniger stressig. Weniger nervtötend. Weniger knallbunt. Im Grunde wollte er einen imaginären Freund haben, dem nicht ständig irgendwelche idiotischen Ideen einfielen. Am besten also einen, der sozusagen total *einfallslos* war.

Kaum hatte er das zu Ende gedacht, als es im Schrank auch schon freundlich klopfte. Ein irgendwie musikalisches *Rata-ta-ta-tat!*

Die meisten Menschen würden vermutlich fast zu Tode erschrecken, wenn es in ihrem Schrank plötzlich zu klopfen anfinge. Aber Martin war inzwischen an den Durchgangsverkehr in seinem Kleiderschrank gewöhnt, deshalb war das für ihn nichts Besonderes. Er sprang vom Bett und riss die Schranktür auf. Und entdeckte einen großgewachsenen Mann, der sich im Schrank zusammenkauerte. Er trug einen billigen Anzug und hielt ein Klemmbrett in der Hand. Ein auffallend

Kunden-
dienst

gutaussehender Bursche, mit durchdringenden blauen Augen, einem sauber gestutzten Bart, einer lustigen roten Wollmütze und einem freundlichen Hängebackengesicht.

Stimmt genau – das war ich!

»Hallo«, begrüßte ich Martin, »ich bin Kundendienstberater 263749. Du kannst mich einfach KunDiB263 nennen.« Ich warf einen Blick auf mein Klemmbrett. »Und du bist bestimmt Melvin Goone.«

»Melvin Goone?«, fragte der kleine Junge, der da vor dem Schrank stand. »Äh, nein, eigentlich nicht ... Ich heiße Martin Moone. Sie müssen den falschen Schrank erwischt haben.«

»Moone?« Ich runzelte misstrauisch die Stirn – der Name kam mir doch ziemlich frei erfunden vor. Also griff ich in die Tasche meines Jacketts und zog ein weiteres Klemmbrett heraus, auf dem sein Name stand. »Ah, da haben wir dich auch schon! Martin Paul Kenny Dalglish Moone?«, sagte ich und überflog schnell die anderen Angaben zu seiner Person.

»Genau. Das bin ich«, antwortete der Junge. »Obwohl mich die meisten Leute einfach ... Adler ... Adlerauge nennen.«

»Die Leute nennen dich wirklich Adlerauge?«, fragte ich leicht skeptisch.

»Klar tun sie das. In der Schule hab ich jede Menge Spitznamen«, antwortete Martin, wirkte aber ein wenig verlegen.

»Zum Beispiel?«

»Na ja, äh … Löwenherz. Martin, der fliegende Superheld … und, äh, Pfirsichrotzer.«

»Pfirsichrotzer?«, hakte ich nach. Ich hatte das Gefühl, dass das der einzige Spitzname war, der wirklich stimmte.

»Ja, in der Dritten hab ich mich mal mit einem Pfirsichjoghurt besabbert, weil ich plötzlich niesen musste und dann das Zeug durch die Nase kam«, erklärte Martin etwas verschämt.

Ich wollte den Jungen nicht mit weiteren peinlichen Kindheitserinnerungen quälen, deshalb beschloss ich, die Frage nach dem Spitznamen fallen zu lassen und stattdessen mit dem üblichen Papierkram* weiterzumachen.

»Nun, Martin Moone, vermute ich richtig, wenn ich sage, dass du deinen Katalog noch einmal ausgegraben hast?«

»Sie vermuten richtig, KunDiB263«, bestätigte er nickend.

Ich kreuzte das Kästchen »JA« in meinem Personenbogen an. »Wunderbares Zeug, in dem

* **Papierkram:** die Formulare, die man ausfüllen muss, wenn man etwas a) bestellen, b) abbestellen, c) umbestellen oder d) zurückbestellsenden will. Und manchmal auch, um zu begründen, warum man überhaupt nichts bestellen will.

Katalog, meine ich«, fuhr ich fort. »Nun, wie gesagt, ich bin Kundendienstberater und arbeite in der Abteilung für Kundendienstberatung. Du darfst mich übrigens ruhig duzen. Äh – würde es dir etwas ausmachen, wenn wir das Gespräch in deinem Zimmer fortsetzen? Dein Kleiderschrank ist ein bisschen eng … und riecht ziemlich streng …« Ich blickte mich um. »… Als ob hier drin ein Furzpilz wachsen würde …«

»Ach so, ja, das sind Sineads Pfadfinderinnenstiefel. Die stellt sie zum Auslüften immer in den Schrank. – Dann komm doch ins Zimmer, Bartgesicht.«

Er trat zur Seite, und ich trat in sein Zimmer.

Kapitel 12
Kundendienstberater 263749

Auf Martins Stirn standen mehrere Querfalten, und das zeigte, wie verwirrt er war. »Sie meinen … du meinst also, wenn ein Realo seinen Katalog noch mal ausgräbt, schickt der Kundendienst jemanden vorbei, der die Sache überprüft?«

»Jep«, nickte ich. »Normales Standardverfahren. Du musst dir das so vorstellen: Wenn du deinen Katalog noch mal ausgräbst, ist das so ungefähr, als würdest du auf einen Alarmknopf drücken. Bei uns im Kundendienst schrillen dann sämtliche Alarmglocken.«

»Wie denn das?«

»Na ja, wie eben eine Alarmglocke klingelt«, erklärte ich. »An meinem Arbeitsplatz. Laut und schrill. Und das ist ziemlich ärgerlich.«

»Ach so.«

»Gut – machen wir mit dem Fragebogen weiter«, sagte ich und zeigte ihm das Formular auf dem Klemmbrett. »Nächste Frage. Weshalb hast du deinen Katalog noch mal ausgegraben? Geschah es:

A. versehentlich oder zufällig?
B. weil du deinen IF gern gegen einen anderen tauschen möchtest?

C. weil du den Katalog noch mal lesen möchtest?
D. aus Blödheit?«

Der Junge sah ja ziemlich blöd aus, deshalb schwebte mein Kugelschreiber bereits über dem Kästchen D.

»B«, verkündete Martin.

Ich schaute ihn verblüfft an. »Die Antwort kam aber sehr schnell. Bist du sicher, dass du nicht D sagen wolltest?«

»Nein, B. Definitiv B.«

»Hm. Ich sag dir mal was – ich kreuze beide Antworten an, nur um ganz sicherzugehen.« Ich kreuzte die Kästchen zu B und D an. »Und weiter geht's. Wie zufrieden bist du mit deinem imaginären Freund? Bist du:

A. außerordentlich zufrieden
B. normal zufrieden
C. eigentlich ziemlich unzufrieden
D. total unzufrieden und weinst dich deswegen jede Nacht in den Schlaf?«

»Ich bin überhaupt rein gar nicht zufrieden!«, beschwerte sich Martin lautstark. »Loopy Lou ist der schlimmste imaginäre Freund, den man sich vorstellen kann! Er nervt, er schreit, ist blöd, riecht komisch, hält nie die Klappe, seine Witze sind grauenhaft, seine Zauberkünste erbärmlich, und wenn er mir noch ein einziges Mal ein Ballontier an den Kopf wirft, gebe ich ihm einen Tritt in den Hintern, dass er bis zum Mond fliegt!«

»Also … äh … Antwort B, richtig?«, fragte ich vorsichtig.

»Und was am allerschlimmsten ist: Ich hab nicht mal meinen Schokofisch zu essen bekommen!«

»Okay … In Sachen Schokoladenfisch kann ich dir allerdings nicht weiterhelfen. Das war ein Sonderangebot, dafür ist die Abteilung Verkaufsförderung und IF-Promotion zuständig.«

»Hör mal, ich will ihn austauschen!«, verkündete Martin grob. »Ich. Will. Einen. Neuen. IF!«

»Aha. Verstehe«, nickte ich. »Dann also Antwort B … mit ein bisschen C dabei?«

In diesem Augenblick hörten wir Loopy Lou draußen durch den Flur hüpfen. »Loopy Lou is wieda da!«

»Oh, Scheiße!«, flüsterte Martin und sah plötzlich furchtbar nervös aus. Aber weil ihm nichts Besseres einfiel, riss er mir das Klemmbrett aus der Hand und schleuderte es unters Bett.

»Bin gaaanz fertich!«, brüllte Lou begeistert, stürmte ins Zimmer und drückte Martin sein letztes Wolkenbild in die Hand.

Martin warf einen kurzen Blick auf die Zeichnung. »Oh. Äh. Total … toll«, murmelte er.

Erst jetzt bemerkte mich Lou.

»Allo. Allo. Allo«, sagte er mit seinem doofen, schlecht nachgeahmten Londoner Dialekt. Mir war sofort klar, warum Martin mit diesem Burschen seine Probleme hatte.

Trotzdem lächelte ich ihn freundlich an.

Lou wandte sich an Martin. »Und wer ist der große Schlaks?«

Martin wurde rot und wusste momentan nicht, wie er meine Anwesenheit erklären sollte. »Er ist … äh … er …«

Ich trat verlegen von einem Fuß auf den anderen. »Na ja, die Sache ist ein bisschen … schwer zu erklären …«

»Er ist … äh …«, fuhr Martin fort, aber für die Rolle als Lügner würde er wohl keinen Oscar gewinnen.

Ich hielt es für besser, ihm aus der Verlegenheit

zu helfen. »Ich bin sozusagen geschäftlich hier, im Auftrag von …«

»Kundendienst!«, entfuhr es Martin, und damit sagte er unabsichtlich die Wahrheit.

Lou schaute mich an, jetzt sah er tatsächlich ein wenig besorgt aus. »Kundendienst? Loopy Lou kriegs doch keine Probleme, wills ich hoffen?«

»Nein, nein«, versicherte ich ihm hastig. »Ich bin nur hier, um, na ja, wegen einer Meinungsumfrage. Genau. Eine Umfrage, wie die neue Schriftart bei den Kunden ankommt. Im Katalog.«

»Ganz genau! Wir füllen gerade einen Fragebogen aus«, erklärte Martin.

»Ach so«, sagte Lou. »Und wo ist er?«

»Ich hab ihn unter das Bett geworfen«, sagte Martin.

Dieser Idiot.

»Soll ich ihn hervorholen, Moo-Moo?«

»Nein, nein, das ist schon okay.«

Ich musste etwas unternehmen. »Weißt du, was wirklich super wäre, Lou? Das ganze Gequatsche über die Schriften hat uns ganz durstig gemacht. Könntest du uns vielleicht was zu trinken holen? Vielleicht ein Glas …«

»Milch!«, warf Martin ein, was nicht sehr hilfreich war.

»Oder vielleicht ein Getränk, das ein bisschen schwerer zu beschaffen ist, wie …«

»Wasser!«, schlug Martin vor, doch im selben Moment wurde ihm sein Fehler bewusst. »Oder, äh, warte mal … nicht Wasser, oder jedenfalls nicht von hier. Wasser von weit, weit weg! Meilenweit! Vom Meer!«

»Meerwasser?«, fragte ich.

»Genau, Meerwasser!«, nickte Martin eifrig. »Lou – ich hätte gern ein nettes, extragroßes Glas frisches Meerwasser!«

Das schien Lou ein bisschen aus der Fassung zu bringen. »Aber das ist … ziemlich weit, Marty Moo, und ich habs grad meinen Mustang nicht dabei.«

»Nö, ist gar nicht so weit, Lou«, log ich. »Und je bälder du gehst, desto schneller bist du wieder da!«

»Na, ich wills sehr sofort wieder zurück sein, also muss ich mich beeilen!«, rief Lou hastig. Er lief aus dem Zimmer, streckte aber seinen großen dummen Schädel noch einmal zur Tür herein. »He, Marty! Solls ich für dich auch einen leckeren Seestern mopsen?«

»Einen … Seestern?«, fragte Martin.

»Jep! Nichts ist leckerer als ein knochig-knackiges Seesternsandwich mit Wespenhonig! Lecker-lecker! Loopy Lou stehts drauf!«

»Äh, lieber nicht, Lou, danke.«

»Schön blöd, Marty. Dann hols ich eben nur einen für Loopy Lou!« Lou rannte polternd die Treppe hinunter, aber erst, nachdem er noch einen kräftigen Abschiedsfurz in das Zimmer geblasen hatte.

Erleichtert schaute Martin zur Tür. »Das war super gelogen, KunDiB263.«

»Danke. Ich wünschte, das könnte ich von dir auch sagen.«

Ich kniete vor dem Bett nieder und angelte nach dem Klemmbrett mit dem Fragebogen. Als ich mich wieder aufrichtete, sah ich Martin nachdenklich im Katalog blättern. Nach einer Weile blickte er auf. »Weißt du was? Ich hatte gerade wieder eine von meinen echt brillanten Ideen.«

Das kam mir äußerst unwahrscheinlich vor, aber ich sagte es nicht laut.

»Vergessen wir einfach diese ganzen bescheuerten IFs, die einen Job suchen. Ich möchte, dass *du* mein imaginärer Freund wirst!«, verkündete er.

»Ich?!«

»Ja, du! Du bist doch imaginär, oder nicht? Und du nervst mich viel weniger als Loopy Lou.«

»Es stimmt, ich bin imaginär. Aber ich bin kein IF. Ich mache nur den Papierkram und so. Keine Feldeinsätze. Ich bin nur ein imaginärer Bürohengst.«

»Nö, jetzt nicht mehr! Du arbeitest jetzt für mich!«, rief Martin, riss mir das Klemmbrett aus der Hand und warf es wieder unters Bett.

»Kannst du bitte damit aufhören? Das ist mein Lieblingsklemmbrett!«

»Ach, komm schon, KunDiB263«, sagte Martin

drängend. »Hilf mir, aus dem Schlamassel wieder herauszukommen. Hier im Haus muss ich mich jeden Tag gegen eine Übermacht von Weibern wehren, und wenn die Schule wieder anfängt, brauche ich einen ordentlichen Kumpel an meiner Seite. Bei dieser IF-Sache hab ich nur noch eine Chance. Was ist, wenn ich noch einmal an einen bescheuerten IF wie Lou gerate? Das kann ich auf keinen Fall riskieren. Ich will dich in meinem Team haben! Na, was sagst du dazu? Willst du mein IF werden?«

Ich überlegte ein paar Augenblicke lang. Ließ mir die Sache gründlich durch den Kopf gehen.

Um ganz ehrlich zu sein: Ich hatte schon immer als imaginärer Freund arbeiten wollen. Aber so hatte ich mir die Sache dann doch nicht vorgestellt. Wollte ich wirklich der IF dieses Dödels hier werden? Ich hatte immer der IF von jemandem werden wollen, der mich dringend brauchte – zum Beispiel von einem Kind in Afrika. Wie sollte ich sonst jemals den IFFY für den Besten IF des Jahres gewinnen? Es ist verdammt schwer, den IFFY zu gewinnen. Den verleihen sie nämlich nicht an irgendeinen Nullachtfuffzehn-IF. Ganz bestimmt nicht.

Deshalb beschloss ich, Martin erst einmal noch ein paar Fragen zu stellen, um herauszufinden, ob ich mit diesem Realo überhaupt eine Chance auf den IFFY hatte.

»Sind wir hier in Afrika?«

»Nein, im Moment nicht.« Das war eine korrekte Antwort.

»Werden wir irgendwann bald nach Afrika umziehen?«

»Wahrscheinlich eher nicht.« Wieder korrekt.

»Würdest du sagen, dass du in Armut lebst?«

»Nein. Ich würde sagen, ich lebe in Boyle.«

»Leidest du an irgendwelchen unheilbaren Krankheiten?«

»Nein, ich glaube, all meine Krankheiten sind heilbar. Bis auf meine Fußwarzen vielleicht.«

»Hattest du jemals eine Nahtod-Erfahrung?«

Martin nickte. »Ich hab mal ein Sandwich auf dem Friedhof gegessen.«

Ich will niemandem etwas vorlügen – Moone-Boy hatte mich mit seinen Antworten nicht überwältigt, sondern im Gegenteil ziemlich unterwältigt. Er war ganz bestimmt nicht das beste IFFY-Material, das ich mir hätte vorstellen können. Andererseits war es vielleicht eine gute Gelegenheit, aus der langweiligen Kundendienstabteilung herauszukommen …

Ich grübelte noch eine Weile darüber nach und grinste ihn schließlich an.

»In Ordnung, Martin – äh, übrigens: Hängst du eigentlich sehr an deinem Namen?«

Er schaute mich ein bisschen irritiert an. »Na ja, den hat Mum in fast alle meine Unterhosen eingenäht.«

»Okay … ach, was soll's?! Wir machen das!«

Martin lächelte glücklich. »Das ist das Beste, was ich heute zu hören bekommen habe! Warte – was für ein Tag ist heute?«

»Freitag«, vermutete ich.

»Dann ist es das Beste, was ich in dieser Woche zu hören bekommen habe!«, verkündete er und grinste so glücklich, wie ich ihn noch nicht grinsen gesehen hatte, seit ich hier angekommen war. Er ergriff meine Hand und schüttelte sie herzlich. »Willkommen in meiner imaginären Welt!«

Kapitel 13
Letzte Sommerferientage

Am nächsten Morgen lag ich zusammengerollt auf dem Boden vor Martins Bett, als der Wecker an meiner Armbanduhr zu piepen anfing. Ich sprang auf, bereit für meinen ersten Einsatztag als imaginärer Freund. Aber ich musste bald feststellen, dass Martin nicht gerade ein Frühaufsteher war. Dagegen hatte ich nichts einzuwenden, deshalb legte ich mich wieder hin, um noch eine Runde zu pennen. Ich grinste bei dem Gedanken an meine armen imaginären Kollegen, die sich um diese Zeit in den großen grauen Wolkenkratzer schleppten, in die Kundendienstabteilung, um sich hinter ihre langweiligen Schreibtische in den winzigen, trostlosen Arbeitsnischen zu zwängen. Besonders lebhaft konnte ich mir meinen Boss, Mr Scabnose, vorstellen, wie er wütend auf meinen leeren Schreibtisch starrte. »KunDiB263?! Wo zum Henker steckt KunDiB263?!«, brüllte er vermutlich gerade durch das Großraumbüro. Und all die anderen imaginären KunDiBs würden nur mit den Schultern zucken. »Keine Ahnung, Mr Scabnose, Sir. Vielleicht macht er gerade Mittagspause?«

Hahaha! Klar machte ich gerade Mittagspause – die längste, großartigste Mittagspause meines

Lebens. Es war absolut toll, endlich aus dem Hamsterlaufrad des Bürolebens zu hüpfen und einfach mal mit dieser kleinen Schlafmütze hier abzuhängen!

»Ich sehe, dass du ziemlich ausgiebig schläfst, Martin«, sagte ich, als er endlich aufwachte. »Du bist ein echter Siebenschläfer. Womöglich bist du schlafsüchtig.«

»Ja, damit könntest du recht haben«, stimmte er zu. »Wenn ich nicht jede Nacht vierzehn Stunden Schlaf bekomme, kriege ich den Veitstanz. Schlafen ist mein *craic*. Der beste *craic* auf der Welt!«

Während der nächsten paar Tage lernte ich Martins Leben in allen Einzelheiten kennen – die kleine Stadt mitten im Nirgendwo, das Trio seiner gestörten Schwestern und seine Wünsche, Hoffnungen und Träume. Zum Beispiel wollte er einmal eine Fabrik für Weltraumaffen besitzen oder das erste essbare Auto erfinden.

Ich wurde auch über seine Allergien informiert. Für die Liste brauchten wir fast einen ganzen Vormittag.

»Röntgenstrahlen«, erklärte er, als wir beim Buchstaben R angekommen waren. Und ein paar Minuten später: »Segelboote. Weibertränen. Würzfleisch. Yaks*. Zecken. Zesten**. Zink. Zombies. Zoos. Vor allem Zoos mit Yaks.«

»Woher weißt du, dass du gegen Zombies allergisch bist?«, wollte ich wissen.

»Weil mir immer ein bisschen schummrig wird, wenn ich alte Leute versehentlich berühre, und die sind ja so ähnlich wie Zombies, deswegen vermute ich mal, dass ich auch gegen Zombies allergisch bin, KunDiB263.«

*** Yak:** eine in Zentralasien verbreitete Rinderart, auch Grunzochse genannt, weil er ständig grunzt. Der weibliche Grunzochse heißt natürlich nicht Grunzochse, sondern Grunzkuh.
**** Zesten:** hauchdünne Streifen der äußersten Schale von Zitronen oder Orangen. Das ist so ähnlich wie Wundschorf oder Krätze beim Menschen.

»Aha.«

»He, musst du das alles nicht aufschreiben?«

»Oh, das mach ich doch. Schon die ganze Zeit«, versicherte ich ihm.

Er schaute mich an und sah, dass ich mir nichts aufschrieb.

»Mental«, fügte ich hinzu und tippte mir an die Stirn. »Wird alles auf meinem mentalen Notizblock notiert.«

»Echt jetzt?«, fragte er beeindruckt. »Wollte ich mir schon lange mal besorgen. Im Moment benutze ich immer noch meinen Hautnotizblock.«

Er zeigte mir die Handfläche, dann schrieb er darauf: »Mentalen Notizblock kaufen.«

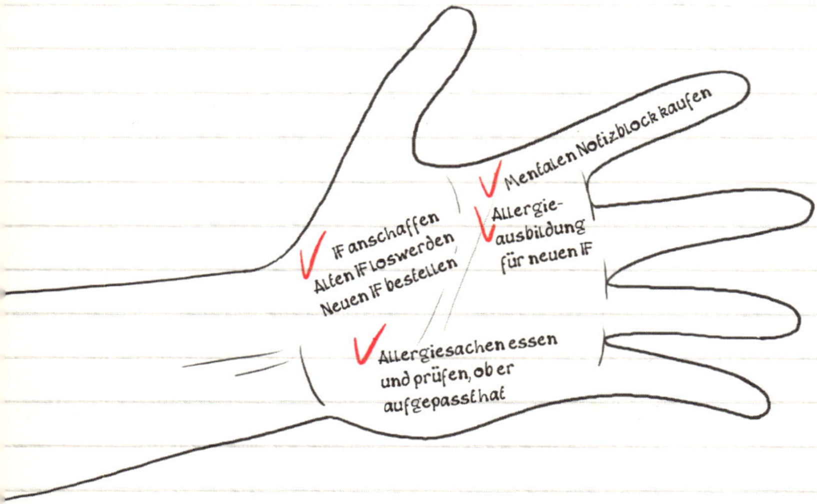

Ja, das Leben meinte es gut mit uns. Wir genossen die letzten Sommerferientage, aber irgendwo am

Horizont hing auch eine dunkle Wolke. Eigentlich hingen sogar ziemlich viele dunkle Wolken am Himmel – dieses Land hatte sich offenbar auf miserables Wetter spezialisiert –, aber diese eine dunkle Wolke war lauter und ärgerlicher als alle anderen und lief mit einer rot getupften Hose in der Gegend herum. Und eines Tages tauchte sie johlend und grölend in der Einfahrt des Moone-Hauses auf, gerade als Martin wie jeden Nachmittag eine Schale Readybix löffelte.

»Juhu! Marty Moo! Wo bist du?«, sang Loopy Lou, während er zur Haustür hüpfte und versuchte, das Glas Meerwasser nicht zu verschütten.

Martin fuhr so jäh vom Tisch hoch, dass seine Readybix-Schale umkippte. »Er ist wieder da!«, stieß er hervor.

Wir schauten uns in panischer Angst an.

»Schnell!«, befahl ich. »Ein Stück Papier!«

Martin riss ein Blatt aus seinem Schreibheft, und als Loopy Lou zur Haustür gehüpft kam, wartete bereits eine Nachricht auf ihn. Sie hing aus dem Briefschlitz und war nicht zu übersehen.

Loopy Lou bückte sich und starrte die Nachricht an.

»Er gehts in Wals spazieren?«, rief Loopy Lou aufgeregt aus. »Hat der Bursche ein Glück! Ich wollte schon immer in einem riesigen Wals-maul herumspazieren! Vielleicht kommt er bald

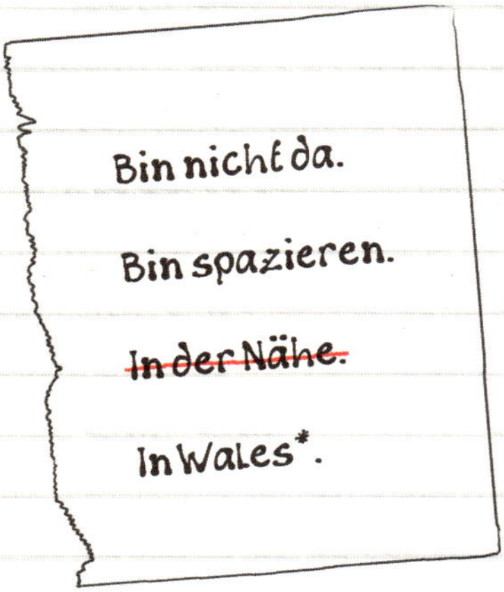

zurück?«, überlegte er. »Am besten, ich warts hier auf ihn.« Während er noch darüber nachdachte, bemerkte er einen zweiten Zettel, der aus dem Briefschlitz guckte, und bückte sich, um auch den zu entziffern.

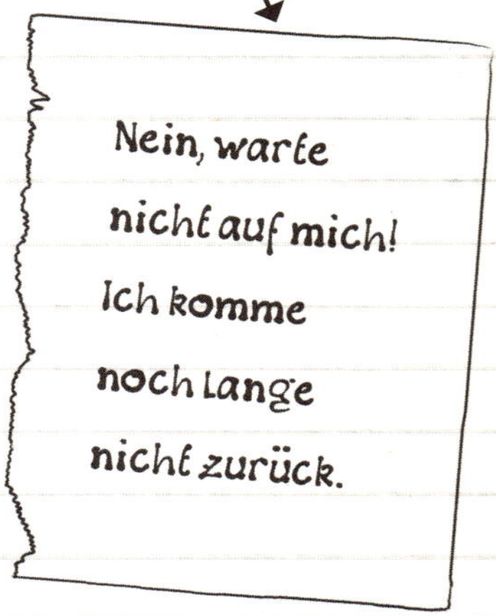

»Oh. Na ja, ich wette, er wirds ganz schön durstig sein, wenn er so lange in einem Wal herumläuft. Ich frags mich … Soll ich trotzdem hier auf ihn warten? Oder lieber am Meer? Was jetzt – hier oder am Ufer?«

Da entdeckte er einen weiteren Zettel, den er zuvor noch nicht bemerkt hatte. Darauf stand:

* **Wales:** der kleinste Landesteil von Großbritannien. Es liegt westlich von England, und die Queen ist auch dort Staatsoberhaupt. Dort leben die Waliser in Dörfern, die hübsche kurze Namen haben, zum Beispiel Llanfairpwllgwyngyllgogerychwyrndrobwllllantysiliogogogoch. Nein! Kein Witz!

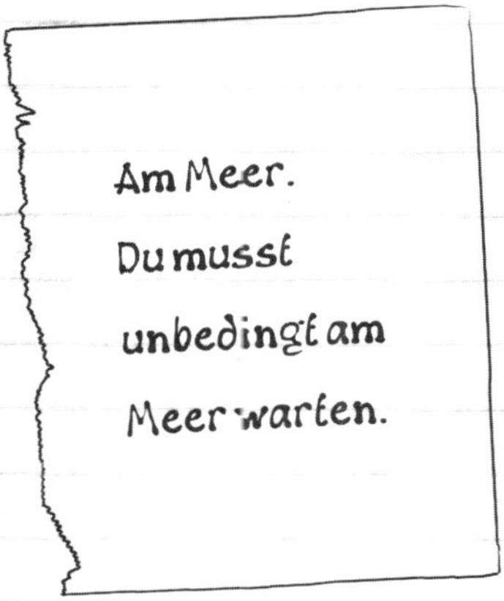

»Dann werds ich wohl wieder ans Meer gehen, oder?«, strahlte Loopy Lou. »Wirklich nützlich, die kleinen Zettel! Danke, Mr Briefschlitz!« Fröhlich hüpfte er davon.

Wir spähten ihm durch den Briefschlitz nach.

»Warum ist er immer noch da?«, fragte Martin beunruhigt.

Ich schüttelte den Kopf. »Keine Ahnung. Normalerweise verschwindet der alte IF, sobald der Realo sich einen neuen IF aussucht.«

»Und warum hat das bei mir nicht geklappt?«

»Weiß ich nicht, ehrlich«, sagte ich.

»Aber du bist Kundendienstberater! So was müsstest du doch wissen?!«

»Also, um ganz ehrlich zu sein, Martin, ich war in meinem Job keine große … Leuchte. Das ganze technische Zeug steht irgendwo im *Großen Wichtig-Wuchtigen Handbuch*. Das wollte ich immer mal lesen. Hab ich aber nie gemacht.«

»Warum nicht?«

»Weil eine Menge völlig nutzloser Informationen drinsteht, die niemand jemals braucht! Abgesehen von der Sache hier vielleicht«, gab ich zu. »Pass auf: Warum sagst du es ihm nicht einfach? Sag ihm, dass er nicht mehr dein IF ist.«

»Spinnst du jetzt oder was?«

»Meinst du *mich?*«, fragte Martins Mutter.

Sie stand mitten im Flur und blickte mit sehr besorgter Miene auf ihren einzigen Sohn hinunter, der auf dem Boden an der Tür kniete, durch den Briefschlitz spähte und Selbstgespräche führte.

»Oh, hallo, hi, Mum«, sagte Martin, winkte ihr kurz zu und sprang auf. »Nein, ich hab nicht dich gemeint, sondern den … äh, Briefschlitz. Was hast du denn da?« Martin deutete auf einen Stapel Bücher, die sie im Arm hielt.

»Deine neuen Schulbücher fürs nächste Schuljahr.«

»Oh, danke, Mum!«, lächelte Martin und nahm ihr den Stapel ab. »Ich liebe den Geruch von neuen Büchern.« Er atmete ihren Duft tief ein, aber dann musste er plötzlich heftig husten. »Würg! Wieso stinken sie so?«

Sie schaute ihn ein bisschen schuldbewusst an. »Äh, mit ›neu‹ hab ich nur gemeint, dass sie … für dich neu sind.«

»Ach so, nur für mich … Die Bücher sind also aus zweiter Hand*, stimmt's?«, rief Martin.

* **aus zweiter Hand:** gebrauchtes Zeug. Interessiert natürlich die reichen Leute nicht. Wenn du nicht dazugehörst, hast du höchstwahrscheinlich deine Klamotten, Schulbücher und so weiter nur aus dritter, vierter, fünfter oder sechster Hand bekommen, also Sachen, in denen deine Vorgänger Spuren und Gerüche hinterlassen haben.

»In vier davon hab ich reingespuckt!«, schrie Sinead aus der Küche.

Trishas Stimme kam vom Wohnzimmer, wo sie vor der Glotze saß. »Ich glaube, im Mathebuch hab ich ein paar super Songtexte über den Satan aufgeschrieben, Martin.«

Und Fidelma schrie von irgendwoher: »Und ich hab im Geschichtsbuch die Jahreszahlen mit Tipp-Ex gelöscht, damit ich sie nicht auswendig lernen musste.«

»Mist, Mist, Mist«, stöhnte Martin verzweifelt. »Hätt ich mir ja denken können ...«

»Ach, mein Lieber«, sagte Debra traurig, »du weißt doch, dass wir uns keine neuen Bücher leisten können. Es ist schon schlimm genug, dass du ein Junge bist und ihre alten Unterhöschen nicht anziehen willst.«

»Genau, du egoistischer Unterhosenfreak!«, schrie Trisha.

»Aber, Mum, ich komme jetzt in die Sechste!«, verteidigte sich Martin. »Das ist doch eine ganz andere Liga! Da brauche ich richtige Unterhosen mit Eingriff. Und richtige Hosen und ordentliche Bücher! Und nicht solche, die Sinead schon durchgekaut hat!«, sagte Martin vollkommen verzweifelt.

»Ach, Martin, die Bücher sind doch noch tadellos! Binde sie doch einfach mit ein bisschen

Tapete* neu ein, damit kann man sie richtig schön aufmotzen.«

Debra legte eine große Tapetenrolle auf den Stapel, und Martin und ich schlichen mit Martins schwesterverseuchten Schulbüchern davon.

»Sie stinken wirklich wie Teufelsfürze«, sagte ich. (Und das wusste ich genau, denn ich steckte einmal mit dem Teufel im Lift fest.)

Martin verbrachte den größten Teil des letzten Ferienwochenendes damit, seine neuen Bücher zu desinfizieren. Eine nach der anderen hatten die drei Moone-Girls fast jede Seite verdreckt. Martin brauchte Stunden, um Fidelmas falsche Lösungen zu den Rechenaufgaben und Trishas satanische Verse wegzutippexen und die Reste von Sineads Mittagessen herauszukratzen. Im vergangenen Schuljahr musste sie besonders hungrig gewesen sein, denn fast jedes Buch war an den Rändern angeknabbert, und an vielen Blättern waren die Ecken weggenagt.

So hatten wir das letzte Ferienwochenende nicht verbringen wollen, und dabei war es noch nicht

*** Tapete:** Schulbücher werden in Irland oft in Papiertapete eingebunden, um sie gegen Verschmutzung zu schützen. Legt man die Bücher dann direkt vor eine Wand, sind sie vollkommen getarnt und können deshalb nie mehr gefunden werden.

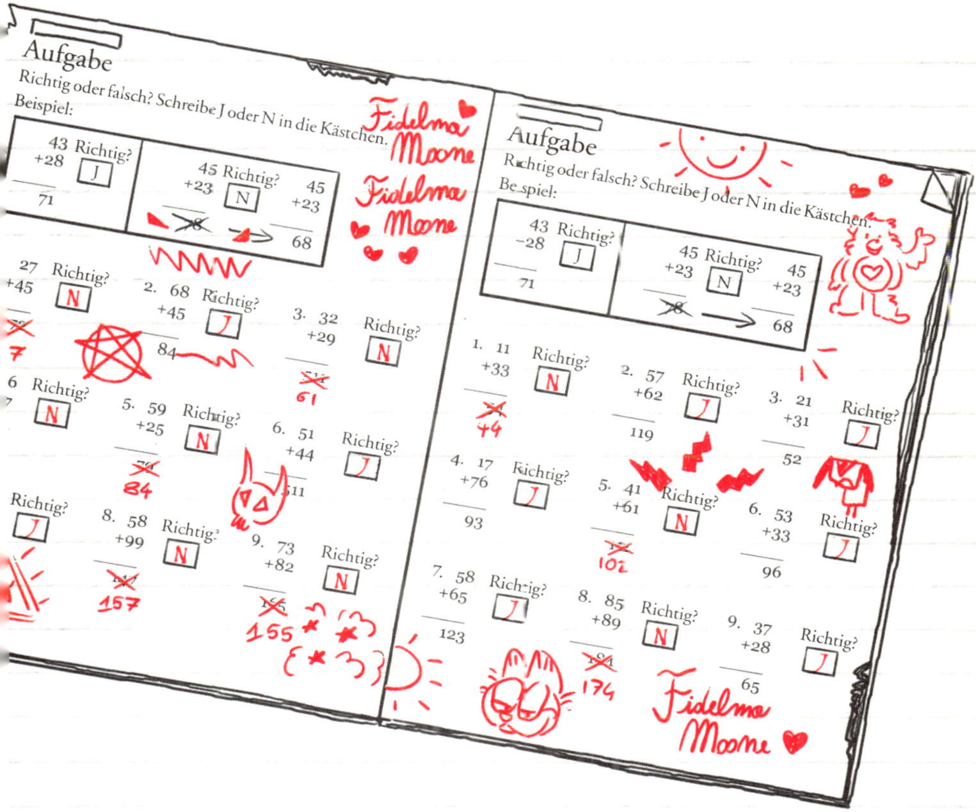

einmal zu Ende. Es wurde noch schlimmer.

Gerade als Martin das Geographiebuch in geblümte Papiertapete einbinden wollte, hörten wir von draußen eine leider nur allzu bekannte Stimme.

»Moo-Moo! Du bist wieder da!«

Martin zuckte heftig zusammen. Loopy Lous beklopptes, aber strahlendes Gesicht schaute durch das Fenster.

»Oh. Hallo, Lou.«

Sein breites Grinsen verschwand, als er entdeckte, dass Martin nicht allein war. »Warum ist der Mensch vom Kundendienst immer noch da, Marty? Wills er immer noch mit dir über die Schriftarten reden?«

Martin und ich blickten uns an. »Äh … Er wollte gerade … gehen«, sagte Martin lahm.

»Gut! Ich komms jetzt rein!« Lous Gesicht verschwand, und er hüpfte zur Hintertür.

»Wir müssen ihn loswerden!«, sagte Martin dringend.

Ich schüttelte müde den Kopf. »Und wie? Was ist dein Plan? Willst du ihn ewig ans Meer schicken?«

»Vielleicht.«

»Du musst ihn feuern, Kumpel. Vielleicht verschwindet er dann wirklich.«

»Ich glaube nicht, dass ihm das gefallen würde.«

»Nein, wahrscheinlich nicht. Aber du bist jetzt ein Mann, Martin. Du bist in der Sechsten! Wenn du eines Tages wirklich eine Fabrik für Raumfahrtaffen leiten willst, musst du dich daran gewöhnen, auch mal Leute zu feuern. Und sogar Affen.«

Schon der bloße Gedanke machte Martin nervös. Zwar war er an die täglichen Kämpfe mit seinen drei Schwestern gewöhnt, aber eigentlich mochte er keinen Streit. Und wenn er sich vorstellte, dass er Lou jetzt in die Wüste schicken musste, wurde ihm direkt schlecht.

»Ich mach dir einen Vorschlag: Lade ihn zum Mittagessen oder so ein. Geh mit ihm in irgendein nettes Lokal, dann kann er dir keine Szene machen. Und dann sagst du ihm einfach, was Sache ist.«

»Und wenn er ausrastet?«

»Er ist doch ein Profi! Ich bin sicher, dass er damit zurechtkommt.«

In diesem Moment wirbelte Lou radschlagend ins Zimmer.

»Marty, ich habs dir dein Allerlieblingsmeerwasser mitgebracht, aber dann hats mich ein verrücktes Hornpferd in den Hintern gepiekst, und ich habs das Wasser über meinen Bauchnabel verschüttet!«

»Hallo, Lou«, lächelte Martin nervös, »hast du vielleicht Hunger …? Ich lade dich zum Mittagessen ein.«

Kapitel 14
Gefeuert!!! Oder ...?

»Das ist aber eine supertolle Oberüberraschung!«, kreischte Lou glücklich. »Total cooool hier!«

»Äh, ja«, nickte Martin und schaute sich verlegen um. »Ganz okay, nicht zu schäbig.«

Sie saßen völlig allein in einem Bistro mitten in Boyle. Es war eine kleine, nach Frittierfett stinkende schmuddelige Imbissbude, die nur drei verschiedene Varianten von Burgern und zwei Sorten Pommes auf der Speisekarte hatte, aber Lou blickte sich so ehrfürchtig um, als säße er zum ersten Mal in seinem imaginären Leben in einem Edelrestaurant. Das Lokal gefiel ihm offensichtlich. Zur Feier des Tages hatte er sogar einen kleinen Bowlerhut* aufgesetzt.

»Weißt du, nicht viele IFs werden von ihren Realos zum Essen eingeladen, und schon gar nicht in so schicke Restaurants. Ich hab dich wohl echt beeindruckt, oder?«

*** Bowlerhut:** offizielle Kopfbedeckung für Bowlingspieler. Der Hut ist rund und heißt deshalb auf Deutsch »Melone«. Wenn die Bowlingkugel mal stecken bleibt, kann man einfach mit dem Hut weiterspielen. Ziemlich genial.

Martin lachte nervös und schaute sich um. »Eigentlich ist das wohl eher eine Art Café.«

»Oooh! Ein *Café*, Madame!«, seufzte Lou und schien noch mehr beeindruckt. Er schnippte mit den Fingern und sagte mit affektiertem Akzent: »Ober, fünf Hummer-Milchshakes, biiittte!«

Darüber musste Martin lachen, brach aber sofort ab, als die Bedienung an den Tisch kam.

»Oh, hallo«, sagte er ein bisschen verlegen.

Sie schaute ihn verwirrt an und zückte ihren Block und Stift. »Möchtest du etwas bestellen?«

»Ja, das möchten wir«, nickte Martin und nahm die Karte in die Hand.

»*Wir*?«

Er blickte zu ihr auf, für einen Moment sprachlos. »Äh … ich meine, ja, *ich* möchte etwas bestellen. Und wenn Sie bereit sind, meine Bestellung entgegenzunehmen, dann sind wir beide bereit. Das hab ich gemeint.«

Sie runzelte leicht die Stirn, ging aber nicht darauf ein.

»Gut gemacht, Moo-Moo«, grinste Loopy Lou und fügte mit seiner affektierten Stimme hinzu: »Ich ziehe den Hut vor Ihnen, Sir.«

Und tatsächlich lüftete er den Hut ein wenig, und ein Frosch sprang von seinem Kopf auf den Tisch.

»Hoppsala«, sang Loopy Lou, »ich habs dir einen Frosch gezaubert!«

Martin blickte zu der jungen Frau auf, die immer noch auf seine Bestellung wartete. Sie sah weder Lou noch den Frosch (der inzwischen auf dem Tisch herumhüpfte), und Martin gab sich größte Mühe, nicht auf die beiden zu achten.

»Äh, also … Ich hätte gern eine rote Limonade«, sagte er. »Und … äh …«

Er schaute Lou fragend an.

»Ach so, ja«, sagte Lou und blickte auf die Karte. »Ich nehme den Schimpanseneintopf, garniert mit Schwanenschweißsahne.«

Martin wandte sich wieder an die Bedienung. »Und eine Fanta.«

Die Kellnerin blickte ihn verwundert an. »Eine rote Limonade *und* eine Fanta?«

»Ja, bitte«, nickte Martin.

»Gleichzeitig?«

»Äh, ja. Ich bin total ausgetrocknet.«

Eine kurze Pause trat ein, während die Kellnerin Martin besorgt anschaute. Ihr war klar, dass mit dem Hirn dieses kleinen Burschen etwas absolut schiefgelaufen war, aber wenigstens hatte er es geschafft, etwas zu bestellen. Deshalb zuckte sie nur die Schultern und ging davon, um die Getränke zu holen.

»Fanta ists sooo laaangweilig!«, beschwerte sich Loopy Lou, während er dem Frosch zuschaute, der vom Tisch sprang und zum Ausgang hüpfte. »Wollens wir denn nicht ein bisschen Spaß haben, Marty Moo?«

»Äh, eigentlich«, sagte Martin nervös, »dachte ich, dass wir mal miteinander reden sollten, Lou.«

»Reden? Worüber denn?«

»Über uns.«

Loopy Lou runzelte die Stirn, und zum ersten Mal sah er wirklich ein bisschen bekümmert aus. »Was ists denn mit uns?«

»Na ja, die Sache ist nämlich die, Lou«, fing Martin an und spielte verlegen mit der Gabel, »dass es einfach nicht funktioniert.«

»Was funktionierts nicht?«

Martin blickte auf die Tischplatte. »Wir – zwischen uns funktionierts es nicht.«

»Was solls das heißen?«, fragte Lou. »Das ist nicht mal ein richtiger Satz, Marty!«

Martin schaute ihn entschuldigend an. »Also – ich muss dich gehen lassen.«

Lous Mund klappte auf, wie vom Blitz getroffen starrte er Martin an. Als ob ihn ein Hornpferd in den Bauch getreten hätte. »Du … du willst mich … feuern?«, stotterte er schließlich, wobei sich seine Augen mit Tränen füllten.

»Nein!«, sagte Martin plötzlich. »Sondern ich lasse dich gehen … wie … wie einen Hund. Im Wald. Oder so. Dann ist er wieder frei. Und findet seinen eigenen Weg nach Hause.«

»Das klingts aber genauso wie feuern!«, jammerte Lou.

»Okay, okay. Dann feuere ich dich eben.«

»Du *feuerst* mich???!«, schrie Lou entsetzt.

»Nein! … Ich meine, ja! Aber ich hoffe, dass wir trotzdem Freunde bleiben können«, sagte Martin lahm.

»Aber wir *sind* doch Freunde! Imaginäre Freunde!«

»Äh, nein, ich meine das anders … mehr entfernte Freunde. Freunde, die nicht ständig zusammen sein müssen. Wie Brieffreunde! Die einander nie schreiben.«

Loopy Lou stieß einen langen Jammerlaut aus, schlug die Hände vors Gesicht und begann zu schluchzen. Offenbar war er völlig verstört.

Martin hatte nur einmal in seinem Leben einen erwachsenen Mann so schluchzen sehen, nämlich seinen Dad, der wie ein Baby geweint hatte, als Irland 1987 den Eurovision Song Contest* gewonnen hatte. Und erst recht hatte er noch nie einen imaginären erwachsenen Mann schluchzen sehen – das war alles andere als ein schöner Anblick.

* **Eurovision Song Contest:** ein Wettbewerb der Musikgiganten des europäischen Showbusiness, die jedes Jahr ihre Schlacht mit elektronischen Instrumenten, sauber rasierten Männerbrüsten und ganzen Waggonladungen voll Glitzerzeug austragen. Ach so, ja, gesungen wird da auch.

Deshalb wandte Martin den Blick ab und sah an Lous Schulter vorbei zum Fenster. Und vor dem Fenster stand ich und spähte hinein.

Mit den Lippen formte ich die Frage: »Wie läuft's?«

Martin machte eine unsichere Handbewegung: »Nicht so gut.«

Ich nickte mitfühlend und tippte auf meine Armbanduhr, um ihm zu signalisieren, dass er die Sache endlich über die Bühne bringen müsse, wobei ich mit den Lippen den Namen »MacGyver« formte.

»Sag mir warum!«, blubberte Lou, nahm seine tränennassen Hände vom Gesicht und schaute Martin flehend an. »WARUM???«

»Äh … kein besonderer Grund …«, murmelte Martin bedrückt.

»Wars ich nicht verrückt genug? Weil ich nämlich noch viel, viel verrückter sein kann! Solls ich die Zuckerdose leeressen? Gegen die Wand boxen?«

»Nein, nein, lieber nicht.«

Aber Lou war bereits aufgesprungen und versetzte der Wand einen geraden Haken. Dann schrie er auf vor Schmerzen. »AUUUUAAAAA!«

»Lou! Lou! Genau das ist das Problem – du bist *zu* verrückt!«

»Ich kann viel weniger verrückt sein! Kann der langweiligste imaginäre Freund sein, den du jemals gehabt hast! Aber bitte, bitte – feuere mich nicht! BITTE!«

Er hieb mit beiden Fäusten auf den Tisch, aber Martin schüttelte nur traurig den Kopf. »Tut mir echt leid, Lou.«

Lou warf sich wieder auf den Stuhl und schluchzte noch einmal laut auf. »Wusste ich doch, dass ich den Job vermasseln würde! Der alte Loopy ist und bleibt ein Loser! Loopy Lou Loser!«

Martin beugte sich vor; er fühlte sich wirklich grauenhaft. »Hör zu, Lou, ich schreibe dir ein prächtiges Zeugnis. Du findest ganz bestimmt einen neuen Realo.«

»Nein, bestimmt nicht«, schniefte Lou. »Niemand will mich! Niemand mag Lou!«

»Das stimmt nicht!«

»Du willst mich doch auch nicht!«

»Na ja, das stimmt. Aber ich bin sicher, jemand anders wird dich haben wollen.«

Lou schüttelte den Kopf, und dabei entdeckte er mich, als ich gerade wieder durchs Fenster spähte. Er funkelte mich wütend an, und ich wich sofort zurück. Zornig wandte er sich wieder zu Martin um.

»Ist es wegen IHM?«, wollte er wissen und deutete anklagend auf das Fenster.

»Wen … wen meinst du?«

»Du weißt ganz genau, wen ich meine! Den Schlaks mit Bart! Den Kundendienstvolltrottel! Hat der sich bei dir eingeschleimt und sich meinen Job unter den Nagel gerissen?«

»Nein, nein, natürlich nicht!«

»Also *so einen* willst du, Martin? Einen Dödel in billigem Anzug und mit blödem Gesichtskraut? Einen Hanswurst, der den ganzen Tag lang bescheuerte Kommentare abgibt? Wenn das alles ist, was du haben willst, dann kann ich das viel besser! Viel, viel besser! Ich hab ein gigantisches Repertoire drauf!«

Voller Verzweiflung drückte Lou Martins Hand und schaute ihn tieftraurig an, was die Sache für Martin noch schwerer machte.

»Es tut mir wirklich leid, Lou«, sagte Martin, »aber ich muss jetzt gehen.« Er zog seine Hand zurück und stand auf.

Lou blickte wütend zu ihm hoch. »Und ich hab mich so auf ein nettes kleines Mittagessen mit dir gefreut! Aber du hast mich nur in diese eklige Frittenbude eingeladen, damit ich keine Szene mache, stimmt's? Na, da hast du dich aber gründlich getäuscht, Marty Moo! Weil ich nämlich eine RIESENSZENE veranstalten werde!«

Und Lou sprang auf den Tisch und wirbelte mit den Armen herum wie eine durchgeknallte Windmühle. »AAAARRRGGGHHH!!!«, brüllte er dabei.

Martin warf ein paar Münzen auf den Tisch und lief schnell zur Tür, um dem imaginären Getöse zu entfliehen, gerade als sich die Bedienung mit den Getränken Martins Tisch näherte.

»Tschüss! Danke!« Er winkte ihr zu und stürmte zur Tür hinaus, während ihm Lou lauthals nachjammerte.

»Lauf mir nicht davon, Marty Moo! Ich bin noch nicht fertig mit meiner Riesenszene!«

Ich wartete vor dem Café auf Martin. »Alles klar?«, fragte ich quietschvergnügt.

Und schon tauchte Lou an der Tür auf. »Das ist alles nur deine Schuld, du Bürolackaffe! Du Tintenfresser! Du bist nichts als ein imaginärer Freundschaftskaputtmacher! Ein schleimiger Realo-Dieb!«

»Lauf!«, schrie Martin, und wir sprinteten davon,

während Lou noch eine ganze Weile hinter uns her zeterte.

»MOO-MOO!! VERLASS MICH NICHT!!«

Es war keine angenehme Aufgabe gewesen, aber Martin hatte sie gemeistert! Er hatte den alten Lou gefeuert. Ich muss zugeben, dass ich wirklich beeindruckt war, wie der kleine Schwachkopf die Sache durchgezogen hatte. Wir rasten durch den Regen nach Hause, um noch den letzten Tag in Freiheit zu genießen. Wir verbrachten ihn damit, dass wir die restlichen Schulbücher in Papiertapete einwickelten.

Kapitel 15
Schule hat begonnen!

1. September
Wetteraussichten: Bedeckt; gelegentliche Regenschauer sind möglich. Na gut, streichen wir »gelegentlich« und »sind möglich«. Ok, ok. Es wird den ganzen Tag lang pissen.

So kam es, dass ich der exklusive IF eines belämmerten Jungen im Westen Irlands wurde.

Da waren wir nun also, zum ersten Mal gemeinsam auf dem Schulweg. Er in seiner Schuluniform, ich in seinem Kopf, und Hoffnung hatten wir alle beide im Herzen. Und Sand in den Hosentaschen (lange Geschichte, frag lieber nicht).

»Ich hab mir überlegt«, meinte Martin (der ziemlich schnell lernte, wie man das mit dem Überlegen machte), »dass wir den Schulweg dazu nutzen könnten, über das zu sprechen, was sich an diesem Tag ereignet hat. Ich könnte dich zum Beispiel mit komischen Geschichten aus meiner neuen Klasse ergötzen*,

*** ergötzen:** (Verb) jemanden mit einer amüsanten Erzählung erfreuen, aber mit einem leicht hämischen, sarkastischen oder spöttischen Einschlag. Manchmal ist auch viel heiße Luft dabei.

und du könntest mir ein paar von deinen blöden Witzen erzählen oder vielleicht ein bisschen tanzen.«

»Klingt gut«, sagte ich, obwohl mir schon jetzt klar war, dass er das mit dem Tanzen glatt vergessen konnte.

Wir gingen weiter und dachten beide angestrengt darüber nach, was wir als Nächstes sagen könnten.

»Ziemlich schwer, sich schon am frühen Morgen über die Ereignisse des Tages zu unterhalten«, sagte ich nach einer Weile.

»Stimmt«, sagte Martin, »schon deshalb, weil am frühen Morgen noch gar nichts passiert ist.«

»Genau. Was hättest du denn gern, das sich heute ereignen sollte?«

»Heute?«, fragte Martin leicht verwirrt.

»Ja, heute. Ich meine, bist du vielleicht aufgeregt, weil heute der erste Schultag nach den Sommerferien ist?«

»Bisschen. Jetzt geht nämlich der Stress richtig los, KunDiB263. Bin mal gespannt, welche Dynamik sich in der neuen Klasse entfaltet. Und ob ich einen anständigen Tisch erwische. Und ob der neue Lehrer meine großartigen Witze kapiert oder sie nur für einfältig und ärgerlich hält, wie alle Lehrer bisher. Und was am Wichtigsten ist: Wie viele merken, dass ich noch die Hosen vom letzten Schuljahr trage, mit denen ich inzwischen lebensgefährliches Hochwasser* habe.«

»Na, da hast du aber eine Menge Probleme vor dir. Vielleicht sollten wir einfach zu Hause bleiben?«, schlug ich vor.

»Ja, mich aus der Welt des Lernens zu verabschieden, ist mir tatsächlich auch schon durch den Kopf gegangen.«

»Das wäre jetzt mal ein sehr mutiger Schachzug, Kumpel. Einen, den niemand von dir erwarten würde.«

»Stimmt«, nickte Martin.

»Ich sag dir mal was: Schauen wir erst mal, wie's heute so läuft, dann können wir immer noch überlegen, ob wir ab morgen lieber unter einer Brücke schlafen. Einverstanden?«

Martin wälzte den Vorschlag eine Weile im Kopf hin und her – ich hatte nicht damit gerechnet, dass er so ernsthaft darüber nachdenken würde.

* **Hochwasser:** hat zwei verschiedene Bedeutungen, eine harmlose und eine ganz schlimme. Wenn ein Fluss oder See oder Meer über das Ufer steigt und Wohnräume, Geschäfte und Keller überflutet, nennt man das »harmloses Hochwasser«, weil dann die Versicherung zahlen muss und man alles ganz neu kriegt. Schlimmes Hochwasser ist, wenn man immer weiter wächst und die Hosenbeine zu kurz werden – das merken dann alle und ist megapeinlich.

»Klingt gut«, meinte er schließlich. »Geben wir der Sache einen Tag.«

»Abgemacht«, sagte ich und dachte an die heimelig aussehenden Brücken in der Gegend um Boyle.

»Aber das hier, das macht mich wirklich ganz kribbelig«, sagte Martin und zog ein Papierblatt aus seiner Schultasche. »Mein neuer Job.«

»Wow …! Ehrlich, ich hatte keine Ahnung, dass du ins Erwerbsleben einsteigen willst.«

»Mein neuer *Klassenjob*«, korrigierte mich Martin. »Am Anfang des neuen Schuljahrs können sich alle Schüler für bestimmte Arbeiten im Klassenzimmer bewerben. Garderobenwächter, Tafelwischer, Kaugummi-unterm-Tisch-Abkratzer und so.«

»Verstehe«, sagte ich. »Der Lehrer gibt den Kids also bestimmte Aufgaben, die er selber nicht machen will oder weil er zu feige ist, sie dem Hausmeister aufzubrummen. Und dann muss jeder von euch überlegen, wie er den Job ablehnen kann, ohne sich beim Lehrer total unbeliebt zu machen. Richtig?«

»Korrektamente, KunDiB263!«

»Und? Ist dein Traumjob dabei?«

»Na ja …« Martin strich das zerknitterte Blatt glatt. »Ich habe mich um den verantwortungsvollen Posten des »Goldfischfütterers der Sechsten« beworben. Bin zuversichtlich, dass es klappt.« Das klang ziemlich selbstgefällig.

Er las vor: »An die zuständige Stelle …«

An die zuständige Stelle (wahrscheinlich Mr Jackson)

Hiermit bewerbe ich mich für den Job des Cheffütterers von Bob und Rob, unseren geliebten Goldfischen.
Ich glaube, dass ich der PERFEKTE Mann für diese verantwortungsvolle Tätigkeit bin und werde nun kurz die Gründe darlegen, warum Sie mich auswählen sollten und nicht den übelriechenden Alan oder den Schleimer-Joe.

1. Ich bin Naturliebhaber. Ich liebe alles, was zur Natur gehört. Ich möchte sogar behaupten, dass ich mit der Naturistenbewegung* sympathisiere.

2. Ferner verfüge ich bereits über einschlägige Erfahrungen im Bereich der Tierfütterung. Ich war früher stolzer Mitbesitzer einer Rennmaus, zusammen mit meiner Schwester Fidelma. Die Rennmaus weilt leider nicht mehr unter uns. Ihr vorzeitiges Ableben hatte aber mit meiner Kompetenz als Rennmausfütterer nichts zu tun; vielmehr war es die Folge eines erbitterten Konflikts über das Besuchsrecht, der dazu führte, dass die Rennmaus durch unseren Dad wieder in die Freiheit entlassen wurde.

Mit freundlichen Grüßen

Martin Moone

* **Naturistenbewegung:** Liebhaber der Natur, die sich in Vereinen zusammenschließen. Das Wort kann sich aber auch auf die Liebhaber einer besonderen Art von Volleyball beziehen, die in völlig nacktem (= natürlichem) Zustand gespielt wird.

»Macht einen recht guten Eindruck«, bemerkte ich. »Kann mir nicht vorstellen, dass sie mehr erwarten könnten.«

»Jep. Ich werde die Fischchen füttern, bis ihnen die Flossen abfallen!«

»Wann erfährst du, ob du den Job bekommen hast?«

»Das hängt vom Lehrer ab. Manche nehmen sich tagelang Zeit, bis sie sich für einen bestimmten Kandidaten entscheiden können. Aber jetzt bin ich in den Ring gestiegen; die Entscheidung dürfte daher ziemlich bald fallen.« Martin faltete seinen Bewerbungsbrief zusammen und stopfte ihn zurück in die Tasche.

»Oh, da fällt mir noch etwas ein, Martin ... Ich hab dir ja heute dein Realo-Geschenk noch nicht gegeben.«

»Ein Geschenk?! Ich kriege jeden Tag ein Geschenk?!!!«, rief Martin strahlend. »Ich hatte ja keine Ahnung! Das ist die beste Nachricht, die ich jemals gehört habe! Wow! Warum hab ich mir nicht schon viel früher einen IF besorgt? Das ist der größte Tag meines Lebens!«

»Oh ... Nein! Nein! Warte! Das Geschenk gibt es *nur heute*! Weil doch heute mein erster Arbeitstag bei dir ist. Das gibt's nicht jeden Tag!«, erklärte ich verlegen.

»Ach sooo«, sagte Martin ziemlich enttäuscht.

»Aber es kann ein gutes Geschenk sein, Kumpel«, ergänzte ich hastig. »Ein Imaginärer kann einem Realo helfen, sich irgendetwas zu wünschen, wenn sie mit ihrem gemeinsamen Leben anfangen. Es ist so eine Art Mitgift*.«

»Dann darf ich also irgendwas wählen, egal was?«

»Ja. Irgendeine Sache, die du dir vorstellen kannst, und dann wird diese Sache die imaginäre Welt verlassen und real werden.«

»Das ist doch verrückt!«, rief der Junge aufgeregt.

»So verrückt wie ein Affenfrühstück«, nickte ich.

»Dann … dann könnte ich mir zum Beispiel eine Truhe voller Gold wünschen?«

»Ich glaube, die Kobolde haben das Monopol auf Goldreserven, aber im Prinzip wäre es wohl möglich.«

»Oder ein zweiköpfiges Einhorn?«

»Das wäre ein prächtiges Hornvieh, aber warum nicht?«

»Warte mal!« Martin blieb stehen. »Du willst damit sagen, dass ich mir aus zwei meiner Lieblingswörter etwas Neues zusammensetzen kann, und du sorgst dann dafür, dass ich es kriege?«

* **Mitgift:** der Preis, den ein Vater an jemanden zahlt, damit der ihm seine streng riechende Tochter abnimmt. Leider können Mütter ihre noch strenger riechenden Söhne nicht so leicht loswerden.

»Klar. Lass mich raten: Ein Trinkwassersprudler?«, sagte ich.

»Nein, ein Rennboot!«

»Ja, du musst nur ganz intensiv daran denken, dir das Ding vorstellen, das du dir wünschst, dann mit den Fingern schnippen, und schon wird es Wirklichkeit. Du kannst es dann für immer behalten.«

»Heilige Schneegans, das ist echt schwer«, sagte Martin. »Ich hab keine Ahnung, ob ich das kann ... Gott, ich meine ... *Eine* Sache! Eine einzige! Für immer! Waaahnsinn! Aber ... das stresst mich gewaltig.«

»Da musst du durch. Ich weiß, es ist nicht einfach.«

»Meine Vorstellungskraft ist nämlich nicht die beste.«

»Aber du hast dir doch mich vorstellen können«, sagte ich leicht beleidigt.

»Hm, stimmt. Lass mich mal überlegen ... Also: Vielleicht sollte ich es gar nicht mit meiner eigenen Vorstellungskraft versuchen, sondern mit *deiner*. So finde ich dann bestimmt etwas wirklich Erstaunliches. Etwas, das sich niemand sonst vorstellen könnte.«

»Hallo – hab ich dich richtig verstanden? Du willst in *meinen* Verstand schauen und dir dann von den Sachen, die ich mir vorstelle, irgendetwas als Geschenk aussuchen?«

»Genau das ist der Plan.«

Ich brauchte eine ganze Weile, um über Martins erstaunliche Logik nachzudenken. »Klingt eigentlich ganz gut«, war alles, was mir nach einer Weile dazu einfiel.

»Gut, dann wäre das gebongt. Auf geht's.«

Martin trat einen Schritt zurück und starrte meinen Kopf an. Mir kam es so vor, als würden sich seine blassen kleinen Augen durch meine Mütze, mein Haar, meine Schädeldecke und bis in meine Hirnmasse bohren. Dann schloss er die Augen und schnippte mit den Fingern. Er hatte sich etwas gewünscht.

Und sofort wurde sein Wunsch erfüllt. Martin hatte etwas in meinem Kopf gesehen und dann die Augen geschlossen. Und nun war es plötzlich da.

Es war – eine rote Strickmütze. Er hatte die rote Strickmütze auf meinem Kopf gesehen und sich dann nichts anderes mehr vorstellen können. So *simpel* war das. So simpel war *er*.

»Wo ist es?«, fragte der kleine Trottel ganz aufgeregt.

»Du hast es auf dem Kopf, du Idiot.«

Martin tastete auf seinem Kopf herum, auf dem nun eine rote Strickmütze saß. Er riss sie herab und starrte sein schäbiges IF-Geschenk niedergeschlagen an.

»Okay«, flüsterte er, sichtlich enttäuscht, »okay ... dann ... dann setzen wir das Ding halt wieder auf.« Und er drückte die Mütze wieder auf seinen Kopf, einen Kopf, der damit nicht besonders glücklich aussah.

Wir gingen weiter. Wir hatten beide rote Gesichter und trugen beide rote Mützen.

»Wie lange braucht man eigentlich für den Schulweg?«, fragte ich, weil ich allmählich müde wurde.

»Ein bisschen mehr als acht Minuten.«

»Echt anstrengend.«

»Weiß ich«, stimmte Martin zu. »Wenn wir nur irgendeine geniale Abkürzung finden könnten! Dann könnte ich nämlich länger im Bett bleiben.«

»Au ja!«, sagte ich begeistert.

Wir blieben stehen, um ein bisschen darüber nachzudenken. Uns fiel aber nichts ein.

»Macht nichts«, sagte Martin leichthin. »Wir werden uns schon noch etwas ausdenken, wenn unsere Gehirne erst mal richtig wach sind.«

»Ja, klar, Kumpel«, nickte ich. »Denken so früh am Morgen bringt nichts als Kummer und Sorgen.«

Kapitel 16
Die Sechste

Als wir schließlich ans Schultor kamen, entdeckte Martin trotz seiner verschlafenen Augen sofort die Bonner-Brüder, zwei genau gleichaussehende Schlägertypen in Bomberjacken. Martin verspannte sich und machte sich bereit, auf seine männlich-heldenhafte Art den Rückzug anzutreten. Glücklicherweise waren die beiden Typen vollauf damit beschäftigt, ihre Graffiti vom vergangenen Schuljahr zu restaurieren. Das war auch dringend nötig, weil man in den Sommerferien die Schulmauer neu gestrichen hatte. So schaffte es Martin, sich unverletzt an ihnen vorbeizuschleichen. Aber sein schläfriges Hirn wurde jäh aufgeweckt, als ihn jemand kräftig in das linke Ohrläppchen zwickte.

»Autsch!«, jaulte Martin.

»Wie die Zeit verrinnt – ein neues Schuljahr beginnt«, zwitscherte Padraic, der neben ihm auftauchte. Sein rundes Gesicht strahlte fröhlich – was im Vergleich zu der Parade trostloser Gesichter besonders auffiel, die an den beiden Jungen vorbeizog: der Trauermarsch der Schüler, die in den Schulhof der St. Brendan-Schule* schlurften.

*** St. Brendan:** Schutzheiliger von betrunkenen Leichtmatrosen und entlaufenen Katzen.

»He, P-Boy, für einen Montagmorgen bist du aber ziemlich frech.«

»Schule hat wieder angefangen! Ich bin frei! Keine Jauchegrube mehr, kein Korbflechten am Abend, kein Lämmerklauen von Nachbars Weide, und das neun Monate lang! Wenn wir schon von Körben reden … ist dir klar, dass das Strickkörbchen deiner Mutter auf deinen Kopf gefallen sein muss, Martin?«, fragte Padraic, und das war durchaus ernst gemeint.

»Ach so, das!«, seufzte Martin und deutete auf seine neue Skalpbedeckung. »Nein, das ist mein Realo-Geschenk.«

»Oooh, gefällt mir! Eine … äh, bescheidene Wahl. Das muss man dir fairerweise lassen. Es ist nur ein bisschen … rot, findest du nicht?«

»Und was hast du dir gewünscht?«, fragte Martin neugierig.

»Ach, das … Kommt mir im Vergleich mit deiner Mütze irgendwie ein bisschen doof vor.«

»Komm schon, was hast du dir als Realo-Geschenk gewünscht?«

»Äh … Südamerika. Der Kontinent gehört jetzt mir.«

Martin und ich nahmen das schweigend zur Kenntnis. Unser eigenes Realo-Geschenk sah im Vergleich zu Südamerika doch ein wenig blass aus.

»Aber egal«, murmelte Padraic. »Komm, gehen wir rein. Ich will mir noch einen gescheiten Platz sichern, bevor alle besetzt sind.«

Als Padraic davonlief, drehte sich Martin zu mir um und beäugte meine Mütze, die an allem schuld war.

»Mit Südamerika wird er bestimmt nicht glücklich«, versuchte ich Martin zu trösten. »Viel Arbeit. Es wird ihm schwerfallen, in Uruguay für Sauberkeit und Ordnung zu sorgen.«

Martin verdrehte die Augen und schloss sich der trostlosen Schülerparade an.

Wenn es um Tische und Sitze geht, zählt nur eins: die Lage. Und nur die Lage. Du möchtest natürlich ganz dicht an der Tür sitzen, um möglichst schnell zum Klo zu kommen, und so nahe wie möglich an dem einzigen Fenster, das sich noch öffnen lässt, gleichzeitig aber ganz, ganz weit von Stinky Simon Egan entfernt. Padraic hatte es tatsächlich geschafft, einen recht anständigen Tisch für sich und Martin hinter Lucky Larry Loughran und Alan Soundso zu ergattern.

(Alan hieß eigentlich nicht Soundso, aber sein echter Nachname war lang und schwer auszusprechen, deshalb war er schon seit fünf Jahren unter dem Ersatznamen Soundso bekannt.)

Martin und Padraic richteten sich an ihrem Tisch ein, während sich die übrigen Schüler in das Klassenzimmer schleppten.

»Dominic Geraghty hat sich Warzen geholt. Im Schwimmbad«, flüsterte Padraic Martin zu, als sie einen Schüler in das Zimmer humpeln sahen.

»Selber Schuld. Ich hab ihm geraten, dass er immer Schwimmsocken anziehen soll, aber er wusste es natürlich wieder mal besser«, schnaubte Martin.

So zogen die beiden über jeden einzelnen Klassenkameraden her, bis schließlich ein älterer Junge lässig hereinschlenderte.

»Das gibt's doch nicht!«, zischte Martin.

»Declan Mannion!«, rief Padraic aus, aber nicht sehr laut (was ja bekanntlich nicht ganz leicht ist).

Die beiden Jungen starrten den Burschen an, der in seiner Lederjacke und mit den hochgegelten Haaren wie ein pickeliger Rockstar in das Klassenzimmer kam. An seinem kleinen Finger baumelte lässig etwas, das tatsächlich wie ein Autoschlüssel aussah.

»Ich kann's nicht fassen – ist er wieder nicht

versetzt worden? Wie viele Jahre können sie ihn eigentlich noch in der Sechsten lassen?«, flüsterte Padraic.

»Keine Ahnung. Eine Freundin von Fidelma schwört, sie hätte ihn als Busfahrer gesehen, als sie im Sommer in London war.«

»Mein Dad behauptet, Declan sei schon in den siebziger Jahren Schlagzeuger in einer Band gewesen, auf die mein Dad damals stand.«

Während die beiden weiter Mannion-Erinnerungen

austauschten, blieb Declan plötzlich stehen und starrte sie direkt an. Seine grauen Augen waren durchdringend wie Röntgenstrahlen. »Was glotzt ihr alten Weiber so?«

Die Jungs zuckten zusammen.

»Lass dich von dem nicht einschüchtern, Martin«, sagte ich. »Gib ihm eine witzige, aber tiefschürfende Antwort, dann merkt er gleich, wer hier das Sagen hat.«

»Ich trage immer Schwimmsocken«, sagte Martin mit dümmlicher Miene.

Perfekt, dachte ich. Einfach perfekt.

Schwer zu sagen, was Declan von dieser tiefschürfenden Antwort hielt, denn im selben Moment polterte Mr Jackson ins Klassenzimmer, der Klassenlehrer der Sechsten.

»Also dann, setzt euch, setzt euch! Bringen wir's hinter uns.«

Ich war nicht ganz sicher, was er damit meinte. Bringen wir *was* hinter uns? Die Stunde? Den Schultag? Das Schuljahr? Das hatte ja eben erst angefangen!

»Willkommen, neuer Anfang, bla, bla, bla, Feuerlöscher hängen dort und dort, bla, bla, bla …«

Er hatte eine knarrende, tiefe Stimme, wie ein altes, rostiges Scheunentor. Im Gesicht spross ein mindestens sieben Tage alter Bart, der gute Chancen hatte, bis zum Ende des Tages zum Vollbart auszuwachsen. Und da ich selbst einen Vollbart trug, war mir sein Stil sehr sympathisch.

»Setz dich an deinen alten Platz, Declan, bitte.«

»Mach ich, Jackson«, gab Declan lässig zurück und setzte sich an den hintersten Tisch.

»Das Wichtigste zuerst. Verteilen wir gleich mal die Klassenfunktionen.«

Martin hatte sein Bewerbungsschreiben auf das Lehrerpult gelegt und lächelte seinen neuen Lehrer erwartungsvoll an. Mr Jackson verteilte einen Job nach dem anderen an völlig desinteressierte Schüler. Tafelwischer, Fensterschließer, Kaugummi-unterm-Tisch-Abkratzer … bis schließlich …

»In Ordnung, dann hätten wir ja fast alle … und wer will Goldfischfütterer werden?«

Martins Hand schoss in die Luft, eine einsame Pfote in einem Meer von gelangweilten Hündchen.

»Großartig«, seufzte Mr Jackson. »Dann ist also Moone in diesem Jahr der …«

Es klopfte leise an der Tür, und der Lehrer unterbrach sich mitten im Satz. Alle Köpfe drehten sich zur Tür. Ein unbekannter Junge trat ein. Ein Neuer!

»Ah!«, rief Mr Jackson. »Da bist du ja, Trevor. Hast du dich verlaufen?«

»Tut mir leid, dass ich mich verspätet habe, Mr Jackson. Mein Federmäppchen ist ins Klo gefallen«, murmelte Trevor verlegen.

Die Klasse prustete los. Padraic flüsterte Martin stolz zu: »Das war ich!«

»Also, Leute, das hier ist Trevor, und er kommt aus dem großen Kohlepott Dublin, der dreckigen Hauptstadt unserer wunderbaren grünen Insel. Und nun sagt Hallo.«

»Hallo, Trevor«, murrte die Klasse ohne die geringste Spur von Begeisterung, während Trevor ein verlegenes Winken zustande brachte.

»Trevor«, fuhr der Lehrer fort, »setz dich auf den freien Platz neben Alan Soundso. Und warum machen wir dich nicht gleich mal zum Goldfischfütterer?«

»NEEEEIIIN!!!«, brüllte Martin. Aber nur innerlich. Er konnte es nicht fassen! So nahe dran! Er wandte sich an Padraic, voller Entsetzen, wie schnell sich sein Glück wieder verflüchtigt hatte.

»Wie kommt dieser Neue dazu, mir meinen Job wegzuschnappen?«, jammerte er. »Ich hab meine Chance verdient! Schau ihn doch nur an, mit seinem bleichen Gesicht und den sauberen Klamotten! Zum Kotzen!«

Padraic nickte traurig. »Stimmt, seine Schuluniform sieht so sauber aus, als hätte er sie zum ersten Mal an. Eine echte Flöte.«

»Ich hätte mir den Job verdient! Dieser … Weichkäse weiß doch gar nicht, was er mit einem Goldfisch anfangen soll! Merk dir, was ich jetzt sage,

Padraic: Bob und Rob werden das keinen Monat lang überleben!«

»Ach so, Moone«, fuhr Mr Jackson fort, »wir brauchen noch jemanden, der nach dem Unterricht den Müll im Schulhof einsammelt. Willst du unser neuer Abfallbeauftragter sein?«

Ich schaute Martin an und dachte, dass er entsetzt aufstöhnen würde. Seine Hoffnung auf den Traumjob war geplatzt, gerade so, als hätte dieser Großstadtlackel* eine Nadel in einen Ballon gepiekt. Martin dachte kurz nach, wie er auf das neue Angebot reagieren sollte.

»Cool!«, rief er glücklich.

Beauftragter, dachte ich. *Müll*-Beauftragter.

* **Großstadtlackel:** jemand aus einer Großstadt. Andere freundliche Ausdrücke für solche Leute sind Großstadtdackel, Piefke, Stadtfurzer.

Kapitel 17
Die Schulhofbullys

Ich blickte mich im hohen Gras um und entdeckte schon bald noch mehr Abfall – eine leere Monster*-Chipstüte, die tief in eine Matschkuhle getrampelt worden war.

»Hier drüben, Martin!«, schrie ich, und schon kam er mit Riesensprüngen herbei, den Müllsack in der Hand.

»Superfund, Kumpel!«, jauchzte er, fischte die Tüte mit seiner völlig verdreckten Hand aus der Schlammkuhle und warf sie in den Sack, den er bereits halb gefüllt hatte – mit Lutscherstäbchen, Apfelbutzen, Kaugummis (durchgekaut), leeren Getränkedosen, Müsliriegelfolien, Joghurtfläschchen, angebissenen Sandwiches und so weiter.

»Unsere Schule ist eine wahre Goldgrube!«, verkündete er strahlend. »In einer Stunde oder so haben wir den Sack voll!«

»Noch eine Stunde?!«, stöhnte ich. »Unfassbar, dass Mr Jackson uns zu so was zwingt, nur weil wir …« Ich versuchte, mich daran zu erinnern, was

* **Monster-Chips:** Kartoffelchips in Monster-Form. Nicht zu verwechseln mit den echt irischen Tyto-Chips, die Monster in Chips-Form sind.

wir wohl verbrochen haben konnten, dass er uns diese Sklavenarbeit aufgebrummt hatte. »Wofür werden wir eigentlich damit bestraft?«

»Das ist doch keine Strafe, Mann! Das ist eine Ehre! Wir sind mit dem Superjob des Abfallbeauftragten ausgezeichnet worden!«

»Ach so, stimmt!«, sagte ich begeistert. Aber dann wurde ich doch wieder ein bisschen unsicher. »Obwohl ... sooo super kommt mir der Job nicht vor. Von der Superpackung Kekse abgesehen, meine ich, aber die war ja total aufgeweicht.«

Martin hielt den Müllsack in die Höhe. »Und das hier? Das ist doch wirklich eine Spitzenleistung, oder nicht?«

»Sicher, das ist definitiv der Höhepunkt des Tages. Aber ich kann mir nicht helfen – die Arbeit kommt mir eher wie eine Strafe vor.«

Martin zuckte die Schultern; so leicht ließ er sich seine Begeisterung nicht verderben. »Na ja, es ist vielleicht nicht ganz so glamourös wie das Goldfischfüttern. Aber immerhin haben wir einen Job, KunDiB263! Wir sind nicht arbeitslos!« Er wies auf die anderen Kids, die sich auf den Heimweg machten oder noch auf dem Schulhof herumhingen. »Im Gegensatz zu diesen Taugenichtsen!«

»Stimmt genau! Verdammte Nichtstuer! Wegwerfer! Müller! Haben nichts Besseres zu tun, als abzuhängen!«

Wir entdeckten Declan Mannion, der eine Zigarre rauchte und den um ihn versammelten Speichelleckern die Namen der Hunde beim nächsten Greyhound-Rennen diktierte, die sie eifrig in ihre Schulbücher oder Hefte kritzelten.

»Nicht mal Declan Mannion hat einen Job«, prahlte Martin.

»Er sieht voll neidisch aus«, sagte ich sarkastisch. »Ich wette, er giert förmlich danach, seine Karriere als Profi-Wetter gegen den Müllsammler-Job zu tauschen.«

Declan zog ein paar Zehn-Pfund-Noten aus einem dicken Geldscheinbündel und reichte sie einem seiner Lakaien, der damit sofort zum nächsten Wettbüro sprintete. Dann sog Declan noch einmal an seiner Zigarre und schnippte den Stummel in Martins Richtung.

»Vielen Dank, Declan!« Martin winkte ihm freundlich zu. Aber Declan schien ihn gar nicht zu bemerken und schlenderte lässig davon.

»Er ist so … weltmännisch!«, seufzte Martin bewundernd.

Wir gingen über die Wiese, um den Zigarrenstummel aufzuheben. Plötzlich blieb Martin wie angewurzelt stehen und starrte entsetzt ins Gras.

»Hol's der Geier!«, rief er. »Was ist denn das?«

Er hatte einen kleinen braunen Vogel entdeckt, der reglos im Gras lag.

Ich kauerte nieder und schaute mir den Vogel von Nahem an.

»Vorsicht, KunDiB263, erschrecke ihn nicht.«

»Ich vermute, es ist ein Buchfink. Den kann nicht mehr viel erschrecken, glaube ich«, flüsterte ich, während ich den Vogel genau betrachtete. Er lag absolut still.

»Er ist bestimmt verletzt«, sagte Martin. »Wir müssen ihm helfen. Ihn wieder aufpäppeln.«

Ich schaute ihn verblüfft an. »Wie denn? Womit? Mit den Keksen vielleicht?«

Martin beugte sich ganz dicht zu dem Vogel hinunter und flüsterte: »Möchtest du einen Keks, Kleiner?«

Aber der Vogel gab keine Antwort. Er war offenbar ein sehr schweigsamer kleiner Kerl.

Martin hob den Buchfink sanft hoch. »Du wirst in null Komma nichts wieder auf den Beinen sein, Kleiner.«

Er strich ihm sanft über die Federn, aber der kleine Vogel lag steif und still auf seiner Hand. Martin beugte sich noch näher darüber, dann schaute er mich besorgt an. »Er atmet kaum noch.«

Soweit ich sehen konnte, war das die Übertreibung des Jahrhunderts. Der Vogel atmete überhaupt nicht mehr. »In Ordnung, Kumpel. Du weißt, was du jetzt zu tun hast.«

Martin nickte; er hatte verstanden. Er spitzte die Lippen und blies Atem in den winzigen Schnabel – die klassische Mund-zu-Schnabel-Beatmung wie aus dem Erste-Hilfe-Handbuch.

Da stand er nun, voll mit der Wiederbelebung eines (leider längst mausetoten) Buchfinks beschäftigt, und wer musste ausgerechnet jetzt vorbeischlendern? Die Bonner-Brüder, die berüchtigten Schulhofbullys. Es war nicht gerade die ideale Beschäftigung, bei der man beobachtet werden wollte, erst recht nicht von den Bonner-Zwillingen, die mit der lebensrettenden MSB-Technik (der »Mund-zu-Schnabel-Beatmung«) offensichtlich nicht so recht vertraut waren.

»Würg!«, schrie Jonner Bonner. »Moone knutscht* einen toten Vogel!«

»Kotz!«, brüllte Connor Bonner.

* **knutschen:** jemanden heftig abküssen oder abschmatzen. Dabei wird normalerweise eine Menge Speichel ausgetauscht. Ist logischerweise mit einem toten Vogel nicht so einfach.

»Nein, Kumpels! Holla!«, schrie ich, als sie drohend näherrückten. »Das hat mit Knutschen nichts zu tun. Da ist keine Zunge im Einsatz!«

»Rein medizinisches Knutschen!«, ergänzte Martin flehend.

Aber die Bonner-Jungs waren an diesen feinen Unterschieden nicht interessiert. Einer packte den komatösen Vogel und warf ihn weit weg. Der andere griff sich Martins Schultasche und leerte sie aus. Die in Tapeten gebundenen Schulbücher fielen heraus.

»NEEEIIIN!«, jammerte Martin. »Meine schönen Bücher!«

Dann leerten sie ihm den Müllsack über den Kopf …

»NEEEIIIN!«, schrie Martin. »Mein schöner Müll!«

… und verpassten ihm zwei derart mächtige Schläge auf die Oberarme, dass er sie nicht mehr bewegen konnte …

»NEEEIIIN!«, heulte Martin. »Meine schönen Arme!«

… und zogen ihm wie echte Profis die Unterhose bis zur Brust hoch.

»Tu endlich was, KunDiB263!«, schrie mir Martin zu.

Ich schaute ihn verwirrt an. »Ich? Soll was tun? Was denn?«

»Mir helfen! Steh nicht nur dumm rum!«

»Äh, hm.« Ich runzelte die Stirn, ich hatte wirklich keine Ahnung. »Ich glaube, du unterliegst da einem gewissen Irrtum, was meine Fähigkeiten in dieser Hinsicht angeht, Kumpel.«

»In welcher Hinsicht denn ... AAAUUUAAA! DAS TUT WEEEH!!! SIE ZERREISSEN MIR DEN AAARRR ...«, heulte Martin verzweifelt, als ihm die Bonner-Brüder die Unterhose bis unter die Achseln hochzogen.

»Na ja, ich bin eigentlich eher ein Berater, verstehst du«, erklärte ich. »Ein Vertrauter. Ein ... ein *Consigliere**, könnte man sagen. Aber der wichtigste Nachteil in einer Situation wie dieser hier ist, dass ich *imaginär* bin. Mich gibt's nur in deiner Vorstellungskraft. Deshalb kann ich nicht eingreifen.«

»Okay«, stieß Martin zwischen den zusammengebissenen Zähnen hervor. »Das ist echt enttäuschend.«

»Kann ich mir gut vorstellen. Vielleicht hätten wir diese Dinge früher schon mal klarstellen sollen.«

Inzwischen beschäftigten sich die Bonner-Brüder mit Martins Oberkörper: Sie schlugen ihm seine leblosen Arme gegen den Leib und spotteten: »Warum schlägst du dich immer selber, hör doch auf damit, Kumpel, du tust dir doch selber weh ...«

»Vielleicht solltest du dir einfach vorstellen, dass es nicht weh tut?«, schlug ich vor.

* **Consigliere:** der Ratgeber eines Mafia-Bosses. Außerdem mein Lieblings-Pasta-mit-Schokolade-Gericht.

»Mache ich doch längst.«

»Und – funktioniert es?«

»Ja, ich glaub schon«, sagte Martin verbissen. Dann stöhnte er auf. »Oder doch nicht – an der Stelle war ich nur gerade betäubt ...«

»Mit wem redest du denn ständig, du Idiot?«, wollte Jonner Bonner wissen.

»Mit niemandem«, quiekte Martin schwach.

»Wir brauchen absolute Ruhe beim Arbeiten!«

»Genau!«, bellte Connor Bonner. »Du hältst jetzt endlich die Klappe, damit wir dich in aller Ruhe zu Hackfleisch verarbeiten können!«

»Natürlich. Mache ich. Sorry, Leute«, entschuldigte sich Martin.

Jonner Bonner schaute Connor Bonner leicht verwirrt an. »Okay. Wo waren wir stehen geblieben?«

Connor Bonner runzelte die Stirn. Er war noch ein bisschen doofer als Jonner. Und das wollte etwas heißen. »Äh. Wir haben ihn beim Knutschen mit einem toten Vogel erwischt, dann ... dann haben wir ihn uns einfach mal vorgeknöpft ...«

»Danach, meine ich. Haben wir ihm eigentlich schon die Brennnessel* verabreicht?«

* **Brennnessel:** 1. eine Nesselart, die einem die Haut verbrennt. 2. ein schmerzhafter Griff am Unterarm. Man packt den Unterarm des Gegners mit beiden Händen und dreht diese dann in entgegengesetzte Richtungen, so dass die Haut extrem gestreckt wird und brennende Schmerzen verursacht. Im alten China hat man daran die Teekanne angewärmt.

»Kann mich nicht mehr erinnern. Ehrlich, ich hab nicht besonders aufgepasst.«

Jonner Bonner stellte fest, dass Martins Unterhose bis über den Rücken hochgezogen war. »Sieht so aus, als wären wir schon bei der Unterhosentechnik. Sollen wir von da an weitermachen?«

Connor Bonner zögerte. »Weiß nicht. Bin irgendwie aus'm Rhythmus gekommen.«

»Ich auch«, gab Jonner Bonner zu. »Wird wohl besser sein, wenn wir …«

Martins Miene hellte sich auf. »Na, vielleicht könnten wir es dann dabei belass…?«

»… noch mal von vorn anfangen«, brachte Jonner Bonner seinen Satz zu Ende.

»Guter Plan!«, grinste sein Bruder.

Martin stöhnte. »Scheiße!«

»Moone knutscht einen toten Vogel!«, brüllten die Bonner-Brüder im Chor und prügelten noch einmal auf seine schon gefühllosen Arme ein.

Kapitel 18
Die magische Zwölf

Martins Probleme mit den Bonner-Brüdern hörten auch während der nächsten paar Wochen nicht auf. Und er blieb auch nicht von ihnen verschont, als sich sein zwölfter Geburtstag näherte. Fast immer, wenn Martin seinen Pflichten als Abfallbeauftragter nachging, schlenderten die Zwillinge mit ihren schwarzen Bomberjacken und ihren identischen blöden Visagen herbei, sie sahen wie ein mit Reißverschlüssen zusammengefügtes zweiköpfiges Schlägermonster aus. Sie quälten ihn mit jedem denkbaren Trick aus dem Lehrbuch für Schlägertechniken – von Wet Willies* über Noggin Nuggies** bis hin zu Nipple Cripples***. Und alle führten sie auf ihrem berüchtigten Kitzelbrett aus.

* **Wet Willies:** man spuckt auf den Finger und rammt ihn dem Gegner ins Ohr.
** **Noggin Nuggies:** eine Art Kopfnuss, nur werden dabei die Knöchel mit starkem Druck auf dem Kopf des Gegners gerieben.
*** **Nipple Cripples:** man quetscht die Brustwarze des Gegners zwischen Daumen und Zeigefinger und dreht sie dabei um mindestens 180 Grad. (Der Weltrekord liegt bei 362,3 Grad.)

So kam der Tag vor Martins Geburtstag. Nachdem wir das Müllsammeln und die Bonner-Brüder hinter uns gebracht hatten, schlenderten wir zusammen nach Hause. Ich versuchte zu verhindern, dass ihm die Erlebnisse mit den Bullys die Vorfreude auf den großen Tag vergällten.

»Ich kann es kaum glauben, dass du schon zwölf wirst!«, sagte ich und strahlte ihn begeistert an. »Wäre doch prima, wenn wir jetzt sofort einschlafen könnten, damit morgen schneller kommt.«

»Ahhh, der gloriose Sechzehnte«, lächelte Martin. »Der mächtigste Tag im Oktober!«

»Ich wette, deine Familie ist gerade dabei, deine Geburtstagsgeschenke einzupacken!«

»Haha. Schön wär's«, kicherte Martin. Nach

kurzer Pause meinte er: »Um ehrlich zu sein: Das ist ziemlich unwahrscheinlich. Sie sind nicht gerade berühmt für ihr Talent im Schenken.«

»Nein? Wie kommst du denn darauf?«

»Na ja, letztes Jahr zum Beispiel haben mir meine Eltern einen Reifen geschenkt.«

»Einen Reifen? So wie ein Hula-Hoop-Reifen?«

»Nein, nein – einen Reifen aus Metall. Dad sagte, es sei ein Basketballring. Nur ohne Netz. Aber es war gar kein Basketballring, sondern einfach nur irgendein Metallring. Ich glaube, er gehörte mal zu einem großen Lampenschirm.«

»Und was hast du damit gemacht?«

»Ich hab ihn ... wie einen Reifen für eine Weile auf der Straße herumgerollt«, sagte er traurig. »Und das Geschenk von Fidelma war ein Glas Milch, von Trisha kriegte ich einen selbstgemachten Albtraumfänger ...«

»Einen Albtraumfänger? Ist das so was wie ein Traumfänger*?«

*** Traumfänger:** ein von nordamerikanischen Indianern gefertigter handwerklicher Gegenstand, den man übers Bett hängt, damit er Träume einfängt. Meiner hat allerdings immer nur Staub eingefangen und einmal einen kleinen schwarzen Nachtfalter – vielleicht wäre der zu einem richtigen, riesigen Albtraummonster angewachsen, wenn mein Traumfänger ihn nicht gefangen hätte, wer weiß.

»So ähnlich. Aber speziell für Albträume. Trisha glaubt, dass Albträume viel mehr Spaß machen. Und von Sinead bekam ich eine Sockenpuppe.«

»He, das ist doch gar nicht so schlecht«, versuchte ich ihn aufzumuntern. »Sockenpuppen sind doch witzig!«

»Sockenpuppen sind witzig, das stimmt. Aber das war eben nur eine normale Socke, die sie als Sockenpuppe bezeichnet hat. Irgendeine alte Stinksocke, und nicht mal gewaschen. Dann sagte Mum: ›Probier sie aus! Spiel uns mal was vor!‹ Und dann schrien alle: ›Probier sie aus! Spiel uns ein Puppentheater vor, Martin!‹ Und dann musste ich die Hand in Sineads Stinksocke stecken und ihnen etwas vorspielen. Ich kam mir vor wie ein räudiger Tanzaffe in Stinksocken. Tja … so war mein letzter Geburtstag, der elfte.«

»Oje«, stöhnte ich, »schlimmer als letztes Jahr kann es ja wohl nicht mehr werden.«

»Genau!«, sagte Martin, als wir oben auf dem Hügel ankamen. »Und deshalb wird morgen ein Supertag! Von morgen an geht's wieder aufwärts!«, fuhr er optimistisch fort. Und rannte den Hügel hinab.

»Marty Moo! Bist das du?«, ertönte plötzlich eine leider nur allzu bekannte Stimme. Neben uns raschelte es, und dann tauchte Loopy Lous halbkahler Kopf aus der Hecke auf.

»AAARRRGH!«, schrie Martin und sprang erschrocken zurück. Lous unerwartete Auftritte erschreckten ihn immer, aber Loopy Lou setzte nur sein dümmliches Grinsen auf, und Martin versuchte zu verbergen, wie entsetzt er war, seinen alten IF wiederzusehen. »Oh … äh, hallo, Lou.«

»Hallo!«, sagte Lou.

Dann bemerkte er mich neben Martin, und sein Grinsen wurde ein bisschen dünner. »Hallo«, sagte er knapp.

»Da bist du ja wieder«, sagte ich so freundlich wie möglich.

Eine kleine Pause trat ein, während wir drei uns gegenseitig beäugten. Wir hatten Lou nicht mehr gesehen, seit Martin ihn im Café gefeuert hatte, und ich musste zugeben, dass mir die Szene ein bisschen peinlich war.

»Du … du siehst gut aus«, sagte Martin schließlich. Das war von hinten bis vorn gelogen. Lou sah überhaupt nicht gut aus, sondern ziemlich ramponiert, mit verdreckten Klamotten, sein Gesicht war verschmiert, am Kinn hatte er ein paar Kratzer. Eine seiner Manteltaschen war halb abgerissen, und kleine Zweiglein hingen in seinem Haarkranz.

»Was machst du denn in der Hecke?«, fragte ich neugierig.

»Oooch, nichts Besonderes. Habs gerade ein bisschen Lou-Allein-Zuhaus gespielt. Hecken sind nämlich viel bequemer, als du glaubst. Viel, viel netter als so ein Steinbruch. Oder eine Müllhalde. Das ist eine Tatatasache, Marty Moo!«

»Aber sind Hecken nicht auch ein bisschen stacheliger?«, fragte ich.

»Das iss doch das Beste dran! Wenn's mich irgendwo juckt, brauchs ich nur ein wenig hin und her zu rutschen, und schon kratzen mich die Äste genau an der richtigen Stelle, und ich muss mich überhaupt nicht anstrengen!«

»Klingt ja ganz praktisch.«

Martin lächelte Lou mitfühlend an. »Na, da bin ich aber froh, dass es dir jetzt besser geht, Lou.«

»Mir geht's obersuperspitze, Marty! Gefeuert zu

werden war das Beste, was Lou jemals passiert iss! Kein Realo mehr, der mich herumkommandieren tut! Ich bin frei! Mir geht's total am besten!«

»Dann hat dich noch niemand als imaginären Freund ausgewählt?«

»Aber ganz sicher nicht! Nicht im Geringsten! Macht mir aber keine Sorgen nich, Marty. Der alte Lou kommt immer durch. Das iss momentan nur eine kleine Durststrecke. Ich machs ab und zu Aushilfsjobs. Letzte Woche hab ich in Teilzeit als Tagtraum gearbeitet. Davor wars ich ein paar Stunden lang als flüchtiger Einfall im Einsatz. Ich bleib voll im Geschäft, ja, wirklich! Und auch sonst – ich bins viel draußen, jede Menge frische Luft! Ich lebs einen Traum von einem Leben!«

»Du lebst in einer Hecke!«, sagte ich unverblümt.

Darüber schien sich Lou ein wenig zu ärgern, denn er schaute mich wütend an.

»Jedenfalls war es nett, dich wieder mal zu sehen, Lou«, sagte Martin und wollte weitergehen.

»Warte! Warte! Ich möchte dir noch dein Geburtstagsgeschenk geben, Marty!«

Martins Gesicht leuchtete auf. »Ein Geburtstagsgeschenk? Für mich?«

»Hatts noch gar keine Gelegenheit, dir dein Realo-Geschenk zu geben. Hab mir gedacht, ich spare es für deinen Geburtstag auf!«

Lou griff in die Hecke und zog eine schuhschachtelgroße Schachtel hervor. Sie war mit einem roten Geschenkband umwickelt. Er reichte Martin die Schachtel, der sie freudig nahm und ein wenig schüttelte. Aber es war kein Klappern zu hören, nichts; sie schien leer zu sein.

»Was ist denn drin?«, erkundigte sich Martin.

Lou beugte sich mit geheimnisvoller Miene näher. »Was du dir vorstellst …«

»Das haben wir schon hinter uns, Lou«, sagte ich ungeduldig. »Er weiß, wie das mit dem Realo-Geschenk funktioniert.«

Lou warf mir einen verärgerten Blick zu. »Musst du denn immer den Spielverderber geben, du Bartaffe?«

Ich berührte unwillkürlich meinen braunen Bart. »Na, wenigstens muss ich nicht in einer Hecke hausen, du verdammter … Heckenkriecher!«

Lou starrte mich noch ein paar Augenblicke lang kalt an, dann wandte er sich wieder an Martin und machte mit seinem dämlichen Clownauftritt weiter. »Was du dir vorstellen tust, ist drin!«, verkündete er geheimnisvoll.

Martin strahlte und zappelte vor Aufregung. »Ich sag dir gleich, was ich NICHT tun werde, nämlich mir eine blöde Mütze vorstellen! Hahaha!«

Ich musste ebenfalls lachen. »Hahaha! Kannst du dir das vorstellen?«

Er grinste. »Stell dir vor, ich würde mir noch einmal eine verdammte Mütze vorstellen und dann mit den

Fingern schnippen …« Kichernd schnippte er mit den Fingern.

Dann hörte er plötzlich auf zu lachen und schaute besorgt die Schachtel an.

»Oh … Scheiße!«

Kurz danach schlurfte Martin bedrückt den Weg zum Moone-Haus entlang. Auf dem Kopf trug er zwei übereinandergestülpte rote Strickmützen.

»Du hättest dir doch alles Mögliche vorstellen können, Martin!«, schimpfte ich. »Raketenstiefel. Einen immersprudelnden Kakaobrunnen. Eine schwesternlose Familie …«

Martin schüttelte verzweifelt den Kopf. »Es ist irrsinnig schwer, nicht an Mützen zu denken, wenn man verzweifelt versucht, nicht an Mützen zu denken.«

Damit hatte er vermutlich recht. Wenn ich dir sage, du darfst nicht an Mützen denken, wirst du dann nicht ständig denken, dass du nicht an Mützen denken darfst?

Okay, versuchen wir es. Denke nicht an Mützen. Fang an – LOS!

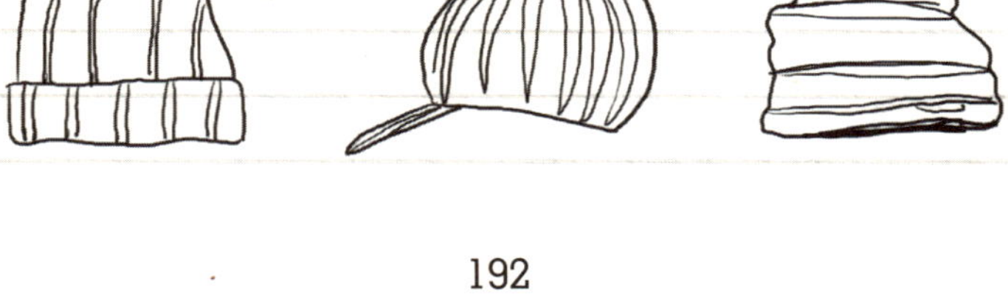

So wird das nichts. Fang noch mal an. Konzentriere dich! Denke nichts anderes als KEINE MÜTZE. Keine Mütze. Keine Mütze. Keine Mütze. Keine Mütze.

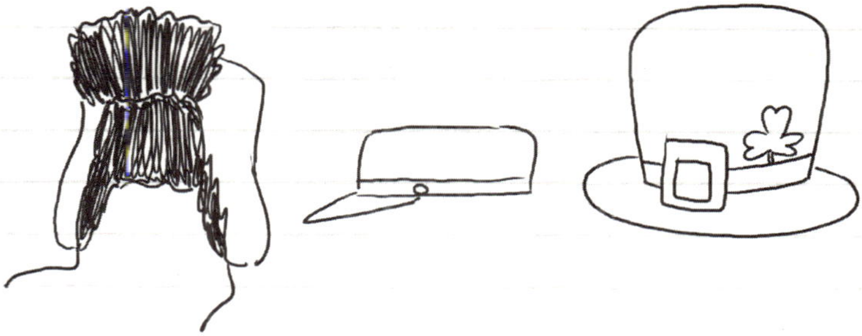

Keine Mütze. Keine Mütze. Keine Mütze. Keine Mütze. Keine Mütze. Keine Mütze. Keine Mütze. Keine Mütze. Keine Mütze. Keine Mütze. Keine Mütze. Keine Mütze. Keine Mütze. Keine Mütze.

Na, wie hat es geklappt?

Ja – genau das hab ich mir gedacht.

Nun aber schnell zurück zu Martin, der gerade etwas vor sich hin plapperte.

»Ich hätte mir ein U-Boot wünschen können«, murmelte er. »Und damit die Bonner-Brüder in die Luft jagen können!«

»He, warte mal – hättest du wirklich deinen einzigen Wunsch an die Bonner-Brüder verschwendet? Komm schon, Kumpel – du wirst doch nicht zulassen, dass sie dir dermaßen auf den Geist gehen!«

»Wahrscheinlich hast du recht. Ich meine, ich hab ja nur noch sieben Jahre Schule vor mir. Und wenn man die Ferien abzieht, sind es nur noch … warte mal … vier Millionen Tage, an denen sie mich schikanieren können. Wow. Das sind immer noch ziemlich viele Hosenreißer!«

»Wenigstens kannst du dich mit deinen Rechenkünsten ablenken.«

Martin seufzte düster. Ich konnte nicht anders – der kleine Einfaltspinsel tat mir leid.

»Kopf hoch, Kumpel«, versuchte ich ihn aufzumuntern. »Von dem bisschen Schikane wirst du dir doch nicht die Laune verderben lassen! Denk dran – morgen ist dein großer Tag! Alles wird leichter, wenn man erst mal zwölf ist.«

Martins Miene hellte sich auf. »Ja, super. Die magische Zwölf!«

»Genau!« Inzwischen waren wir fast beim Moone-Haus angekommen. »Ich wette, da drin laufen die Köpfe heiß, weil sie gerade deine Geburtstagsparty planen!«

Martin stieß die Haustür auf und schlenderte zuversichtlich ins Haus.

»Hallo, ich bin da!«, rief er. »Versteckt meine Geschenke!«

Sinead kam vorbei und starrte ihn gereizt an. »Mum sagt, du warst ein Versehen.«

Martin ließ den Kopf hängen, während Sinead mit fiesem Grinsen in der Küche verschwand.

»Kein Versehen!«, schrie ich ihr nach. »Höchstens ein Zufall!«

Kapitel 19
Das Geburtstagskind

Vorhersage: Am Morgen Niederschläge von Geburtstagsgeschenken, tagsüber eine Flut von Glückwunschkarten. Kuchenwahrscheinlichkeit: 83 %

Am 16. Oktober haben gleich mehrere Persönlichkeiten Geburtstag:

- Oscar Wilde, irischer Schriftsteller und Theaterautor, Liebhaber fescher Klamotten;
- Michael Collins, irischer Freiheitskämpfer und Politiker;
- Martin Moone, irischer Einfaltspinsel, Tagträumer und IF-Realo.

Endlich war der glorreiche Sechzehnte da. Die Sonne strömte durch Martins Zimmerfenster – und schon das war eine reichlich seltsame Art und Weise, diesen Tag anzufangen. Die Sonne »strömte« normalerweise nicht durch Martins Fenster und auch nicht durch irgendein anderes Fenster in Boyle. Sie hatte eher die Gewohnheit, sich verschämt hinter

Regenwolken zu verstecken, um ja bloß außer Sicht zu bleiben.

Klar, dass dieser Tag anders war als jeder andere.

Die Sonne wärmte also Martins Gesicht, während er in seinem Bett lag, immer noch tief schlafend, mit weit offenem Mund, aus dem ein dünner Speichelfaden rann und auf dem Kissen versickerte. Auf einmal schnarchte er kurz, schnaubte, regte sich, öffnete langsam die Augen – und sah direkt vor sich ein gutaussehendes Gesicht, das ihn aufgeregt anschaute, nämlich meins. Ich hockte neben seinem Bett wie eine sprungbereite Katze, und jetzt sprang ich auf.

»Alles Gute zum Geburtstag!«, brüllte ich.

Martin wirkte einen Moment lang verwirrt. »Geburtstag ...«, murmelte er schläfrig, doch dann setzte er sich abrupt auf. »Heute ist mein Geburtstag!«, rief er aufgeregt.

Er sprang auf und tanzte auf seinem Bett herum, wobei er ziemlich unmusikalisch »Heut ist mein Geburtstag! Heut ist mein Geburtstag!« sang.

Ich wollte ebenfalls auf das Bett springen, aber nachdem ich so lange daneben gehockt hatte, waren meine Beine ganz verkrampft und wollten nicht gehorchen. »Aua! Krampf!«, heulte ich und massierte meinen schmerzenden Schenkel.

Martin hörte auf zu tanzen. »Wie lange hockst du schon vor meinem Bett?«

»Keine Ahnung. Ein paar Stunden vielleicht? Laut Anweisung muss ein IF seinem Realo als Allererster zum Geburtstag gratulieren. Das wollte ich auf keinen Fall vergeigen.«

Martin lächelte gerührt. »Oh, äh, danke, Bartgesicht.«

Er sprang auf den Boden. »Oookay, jetzt kann die Party steigen. So bringet mir denn die Geschenke!«, rief er großspurig.

Ich grinste breit. Wie ein Schauspieler in einem Shakespeare-Stück rief ich über die Schulter: »So bringet Ihm denn Seine Geschenke!«

Eine kleine Pause trat ein, und als ich mich wieder zu ihm umdrehte, merkte ich, dass er mich erwartungsvoll anschaute.

»Oh … du meinst mich? Hast du wirklich ein Geschenk von mir erwartet? Mein Lohn sind Chips, Martin – erinnerst du dich? Du zahlst mich in imaginären Chips.«

Er nickte. »Ja, das stimmt. Dann also auf in die Geschenkekammer!«, rief er.

»Du meinst … die Küche?«

»Ich meine, wo immer die Geschenke-Schenker meiner harren! Und ja, das ist höchstwahrscheinlich die Küche!«

Gutgelaunt hüpfte Martin aus dem Zimmer und die Treppe hinunter. Er begann sein neues Lebensjahr voller Optimismus und freudiger Unbekümmertheit.

Die sich schnell in freudlose Bekümmertheit verwandelte.

Seine Schwestern saßen am Küchentisch. Aber vor ihnen stapelten sich keine Geschenke. Das einzige »Geschenk«, das zu sehen war, war ein billiger Plastikkugelschreiber, den Sinead auf einem Stück Geschenkpapier vor sich liegen hatte.

»Ein Kuli?« Martin runzelte die Stirn.

»Cool«, sagte Sinead erleichtert und gab ihm den Kuli. »Da kann ich mir das Einpacken sparen.«

Martin betrachtete den Kuli unglücklich. Er war durchsichtig, die Mine war schon halbleer, und die Plastikkappe wies deutliche Bissspuren von Sineads Zähnen auf. Martin seufzte innerlich, dann wandte er sich an seine mittlere Schwester, Trisha, die neben Sinead müde in ihrem Stuhl hing.

»Meins hast du gestern schon gekriegt«, nuschelte sie.

»Ach so, ja ... stimmt«, bestätigte Martin und schaute auf den Stofffetzen, den sie ihm gestern Abend um das Handgelenk gebunden hatte.

»Wie hast du das Ding genannt, Trish?«

»Hab ich es irgendwie genannt?«, fragte sie ahnungslos.

»Eine ... Krawatte?«, fragte er.

»Ja, klar, das ist 'ne Krawatte, warum nicht? Alles Gute zum Geburtstag.«

»Äh, ja, danke.«

Fidelma lächelte ihn liebevoll an. »Ta-ta!«, sang sie triumphierend und überreichte ihm einen Umschlag.

»Das ist hoffentlich ein Gutschein, Delma«, sagte Martin warnend.

»Ist es auch. Sozusagen.«

Martin konnte nur das Beste hoffen. Er öffnete den Umschlag.

Der Inhalt beeindruckte ihn nicht.

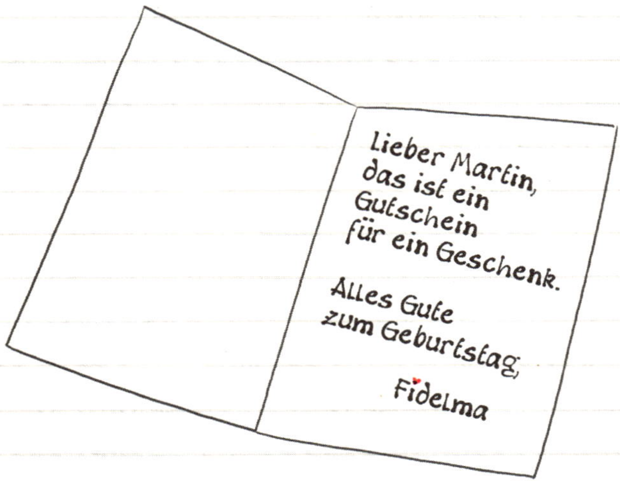

»Ich denke immer, dein Geburtstag ist im August«, sagte sie leicht verwirrt.

»Warum gibst du mir dann das Geschenk nicht im August?«

»Mach ich doch«, antwortete sie und deutete auf die Gutscheinkarte.

Es war nicht ganz das, was Martin sich erhofft

hatte. Er hatte erwartet, dass seine Familie es in diesem Jahr wirklich schaffen würde, ihn zu überraschen. Schon wollte er sich damit abfinden, dass sein zwölfter Geburtstag genauso entsetzlich sein würde wie alle anderen Geburtstage zuvor – als etwas Erstaunliches passierte.

»Jetzt kommt das Hauptereignis!«, rief Liam, der unbemerkt in die Küche getreten war. »Alles Gute zum Geburtstag, Kumpel!«

Martins Dad stellte ein sehr großes, in alte Zeitungen eingepacktes Geschenk neben den Küchentisch.

Ich hatte still dabeigesessen und meinen Tee getrunken; jetzt verschluckte ich mich fast, als ich das riesige Geschenk sah. Das war kein Metallring. Wenn überhaupt, dann waren es zwei. Ich wollte nicht zu früh hoffen, aber soweit ich sehen konnte, sah das Ding verdächtig nach einem Fahrrad aus.

»Nein!« Ich schnappte förmlich nach Luft. »Sie werden dir doch nicht ein richtiges Geschenk schenken!«

Martin sprang auf und nahm die Verpackung in Angriff. Ich schüttelte den Kopf, weil ich es nicht glauben konnte.

»Das sind bestimmt nur alte Socken in Fahrradform«, warnte ich ihn. »Oder eine fahrradförmige Zahnbürste. Oder ein fahrradmäßiger Tritt in den Hintern …!«

Aber Martin hatte inzwischen die Hälfte des Zeitungsgeschenkpapiers weggerissen und konnte schon ein Rad und einen Teil des Rahmens erkennen.

»Wow!«, rief er aus. »Es ist ein fahrradförmiges Fahrrad!«

»Freu dich nicht zu früh«, grunzte Sinead. »Ist doch nur von Readybix.«

Martin und ich schauten einander erstaunt an. Jeden Morgen beim Frühstück starrten wir auf das Foto eines Readybix-Bikes, lasen das Sonderangebot genau durch und stellten uns vor, wie wir genau wie dieses Readybix-Kid* auf dem Rad durch die Stadt kurvten. Aber nie hätten wir damit gerechnet, dieses Rad jemals leibhaftig vor uns zu sehen! War in der Verpackung wirklich ein Readybix-Bike?

*** Readybix-Kid:** eine Werbefigur, wurde ursprünglich von einem blonden Jungen namens Alfie Sewell aus Berkshire in England gespielt. Aber nachdem er öffentlich bekannt hatte, er müsse immer kotzen, wenn er eine Schale Readybix auch nur zu sehen bekam, wurde er durch eine andere Werbefigur, einen Affen, abgelöst. Der hieß Ready Eddie, war sehr beliebt und warb fast zwanzig Jahre lang für Readybix, bis er schließlich beim Sturz von einem Kristallkronleuchter in einem Gentlemen's Club** in Leeds ums Leben kam.

**** Gentlemen's Club:** ein Club, in dem sich Gentlemen von ihrem Leben als Gentlemen erholen können.

Martin riss ein weiteres Stück Papier weg – und da war es auch schon: das Readybix-Logo mitten auf dem Lenker!

»Jaha! Es ist ein Readybix-Bike!«, jubelte Martin und konnte seine Aufregung kaum noch im Zaum halten.

Gerührt wandte er sich zu seinen Eltern um. »Danke! Danke! Das ist wirklich … super!«

Liam und Debra lächelten, auch wenn sie vor so viel Dankbarkeit ein wenig zurückschreckten. Von ihren Kindern waren sie solche Gefühlsstürme nicht gewöhnt.

»Aber … wie …?«, fragte Martin. »Dazu braucht man doch fünfzig Bons!«

Debra grinste verschämt und schlenderte durch die Küche. »Na ja, sagen wir mal so …« Sie öffnete zwei Oberschränke. Die waren randvoll mit Readybix-Packungen gefüllt. »Ich kann nur hoffen, dass Readybix euch allen schmeckt!«

Die drei Schwestern ließen ein kollektives Aufstöhnen hören.

»*Niemand* mag Readybix, Mum!«, protestierte Fidelma. »Deshalb müssen sie die Bikes verschenken!«

Ich musste ihr recht geben. »Ich esse keinen Löffel voll von diesen … Sägemehlbriketts«, murrte ich.

»Wie auch immer, euer Vater kann nicht alles allein essen«, erklärte Debra mit fester Stimme. »Alle müssen mit reinhauen.«

Liam hielt eine halbvolle Schale Readybix in der Hand. »Sie hat recht – mehr als sechs Schalen am Tag schaffe ich nicht. Wir brauchen sämtliche Verdauungsapparate der Moone-Familie, um das hier zu bewältigen.« Er deutete auf die Packungen.

Die Schwestern verdrehten die Augen und schütteten mürrisch Readybix in ihre Schalen, während Martin sein neues Fahrrad bewunderte.

»Bestes. Geschenk. Meines. Lebens«, murmelte er glücklich.

Kapitel 20
Die Bonner-Brutalos

Am Vormittag kurvte Martin mit seinem neuen Readybix-Bike durch die ganze Stadt. Ich fuhr auf dem Gepäckträger mit. Wir rasten über die Abbeytown-Brücke, an den zerbröselten Ruinen der Abtei vorbei, die (einzige) Geschäftsstraße entlang und mitten durch das Zentrum von Boyle. Es war Samstagmorgen, und daher war die Stadt ziemlich belebt. Wir winkten allen zu, denn an diesem Tag waren wir besser gelaunt als jemals zuvor.

»Guten Morgen, Leute!«, rief Martin fröhlich nach rechts und links und winkte ununterbrochen.

»Aus dem Weg, Idioten!«, schrie ich und zeigte ihnen verschiedene Hip-Hop-Gesten, zum Beispiel auch den Mittelfinger, was aber nicht ganz ungefährlich war.

Einige der Passanten winkten Martin leicht verwirrt zu, aber die Jungs in seinem Alter starrten neidisch das neue Bike an – und nichts anderes war beabsichtigt.

»Genau, ihr Loser! Das ist ein Readybix-Bike! Sehet und weinet!«, schrie ich und deutete auf das glänzende Logo auf dem Lenker.

Wir radelten die Bridge Street entlang und kamen an Trevor vorbei, der eine Tüte Monster-Chips futterte.

»Hallo, Neuer!«, rief Martin, und Trevor winkte zurück. Er freute sich sichtlich, dass ihn jemand kannte. »So ein Rad kriegst du nicht für alles Geld der Welt, du reicher Schnösel!«

»Genau!«, schrie ich. »Dafür kriegst du höchstens ein paar Gutscheine! Und die musst du erst noch per Post einschicken! Und dann wahrscheinlich zwei oder drei Wochen auf die Lieferung warten, du armer Trottel!«

Auf der Hauptstraße fuhren wir an Declan Mannion vorbei, der einen Espresso trank und die *Racing Post** las.

»Hallo, Declan!«, rief Martin. »Schau mal, mein neues Rad!«

Declan blickte auf und runzelte die Stirn, als hätte er Martin noch nie im Leben gesehen.

»Wir sind in derselben Klasse!«, erinnerte ihn Martin. Aber Declan zuckte nur nichtssagend die Schultern und las weiter.

*** Racing Post:** eine Zeitung für Pferde- und Hunderennen. Für jedes Rennen werden die teilnehmenden Tiere aufgelistet, außerdem auch die Rennen, die sie gewonnen oder verloren haben, auch die, bei denen sie mittendrin stehen blieben, um mal kurz zu pissen.

Wir bogen in die Patrick Street ein. Bald hatten wir Boyle hinter uns gelassen und radelten zwischen Äckern und Feldern, Hügeln und Hecken entlang. Wir befanden uns nun in einem fernen Land, das als »Um-Boyle-Herum« bekannt war, und bogen schließlich auf den kurvenreichen, von Schlaglöchern und Müll übersäten Feldweg ein, der zu Padraics Farm führte.

Schon von weitem sahen wir Padraic, der hoch auf einer Leiter stand und eine Armladung Reet* auf das Dach wuchtete. Offenbar flickte er das Strohdach.

»Hallo, Padraic!«, rief Martin.

Padraic grinste freundlich auf uns herab. »Happy Birthday, Mar…«

Aber als er Martins neues Fahrrad sah, verschlug es ihm die Sprache. Er ließ das Reetbündel fallen, kletterte rasend schnell die Leiter hinunter und kam auf die Straße hinausgestürzt.

»Wow!«, rief er staunend. »Das Readybix-Bike! Voll der Hammer**!«

Martin fuhr weiter, und Padraic rannte neben uns her. Er war nicht gerade ein Superathlet und geriet ziemlich schnell außer Puste.

* **Reet:** Schilfrohr, das gebündelt und aufs Dach gepackt wird. Das ist vor allem in Gegenden üblich, in denen keine Dachziegel wachsen.
** **Voll der Hammer:** beliebter Ausdruck der Jugendsprache in den 1980er Jahren. Heutzutage würde man eher »voll geil« sagen.

»Was ist …«, keuchte er, »… kann ich … auch … mal …?«

»Hm?«, machte Martin und tat so, als hätte er ihn nicht verstanden.

»Schneller, Martin«, hetzte ich ihn, »schneller!«

Ich hatte keine Lust, mitansehen zu müssen, wie Padraic mit seinem Übergewicht die Readybix-Sattelfederung ruinierte.

»Ich hab … gefragt … ob ich … auch mal fahren …«, keuchte Padraic.

Aber Martin befand sich schon auf dem abschüssigen Teil des Feldwegs. Padraic fiel zurück und blieb schließlich stehen. Keuchend rang er um Atem, während wir den Hügel hinunterrasten.

Unermüdlich kurvte Martin über Feldwege und Landstraßen, den Wind im Haar und die Sonne im Gesicht. Einem Bauern mit Hund schrie er zu: »Hallo, Farmer, hallo, Farmerhund!«

Sogar die Kühe grüßte er …

»He, ihr Kühe!«

»Muuuuune!«, muhte eine freundliche Kuh. »Tolles neues Rad!«

… und ich die Schweine:

»Wie geht's denn so, ihr Schweine?«, schrie ich.

»He, Leute, das ist ein Readybix-Bike! Schieb 'ne Ladung Readybix rüber, Junge!«

Die Schweine liefen uns sogar nach, aber wir lachten nur und rasten davon.

Schließlich lenkten wir das Rad wieder in Richtung Stadt und waren nicht mehr weit von Boyle entfernt, als wir eine einsame Gestalt am Straßenrand sitzen sahen. Zuerst hielten wir sie für einen Landstreicher – draußen-vor-Boyle wimmelte es nur so von Landstreichern –, bis wir näher kamen und entdeckten, dass es Loopy Lou war. Er sah noch schmutziger aus als bei unserer letzten Begegnung, und in seinen Kleidern waren große Risse und Löcher zu sehen. Er briet einen seiner großen roten Schuhe über einem Feuer.

»Hallo, Lou!«, rief Martin, als wir auf ihn zu fuhren.

»Nicht anhalten, Martin!«, flüsterte ich, aber er fuhr bereits langsamer.

»Hallo, Geburtstagskind!«, lächelte Lou und sprang auf, den Stock mit dem halbgaren Schuh noch in der Hand. »Oooh, Martys neues Rad gefällts mir ganz ganz arg!«

»Danke, Lou«, lächelte Martin.

»Aber wir lassen die Pfoten davon!«, warnte ich Lou, weil ich befürchtete, dass er gleich das ganze Rad mit seinen dreckigen Fingern abtasten würde.

Lou hüpfte um uns herum und bewunderte das Rad. »Es ist ein echtes Schönling, Marty!«, krähte er. »So glänzig wie ein Quallenbauch! Du hasts nicht zufällig ein paar Quallen dabei, Marty? Ich bins so hungrig!«

»Hungrig?«, schnaubte ich verächtlich. »Du hast doch einen ganzen Schuh zum Essen!«

Lou warf mir einen eiskalten Blick zu.

»Bist du aus der Hecke ausgezogen, Lou?«, erkundigte sich Martin, während wir langsam weiterfuhren und Lou neben uns herlief.

»Rausgeworfen«, beschwerte er sich. »Vertrieben! Bist du schon mal vertrieben worden, Marty? Schlimme Sache, ganz arg schlimm!«

»Vertrieben? Wer hat dich vertrieben und warum?«

»Eine Herde von verdammten dreckigen Enten.

Haben Eigenbedarf für meine Wohnung angemeldet. Quak! Quak! Quak! Zwickten mich ganzen Tag und Nacht! Quak! Quak! Quak! Quak! Quak!«

»Und dann haben sie dich auch noch mit ihrem Quak-Quak angesteckt«, grinste ich.

Martin kicherte, aber Lou wurde wütend.

»Ich quake nicht! Und wenn, bists nur du daran schuld!« Er deutete anklagend mit dem verdreckten Zeigefinger auf mich. »Wegen dir muss ich auf der Straße leben, du dummer Bürotrottel! Du bists schlimmer als die verdammten Enten! Quak! Quak! Quak! *Ich* sollte jetzt auf dem Readybix-Bike sitzen, nicht du!«

»Gib Gas!«, flüsterte ich Martin zu, und tatsächlich trat er stärker in die Pedale.

»Guten Schuhpetit, alter Heckenhocker!«, schrie ich über die Schulter.

Lou rannte immer noch hinter uns her, und es sah höchst seltsam aus, weil er nur noch einen Schuh am Fuß und den anderen an einem Stock trug. »Du bists nicht mal ein richtiger IF«, kreischte Lou. »Du bists ein Nix! Ein imaginärer Bürohengst! Ein Hochstapler!«

»Ach ja?«, gab ich verächtlich zurück. »Und was willst du dagegen unternehmen?«

»Oh, ich werds was dagegen unternehmen, keine

Angst! Die Sache ist noch nicht vorbei, Bartgesicht! Du hasts dir einen mächtigen Feind gemacht, mein Freund!«

»Dann bin ich also dein Freund?«

»Nein! Du hasts dir einen mächtigen Freund gemacht, mein Feind!«

»Dann bist du also mein mächtiger Freund?«

»Nein! Ich meine … verdammmich!«

Ich brüllte vor Lachen, als Lou keuchend mitten auf dem Weg stehen blieb und vom aufgewirbelten Staub husten musste.

Wir kreuzten noch einmal durch die Stadt und kamen gerade über die kleine grüne Brücke, als wir uns plötzlich den grimmigen Bonner-Brüdern gegenübersahen.

Martin musste heftig abbremsen und kam schleudernd direkt vor den Füßen der Bonner-Brutalos zum Stillstand.

»He, Moone«, grunzte Connor Bonner.

»Nettes kleines Bike«, grinste Jonner Bonner.

Sie warfen sich einen kurzen Blick zu. Ich bekam plötzlich ein flaues Gefühl im Magen. »Oh … Scheiße«, murmelte ich.

»Kann ich mal 'ne Runde drehen?«, fragte Jonner Bonner, wartete aber gar nicht auf die Antwort, sondern stieß Martin grob vom Sattel.

»Äh … klar«, sagte Martin verängstigt.

Jonner drehte eine Runde auf der Straße. »Nett. Echt cool.«

»Äh … danke, Jonner Bonner.«

»Nur der Achter stört mich 'n bisschen.«

»Der Achter?«, fragte Martin besorgt.

»Klar, Mann«, nickte Jonner Bonner. »Vorderrad. Total verbogen.«

»Hinterrad is auch nicht besser, Mann«, fügte Connor Bonner hinzu. »Kannste nich so lassen. Gefährlich, so was. Soll'n wir das für dich zurechtbiegen, Kumpel?«

»Äh …«

Aber bevor Martin noch etwas sagen konnte, hatte Jonner das Bike auch schon auf den Boden geworfen und trampelte nun mit seinem Bruder auf dem Rad herum. Als würden sie ein neues Trampolin ausprobieren.

»He, he!«, schrie ich. »So repariert man doch keinen Achter! Was macht …?«

»Nicht so wild!«, stöhnte Martin mit schwacher Stimme. »Bitte, lasst …«

Aber die Brüder achteten nicht auf ihn.

Ich würde nun gern erzählen, dass wir uns mutig und mit vereinten Kräften auf sie gestürzt hätten, aber leider war das nicht der Fall. Wir standen einfach nur dumm da und sahen ihnen zu. Das war ziemlich armselig und feige, ich weiß, aber was hätten wir schon tun können? Einer von uns beiden war ein Feigling. Und der andere war ein Hirngespinst und existierte nur in der Einbildung des Feiglings. Gegen die gestörten Bonner-Brutalos hatten wir null Chance.

In diesem Moment tauchte Padraic hinter uns auf, keuchend und völlig verschwitzt, als ob er meilenweit hinter uns hergerannt wäre. Was tatsächlich der Fall war.

»Ich hab dich gefragt«, stieß er keuchend hervor, »ob ich auch mal auf dem Rad …«

Erst jetzt bemerkte er die Bonner-Brüder, die immer noch auf dem Rad herumtrampelten.

»Ach so … vergiss es. Sah vorher netter aus«, murmelte Padraic, drehte sich um und rannte davon, so schnell ihn seine kurzen Beine tragen konnten.

Kurze Zeit später hielt Liam das verbogene Fahrrad in der Küche auf Armlänge von sich und betrachtete es. Er hatte eine Frage und verlangte eine Antwort.

»Du bist gegen eine Tür gefahren?«, fragte er ungläubig.

Martin nickte schwach. »Ja ... war plötzlich da, wie aus dem Nichts.«

»Aber das Fahrrad ist völlig kaputt, Martin. Wie oft bist du gegen diese ... Tür gefahren?«

Ich flüsterte ihm ein paar Sätze ins Ohr.

»Es waren eigentlich zwei Türen«, versuchte Martin seinem Vater klarzumachen.

»Was für Türen? Wo?«

Debra kam näher und beugte sich zu ihrem Sohn hinunter. »Was ist *wirklich* passiert, Martin? Es ist nicht das erste Mal, dass du gegen Sachen gestoßen bist. Weißt du noch, als du gesagt hast, du seist von einem Baum gefallen? Aber das stimmte auch nicht, oder?«

»Na ja, ehrlich, das Bike ist ziemlich schnell auseinandergefallen.«

»Mit diesem Bike gab es keine technischen Probleme«, sagte Liam scharf. Er hatte es selbst zusammengeschraubt, und es waren nur fünf Schrauben und drei Schraubenmuttern übrig geblieben, was für Liam ein sehr gutes Ergebnis gewesen war.

»Waren es wieder die Bonner-Zwillinge?«, fragte Debra. Zu Liam sagte sie: »Die beiden machen ihm auch in der Schule das Leben schwer.«

Liam und Debra schauten Martin streng an, aber

er wich ihren forschenden Blicken aus, und das reichte ihnen als Bestätigung. »Gut«, sagte Liam entschlossen und ging aus der Küche.

»Wo willst du hin?«, rief ihm Debra nach.

Liam kam noch einmal zurück; er zog gerade seine Jacke an. »Niemand schikaniert meinen Jungen«, erklärte er. »Na ja, außer Sinead vielleicht ...«

Sinead blickte von ihrer vierten Schale Readybix auf und nickte zustimmend.

»Willst du ihnen eine Lektion erteilen, die sie nie mehr vergessen werden, Dad?«, fragte Martin hoffnungsvoll.

Liams Blick ging in eine unbestimmte Ferne. Er stellte den Kragen hoch, wie ein Mann, der sich auf eine *Mission Impossible* begab. »Ich werde mal mit ihrem Vater ein Wörtchen reden. Wenn es ein zivilisiertes Gespräch unter Männern ist – okay. Wenn nicht ... dann eben nicht.«

Wir konnten es kaum glauben: Liam wollte sich mit den Bonners anlegen!

»Meine Rede, schon die ganze Zeit!«, sagte ich, als wir Liam nachschauten, der mit entschlossenen Schritten zur Straße ging. Endlich ein Moone, der wusste, was zu tun war.

Debra schaute auf ihre Töchter hinab, die gelangweilt um den Tisch hingen, und auf Martin, der trostlos und verzweifelt den Schrotthaufen betrachtete, der einmal sein neues Fahrrad gewesen war. »Na, nichts hebt die Stimmung mehr als eine nette Schale Readybix«, sagte sie milde.

Martin und seine drei Schwestern stöhnten.

Kapitel 21
Der Bullyguard

Am Abend schaute Martin gedankenverloren zu den Sternen hinauf. (Er hatte selbstklebende Leuchtsterne an die Decke über seinem Bett geklebt.) Er fühlte sich miserabel – mindestens so zerschlagen und zertrampelt wie sein neues Rad.

Wie kann ich mich nur gegen diese verdammten Schläger wehren?, fragte er sich.

»Weißt du was, Kumpel? Wir könnten auswandern. Ein Schiff entern, die Crew kidnappen, durch den wütenden Ozean kreuzen und in Padraics Südamerika ein neues Leben aufbauen«, schlug ich vor. Was wirklich eine brillante Idee war, wie ich fand.

»Ach, das wäre doch nur eine feige Flucht.«

»Na ja, gegen deine Logik kommt man schwer an«, murmelte ich.

»Dad wird die Sache schon regeln. Er hat wirklich sehr entschlossen ausgesehen, als er ging.«

»So, entschlossen hat er ausgesehen? Kam mir eher so vor, als hätte er Verstopfung*«, sagte ich.

*** Verstopfung (Obstipation):** tritt ein, wenn die Entleerung des Darms nicht mehr funktioniert. Bei Kaninchen passiert das vor allem dann, wenn sie Kerzen gefressen haben. Wird auch bei Menschen nicht anders sein, oder?

»Aber vielleicht hast du recht, Kumpel – er hat gemerkt, wie enttäuscht du warst, und du bist schließlich sein einziger Sohn. Ich wette, er wird diesen grauenhaften Zwillingen zeigen, was Sache ist!«

»Klopf, klopf, klopf«, flüsterte Liam an der Tür und schlich leise herein. Aber er kam nicht allein – er wurde von einer wahrhaft umwerfenden Fahne* begleitet.

»Heee, Ku-Kumpel, wie geht'sch denn scho?«, nuschelte Liam undeutlich und mit einem halben Rülpser.

»Okay, Dad. Und selbst?«, fragte Martin bekümmert.

Liam schlich auf Zehenspitzen zum Bett und ließ sich schwer auf die Bettkante fallen. Die Gin-Fahne wehte inzwischen durch das ganze Zimmer.

»Na, schuper. Und schelbst?«, fragte Liam noch einmal.

Martin gab keine Antwort; er wollte unbedingt erfahren, wie seine Zukunft in Bezug auf die Bonner-Brüder aussah.

»Hast du dir die Bonner-Brüder ordentlich vorgeknöpft?«

* **Fahne:** kriegt man, wenn man viel Alkohol trinkt. In diesem Fall war es Gin – ein Wacholderschnaps, den die Iren gern literweise pur hinunterschütten.

Liam schien keinen blassen Schimmer zu haben, was sein Letztgeborener damit meinte, und grübelte eine Weile über die Frage nach, bis ihm schließlich die Erleuchtung kam. »Oooh … jaaa!«, erinnerte er sich, aber ein bisschen zu laut. »Die Bonner … Hör mal, halte dich in Schukunft von diesen Ty-Typen fern, die schind wirklisch grauenhaft!«

Diese Antwort ließ mich annehmen, dass Liam sich die Bonner-Brüder gar nicht »vorgeknöpft« hatte. Viel wahrscheinlicher war es, dass er unterwegs im Pub hängen geblieben war. Wer konnte das wissen? Aber Martin setzte immer noch große Hoffnungen auf seinen leicht betrunkenen Vater.

»Aber, Dad …«

»Schon gut, schon gut, kleiner Kr-Kr-Krauschkopf«, nuschelte Liam und zauste mit seiner schweren, schwieligen Hand Martins Haar.

Martin hatte ein paar aufmunternde und tröstende Worte erwartet, aber Liam rappelte sich mühsam auf die Füße (wobei ihm ein kleiner Furz entwich) und schwankte leise vor sich hin summend zur Tür.

Martin schaute zu, wie sein Vater das schwierige Hindernis der Tür zu umschiffen versuchte, bis er endlich verschwand. Niedergeschlagen drehte er sich zu mir um.

»Ich glaube nicht, dass er sie umgebracht hat.«

»Nö. Du hast recht. Ich glaube, du musst dich

selber um das Problem kümmern. Weißt du, was wir brauchen?«

Wir überlegten, wie wir die Bonner-Brüder ein und für alle Mal loswerden konnten. Tiefes Schweigen herrschte, während wir mindestens zwölf Sekunden lang in unserem Hirngelee auf der Suche nach einer zündenden Idee wühlten. Bis wir schließlich genau im selben Augenblick einen Gedankenblitz hatten:

»Ein Bodyguard!«, rief Martin.

»Ein räudiger Hund!«, rief ich. »Okay, meinetwegen ein Bodyguard«, fügte ich schnell hinzu, damit die Sache nicht so kompliziert wurde.

Also ein Bodyguard. Perfekt. Es musste ein Macho mit genügend Autorität sein, um als Beschützer gegen die Bonner-Bullys in Frage zu kommen. Ein Bullyguard! Aber wer war einer so grauenhaft harten Aufgabe gewachsen? Das war ein Riesenproblem.

»Superman?«, schlug Martin vor.

»Könnte schwierig werden, ihn so kurzfristig unter Vertrag zu nehmen«, wandte ich ein.

»Spider-Man?«

»Dasselbe Problem, Kumpel.«

Wir dachten weiter nach.

Eine ganze Weile.

»DECLAN MANNION!«, schrien wir schließlich wie aus einem Mund.

Declan Mannion, der älteste Schüler in Martins Klasse, war Experte in allem, was Schikane anging. Aber nicht mit so unfeinen Taktiken wie unfaire Schläge oder amateurhaftem Misshandeln, die die Bonner-Brüder bevorzugten. Nein – Declan war der König der Bullys. Ein erfahrener Staatsmann. Er wurde geachtet und gefürchtet und sorgte dafür, dass Schikane innovativ betrieben wurde und an Klasse gewann.

Für Declan waren das Schikanieren und Schulhofschlägereien eine Art Kleinunternehmen. Er knöpfte einem das Mittagessengeld ab und investierte es in ein Hunderennen. Aber wenn er mit seinem Tipp richtig gelegen hatte und der Hund gewann, zahlte er einem das Geld ohne Zinsen jeden Freitag zurück. Die Zinsen und den Gewinn behielt er für sich, wie jede ordentliche Bank. Declan war so was wie eine Teenager-Bully-Bank. Und wie presste er einem die paar Pennys ab? Nun, ohne Anwendung von ein bisschen physischer Gewalt ging es natürlich nicht. Oder auch von brutaler Gewalt. Aber seine Foltermethoden waren wenigstens originell.

Zum Beispiel war Declan ein Meister des umgekehrten Hosenziehers. Er konnte ein normales Handtuch wie eine Peitsche knallen lassen. Und seine Anwendung der Wet-Willie-Taktik grenzte an Magie.

Aber besonders berüchtigt war Declan für seine

neuartige Vorgehensweise bei der Brennnesseltechnik, einer Taktik, die allgemein als »Chinesische Brennnessel« bekannt war. Declan führte eine neue Variante ein: die »Kambodschanische Brennnessel«, bei der nach der Behandlung die Haut des Gegners nicht nur rot war, sondern darauf auch der Schriftzug »Declan wahr hir« sichtbar wurde.

Kein Zweifel – Declan war exakt der Mann, den wir brauchten.

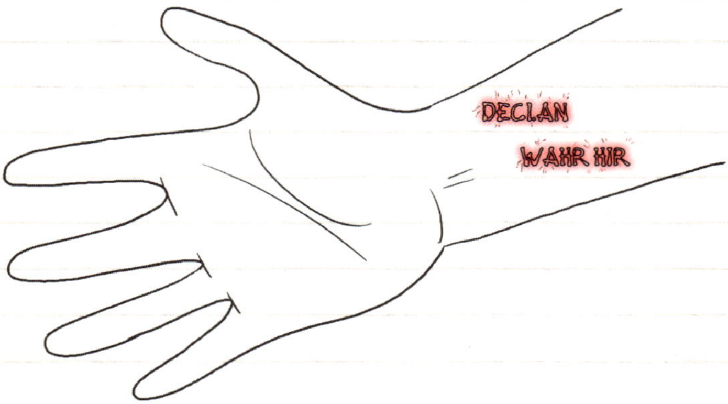

Am nächsten Morgen entdeckten wir Declan Mannion und seine Mannen; sie hockten vor dem alten Seitenflügel der Schule auf der Treppe. Declan las die *Racing Post* und kaute Tabak.

»Martin«, sagte ich, »das ist deine Chance. Du musst ihm Honig um den Mund schmieren und dann schnell zur Sache kommen, bevor er die Geduld verliert. Du musst ihn dazu bringen, bei der

Sache mitzumachen, damit wir endlich wieder ein bonnerfreies Leben führen können. Bring es hinter dich. Nur keine Angst, der frisst dich nicht. Und achte darauf, dass du selbstbewusst auftrittst, aber immer höflich bleibst.«

Martin nickte und näherte sich Declan mit entschlossenem Schritt.

»Mr Mannion, auf ein Wort, Sir.«

»Probleme, Moone-Gesicht?«, erkundigte sich Declan, ohne von seiner Rennzeitung aufzublicken.

»Na ja … ich hab tatsächlich Probleme mit den Bonner-Brüdern.«

»Und jetzt brauchst du Schutz, vermute ich mal?«, fragte Declan. Offensichtlich war die Bitte für ihn nichts Neues, das war schon mal ein gutes Zeichen.

»Na ja … ich dachte, vielleicht …«

»Das ist eine meiner Dienstleistungen, ganz klar. Kostet dich aber was.«

Und damit waren die Verhandlungen eröffnet. Martin schätzte seinen Bargeldbestand auf vierzig Pence. Sollte Declan mehr fordern, war Martin durchaus bereit, seine Schulbücher und vielleicht sogar seine Haare an eine Perückenfabrik zu verscherbeln. Die Sache war wirklich wichtig.

»Äh, okay. Und wieviel würde es mich ungefähr kosten?«

Declan nahm sein Kassenbuch aus der Tasche und checkte den Tagestarif für Schlägerschutz.

»Einmal Tittengrapschen«, sagte er lässig. »Bei deiner Schwester.«

Schluck!

»Äh, sorry … wie war das?«

»Titten. Grapschen. Schwester«, wiederholte Mannion, als redete er mit einem Vollidioten.

Der Preis, den Declan für den Service forderte, brachte Martin ein wenig aus der Fassung, aber er gab sich Mühe, ganz cool zu bleiben.

»Jaaa … dann hab ich das also richtig verstan…«

»Vogel friss oder stirb, Marty MacJammer«, unterbrach ihn Declan gelassen und steckte die Nase wieder in die *Racing Post*.

Martin warf mir einen fragenden Blick zu. Das war keine gute Idee, denn selbst unter normalen Umständen war ich in solchen Dingen kein besonders guter Ratgeber. Und unter schlimmen Umständen erwiesen sich meine Ratschläge regelmäßig als Katastrophe.

Ich zuckte die Schultern. »Scheint mir ein fairer Preis zu sein.«

Martin wandte sich wieder seinem neuen Geschäftspartner zu und gab ihm die Hand. »Abgemacht, Sir.«

»Einzelheiten klären wir später«, sagte Declan, ohne aufzublicken. »Und jetzt lass mich in Ruhe. Rennhunde wählen sich nicht selbst für die Wetten aus. Das ist harte Arbeit.«

Martin nickte verlegen und wandte sich um, schließlich war das Geschäft abgemacht und besiegelt.

»Warte, Kumpel!«, sagte ich schnell. »Meinst du nicht, dass du noch was vergessen hast?«

Martin überlegte kurz, bis ihm klar wurde, was mir durch den Kopf ging. Er nickte und ging noch einmal zu Declan zurück.

»Entschuldige, Mr Mannion, aber eine Frage hätte ich noch: *Welche* Schwester? Ich hab nämlich drei.«

Mannion faltete die Zeitung zusammen, offensichtlich langweilte es ihn allmählich, ständig von Martin unterbrochen zu werden.

»Die mit den *größten* Titten natürlich, du Nullpeiler.«

Schluck.

Kapitel 22
Der Busen-Check

Martin hatte noch nie besonders auf die Busen seiner Schwestern geachtet. Oder überhaupt auf irgendeinen Busen, um ehrlich zu sein. Sie waren ihm immer als ziemlich lästige Fettklöße vorgekommen. Er hatte absolut kein Interesse an Titten und schwor sich, niemals auch nur das geringste Interesse daran zu entwickeln. Aber um sich vor weiteren Bonner-Behandlungen zu schützen, musste er nun ermitteln, welche seiner Schwestern mit der größten Oberweite gestraft war. Immerhin wusste er, dass alle drei Büstenhalter trugen und dass es diese Kleidungsstücke in unterschiedlichen Größen gab. Daraus folgerte er, dass sich aus der BH-Größe wichtige Informationen bezüglich der Größe des Inhalts ableiten ließen. Vielleicht auch der Name der Besitzerin, schließlich hatte ja Debra auch seinen Namen in seine Unterwäsche eingenäht. Und so machte sich Martin auf in den Garten, um die von Wind und Wetter gepeitschten BHs an der Wäscheleine einer genaueren Überprüfung zu unterziehen.

Tatsächlich hatten die Dinger kleine Etiketten, auf denen seltsame Nummern und Buchstaben gedruckt

standen: 32B, 28C, 34AA*. Martin hielt diese Angaben für eine Art Zahlenrätsel. Um herauszufinden, welcher BH der größte war, setzte er sich die Körbchen nacheinander auf den Kopf – vielleicht konnte man ihre Größe daran messen, ob sie auf seinen Kopf passten oder nicht. Das funktionierte ganz prima. Nach dieser Ermittlungsarbeit folgerte er, dass es wahrscheinlich Trishas Körbchengröße war, die Declans Anforderungen am besten

* **BH-Größen:** Die Angaben beziehen sich auf irische BHs in den 1980er Jahren. 28 ist die kleinste, 54 die größte »Unterbrustweite«. Die Buchstaben stehen für die »Körbchengröße«; kleiner als AA geht's nicht.

entsprechen würde. Zufrieden darüber, dass er diese komplizierte Aufgabe gelöst hatte, ohne sich lächerlich zu machen, wollte er den BH wieder vom Kopf nehmen.

Gerade als ihm dieser glückliche Gedanke durch den Kopf ging, hörte er, dass an das Küchenfenster gepocht wurde. Er fuhr herum – und entdeckte zu seinem Entsetzen Fidelma, Trisha, Sinead und seine Mum, die ihn durch das Küchenfenster wütend anstarrten. Offensichtlich hatten sie seine BH-Untersuchungen seit geraumer Zeit beobachtet und sahen alles andere als erfreut aus. Sie hatten ihn auf frischer Tat ertappt. Mit ihren BHs in den Händen. Und einem auf dem Kopf.

»Schnell!«, drängte ich. »Tu so, als hättest du eine Menge zu tun!«

Geistesgegenwärtig packte Martin eine Schubkarre, die in der Nähe stand, und schob sie am Küchenfenster vorbei.

»Ich hole ein paar Frühkartoffeln«, rief er den wütenden weiblichen Familienmitgliedern zu.

Es war nicht Frühling. Und die Moones hatten auch keine Kartoffeln angepflanzt. Aber Martin war ziemlich sicher, dass den Frauen diese beiden Tatsachen nicht bekannt waren.

Bevor wir uns Trisha mit unserem Anliegen näherten, versuchten wir, die Ausrede mit den

Frühkartoffeln glaubwürdiger erscheinen zu lassen. Martin sammelte ein paar kartoffelgroße Steine im Garten, warf ein bisschen Erde darüber und rollte dann frech den ganzen Schubkarren samt Steinkartoffeln in die Küche. Seine Mutter brüllte ihn an, weil er so viel Dreck in die Küche schleppte, aber wenigstens wirkte die improvisierte Story nun einigermaßen glaubhaft. Martin hasste es nämlich, für einen Lügner gehalten zu werden. Vor allem dann, wenn er *tatsächlich* log. Was gar nicht so selten geschah.

Nach diesem Auftritt machte er sich daran, Trisha von der Notwendigkeit eines Dates mit Declan Mannion zu überzeugen. Dazu musste er ihr schmeicheln, ihr pfundweise Honig um den Mund schmieren. Vielleicht konnte er sie mit einem ungewöhnlichen Geschenk empfänglicher für seine Pläne machen?

»Blumen?«, schlug ich vor.

»Nein, bitte nicht – hab schon den ganzen verdammten Vormittag im Garten arbeiten müssen«, wandte er ein.

»Schokolade? Diamanten?«

»Nö, KunDiB263. Es muss was sein, das sie aus den Socken haut. Ein Geschenk, das ihr auf alle Zeiten unauslöschlich in Erinnerung bleibt. Schließlich muss ich sie dazu bringen, sich von einem Fremden begrapschen zu lassen.«

Darüber dachten wir ziemlich lange und sehr gründlich nach, obwohl es uns nur wie Sekunden vorkam.

»Eine Tasse Tee!«, riefen wir schließlich wie aus einem Mund. Die perfekte Bestechung. Unsere besten Ideen waren immer die, auf die wir genau gleichzeitig kamen. Eigentlich war es ziemlich erstaunlich, dass wir nicht öfter Sachen wie aus einem Mund sagten, vor allem wenn man bedenkt, dass ich ja nur Martins Hirngespinst war.

»He, Trish …«, lächelte Martin, als er ins Zimmer seiner Schwester trat. »Hab dir eine nette Tasse Tee mitgebracht.«

Dafür erwartete er natürlich abgrundtiefe Dankbarkeit. Stattdessen nahm sie ihm die Tasse aus der Hand und probierte den Tee.

»Der ist ja kalt!«, blaffte sie ihren Bruder vorwurfsvoll an.

»Ohhh. Bist du etwa eine *Warm*teetrinkerin? Tut mir leid. Das hab ich nicht gewusst.«

Fidelma, die auf dem anderen Bett lag, Musik hörte und den *Countrypolitan** las, blickte auf

* ***Countrypolitan*:** ein Magazin für junge Dorfschönheiten. Bringt tolle Artikel und Fotos, die jedem Landfräulein das Herz höher schlagen lassen, zum Beispiel »Wo finde ich ein vierblättriges Kleeblatt?« oder »Wie kann ich mich um das nächste Stallausmisten drücken? Sechs überzeugende Ausreden«.

und schüttelte den Kopf. Das war kein besonders ermutigender Anfang.

»Äh, hm, jedenfalls …«, fuhr Martin hoffnungsvoll fort, »hab ich überlegt, ob du mir vielleicht einen winzig kleinen Gefallen tun könntest.«

»Wahrscheinlich nicht. Worum geht's denn?«, schnaubte Trisha und schlürfte ihren kalten Tee.

»Na ja … ist eigentlich eine ziemlich blöde Frage … aber du weißt ja, du hast zwei Brüste …«

Eine ganze Weile hing schweres Schweigen im Raum, während die beiden Schwestern ihren kleinen Bruder geschockt anstarrten.

»Entschuldige – *was* hast du gesagt?«, erkundigte sich Trisha schließlich mit schmalen Augen.

»Titten«, verdeutlichte Martin. »Die Dinger da.« Er deutete auf ihre Brüste, in der Hoffnung, dass das ihre Verwirrung löste.

Jetzt mischte sich auch Fidelma ein. Sie riss sich den Kopfhörer vom Kopf und kreischte: »WIE BITTE?«

»Titten, Fidelma. Brüste. Möpse. Milchbeutel. Babytränke. Du hast auch zwei davon. Aber deine sind kleiner als Trishas und nützen mir deshalb nix.«

»Wovon faselst du eigentlich die ganze Zeit, du Armleuchter?«, fauchte Trisha.

»Also …«, begann Martin, »es ist so. Aber ich will dich nicht mit dem ganzen Drama belästigen … Sagen wir mal, ich möchte, dass mir ein Bekannter aus der Schule einen großen Gefallen tut. Aber er verlangt als Gegenleistung, dass er mal eine von deinen Titten begrapschen darf. Das war's eigentlich schon. Nichts Besonderes.«

Die Mädchen starrten sich entgeistert an. Ich hatte keine Ahnung warum. Vielleicht hatte Martin die Sache doch nicht einfach genug erklärt? Sie waren schließlich nicht die Hellsten unter der Sonne.

»WER???«, fauchte Trisha.

»Na ja, ich bin nicht sicher, dass du ihn kennst. Der Name des Herrn lautet Declan Mannion …«

»BRING MICH ZU IHM! SOFORT!!!«

»Wow. Hätte nicht gedacht, dass sie so scharf darauf ist, Kumpel«, flüsterte ich Martin zu, während Trisha aufsprang, einen Baseballschläger unter ihrem Bett hervorfischte und zur Tür stürmte.

Wir fanden Declan Mannion mit seinem Gefolge auf dem Spielplatz*. Sie hockten auf einer Bank am Alten Boyle. Der Fluss wurde Alter Boyle genannt, weil er so träge und zäh floss und sich wie ein alter Mann manchmal auf die umliegenden Felder und Wiesen verirrte. Damit sorgte er dafür, dass in der Schule und im Krankenhaus jeden Winter die Keller vollliefen.

* **Spielplatz am Alten Boyle:** eine Mehrzweck-Wiese, auf der tagsüber Kinder spielen, während abends Teenager Knutschübungen absolvieren.

Kaum hatte Trisha Declan entdeckt, als sie auch schon auf ihn zustürmte – mit der Entschlossenheit und urtümlichen Zielstrebigkeit einer verliebten Frau. Dachte jedenfalls Martin. Bis das Gebrüll begann.

»Warte besser einen Moment, Kumpel – ich glaube fast, sie ist wütend auf ihn!«, warnte ich Martin.

»Glaube ich allmählich auch«, sagte Martin. »Das hätten wir vielleicht voraussehen müssen.«

Das Gebrüll ging in wildes Kreischen über. Man muss es Declan lassen: Er verlor nicht die Fassung, sondern blieb einfach ruhig sitzen und wartete geduldig, bis Trishas Wutanfall vorüber war. Trisha ging zu den Flüchen über. Das meiste von dem, was sie ihm an den Kopf warf, kann ich hier nicht niederschreiben, da ich solche Wörter noch nie im Leben gehört habe und daher gar nicht wüsste, wie man sie schreibt. Aber allmählich wurde klar, dass Declans Interesse an der Anatomie von Martins Schwester mit jeder neuen hässlichen Beleidigung dahinschmolz wie Eiscreme in der Sonne.

»Der Plan funktioniert nicht so wirklich gut«, stellte Martin fest, während wir mitansahen und -hörten, wie Trisha jeden nur denkbaren Schimpfnamen aus dem Schimpfwörterbuch der Moone-Familie auf den armen Declan schleuderte.

Mir war es äußerst unangenehm, dass Martin Zeuge eines derart schockierenden Missbrauchs unserer schönen Sprache wurde, deshalb griff ich nach einem Banjo, das zufällig herumlag, und versuchte, durch lautes Schrummeln Trishas bösartige Reden zu übertönen. Ein IF musste dieses Standardverfahren in solchen Situationen laut IF-Handbuch anwenden. Meine wunderbare Melodie klang schön, laut und schräg über den Spielplatz, während Trisha den bass erstaunten Declan immer noch nach Strich und Faden zusammenstauchte.

»Der einzige Körperteil, den du jemals von mir zu spüren bekommst, ist mein Fuß, wenn er dich voll in den Arsch tritt! Du … du …« Sie musste innehalten, um wieder zu Atem zu kommen. Allmählich schien sogar ihre Wut ein wenig erschöpft zu sein.

»Ich glaube, sie ist jetzt fertig«, meinte Martin hoffnungsvoll. »Bestimmt gehen ihr so langsam die Schimpfwörter aus.«

»Hast. Du. Das. Kapiert, du Arsch mit Ohren?«, fauchte Trisha, kickte Declan gegen das Schienbein und stürmte davon.

Martin und ich schauten einander besorgt an, als wir langsam zu Declan Mannion hinübergingen.

Er war lächerlich gemacht worden und hatte sich die schlimmsten Beleidigungen anhören müssen. Bloßgestellt – vor seinen Mannen. Das musste definitiv das Ende seines Interesses an Trishas körperlichen Reizen sein.

Ich versuchte, die Sache positiv zu sehen. »Hey,

Kumpel, du hast doch noch mehr Schwestern. Vielleicht solltest du …«

Martin ließ sich die Sache durch den Kopf gehen und nickte. Freundlich lächelnd näherte er sich Declan.

»Sorry. Das lief wohl ein bisschen aus dem Ruder. Reden wir mal von meiner anderen Schwester, Sinead. Was halten Sie von Pickeln auf dem Rücken …?« Er bekam keine Antwort. »Mr Mannion, Sir?«

Völlig perplex starrte Declan Mannion Trisha nach, die zum Ausgang des Spielplatzes stürmte und dabei über Mülltonnen und spielende Kinder stolperte.

»Scheiße«, murmelte Declan. »Ich glaub, ich hab mich grad verknallt.«

Kapitel 23
Romantische Dichtkunst

Wenn Declan tatsächlich auf Trisha abfuhr, war vielleicht doch noch nicht alles verloren. Aber wie konnten wir sie zu einem Date mit Mannion überreden, nachdem sie ihn gerade erst so brutal runtergemacht hatte? Wie schaffte man es, in dieser irren, faulen Welt die Gefühle und Gedanken eines jungen Mädchens in eine bestimmte Richtung zu lenken? Die Antwort liegt auf der Hand: Shopping. Und genau das war jetzt angesagt.

Wir trafen Declan im BestBuy in der Fußgängerzone von Boyle.

»Würde ihr das gefallen?«, fragte Declan und hielt einen Teddybär in die Höhe. Wir stöberten nun schon eine ganze Weile in dem Laden herum; Declan war offensichtlich nicht daran gewöhnt, »Weibergeschenke« zu kaufen. Vor dem Teddybär hatte er schon eine ganze Reihe mehr oder weniger sinnvolle Vorschläge gemacht: eine Klobrille, eine Packung irische Butter, einen Gartenschlauch und ein paar von diesen Filzdingern, die man unter die Stuhlbeine klebt, damit sie das Parkett nicht verkratzen.

»Äääähm …«, überlegte Martin und betrachtete den traurig aussehenden Teddy. »Bin nicht sicher, ob sie auf … weiche Sachen steht …«

»Und das hier?« Mannion hielt einen billigen Heftapparat aus Plastik hoch.

Martin schoss plötzlich eine Erinnerung durch den Kopf: Trisha hatte mal Martins Ärmel auf dem Küchentisch festgeheftet, weil er ihr beim Mittagessen ein oder zwei Pommes vom Teller stibitzt hatte.

»Ein Heftapparat könnte okay sein.«

»Oder das?«, unterbrach ihn Mannion schon wieder.

Diesmal hielt er stolz eine Dose Hühnersuppe mit Nudeln in die Höhe. Allerdings stand auf dem Etikett nicht »Chicken Soup«, sondern »Chicken-Flavour Soup«*. Vielleicht nur, damit es interessanter aussah.

»Eine Dosensuppe?«, fragte Martin unsicher.

Declan schnaubte. »Weiber mögen Suppen.«

»Äääh, ja, vielleicht ...«

»Na, super. Gib mir deine Kohle, Moone, ich hab grad nichts dabei.«

Martin grub traurig seine letzten Pennys aus der Hosentasche. Declan lief zur Kasse und war auch

*** Chicken-Flavour Soup:** Mit dem Wort »Flavour« garantiert die Suppenfabrik, dass die Suppe nach Huhn schmeckt – und dass sie null Prozent vom Huhn selbst enthält. Die ideale Suppe für a) Vegetarier und b) Leute, die Hühnern nichts Böses antun wollen.

noch total stolz darauf, ein verführerisches Geschenk gekauft zu haben.

Martin allerdings hatte den Verdacht, dass es schon ein bisschen mehr als nur eine chemisch aufgemotzte Hühnersuppe brauchte, um Trishas Herz zu gewinnen. Romantik. Das war gefragt. Romantische Suppe mit Hühnergeschmack.

Zu Hause in seinem Zimmer setzten Martin und ich uns hin, um ein Gedicht zu dichten, das Trisha zusammen mit der Suppe vorgesetzt werden sollte. Gedichte sind so ziemlich das Romantischste, was man sich nur vorstellen kann. Das hatte sogar schon Adam geblickt, als er versuchte, Eva im Paradies von der bösen Schlange wegzulocken. Eva allerdings konnte sich nicht so recht zwischen Heirat und Apfel entscheiden. Deshalb dichtete Adam für Eva:

Sobald wir 'ne hübsche Kapelle entdecken,
kann uns nichts mehr von einer Heirat abschrecken.
Sag nein zu dem Apfel von der teuflischen Schlange,
denn der ist nicht gut für deine Zahnspange.

Das mit dem Apfel war echt teuflisch von der Schlange, und es ging dann ja auch prompt schief und Eva musste raus aus dem Paradies.

Jedenfalls ... wenn ein Gedicht gut genug für das

allererste Liebespaar war, dann war es auch gut genug für Trisha. Weil wir aber beide annahmen, dass Declan mit Lyrik nicht viel am Hut hatte, machten wir uns daran, selbst ein romantisches Sonett* zu schreiben.

»Liebe Trisha Moone«, begann Martin, um gleich mal klarzustellen, um wen es hier ging, »war das ein Getöse! Ich glaub, du warst böse! Geschieht mir ganz recht, und jetzt geht's mir schlecht.«

»Super Anfang, Kumpel«, lobte ich, um ihn zu ermutigen. »Klasse Reime. Aber vielleicht sollte es ein bisschen ... aufregender klingen? Wir sollten gleich zu Anfang ihre Aufmerksamkeit wecken. Unsere Verse müssen wie ein großer romantischer Vulkanausbruch sein!«

»Kapiert!«, rief Martin und leckte aufgeregt die Bleistiftspitze. Dann schluckte er den grauenhaften Bleistiftspitzengeschmack hinunter und setzte weitere blöde Liebeszeilen aufs Papier.

»Dein Feuer brennt heiß. Genau wie die Sonne. Die ist nämlich unglaublich heiß. Ebenso heiß wie ... wie ... die Sonne!«

*** Sonett:** eine Art Gedicht, bei der sich die Zeilen nur ab und zu reimen müssen. Total easy. Und deshalb absolut perfekt für Leute, die ab und zu vergessen, dass sie gerade ein Gedicht dichten wollen.

»Das ist es, Kumpel! Das IST es! Das wird deine Schwester auf der Stelle verführen!«

»Das will ich doch hoffen, KundiB263.«

»Und welche Ausbrüche können wir von deinem Vulkan noch erwarten?«

»Sollte ich nicht erwähnen, dass Trisha nahezu alles, was sie kocht, anbrennen lässt?«, fragte Martin.

»Nicht ganz leicht, so was irgendwie romantisch auszudrücken. Vielleicht doch eher etwas über ihre Schönheit?«

»Prima Einfall, Bartgesicht! Wie wär's damit: ›Ich liebe dein Maushaar. Wie eine nette graue ... Maus. Und deine bleiche, makelhafte Haut*. Und deinen Duft ...‹ (Äh.) ›Du duftest lieblicher als ...‹«

Wir versuchten uns den lieblichsten Duft vorzustellen, den wir uns überhaupt vorstellen konnten.

»Chips?«, schlug ich vor.

»Absoluto perfekto!«, rief Martin und schrieb »Chips« hin.

»Hochachtungsvoll, Mr Mannion.« Martin unterschrieb das Gedicht schwungvoll.

* **Makelhafte Haut:** ein höflicherer Ausdruck für »pickelig«.

»Was für ein Werk!«, rief ich und klatschte Martin ab, der das Lob mehr als verdient hatte. »Wenn das nicht funktioniert, dann weiß ich wirklich nicht, was Frauen wollen.«

»Ich rieche wie Chips?« Trishas Tonfall ließ vermuten, dass sie von Geschmacksrichtungen wie Bacon oder Onion oder Sour Cream* keineswegs so beeindruckt war wie wir.

»*Lieblicher* als Chips«, korrigierte Martin seine Schwester. »Das soll ein Kompliment sein!«

Sie stand vom Bett auf und las das Gedicht sehr sorgfältig durch. Allerdings schien sie nicht auf unsere romantischen Vorstellungen abzufahren.

»Makelhafte Haut?«, zischte sie.

»Schnell, Martin, fahr die schweren Geschütze auf«, flüsterte ich ihm zu.

»Oh, das hier hat er dir gekauft«, sagte Martin und reichte ihr die Dose Hühnchengeschmacksuppe.

»Suppe?!«, fragte sie.

»Der Tee des denkenden Mannes!«, versicherte ihr Martin. Das hatte er in einer Fernsehwerbung

* **Bacon, Onion, Sour Cream:** ein paar Chips-Geschmacksvarianten. Auch auf deutschen Packungen stehen die Bezeichnungen auf Englisch drauf. Weil nämlich »Speck«, »Zwiebel« und »Saure Sahne« nicht so lieblich klingen.

aufgeschnappt, für ein Produkt, an das er sich nicht mehr erinnern konnte. Musste wohl Suppe gewesen sein.

Trisha las das Gedicht noch einmal durch, dann betrachtete sie die Suppendose. Plötzlich sah sie ein bisschen besorgt aus. Leise fragte sie: »Ist Declan nicht ein … *Sonder*schüler?«

»Wenn du damit meinst, dass er ein besonderer Schüler ist, dann ja! Er ist total cool! Abgefahren! Einfach spitze! Wahrscheinlich wollen sie ihn deshalb nicht aus der Schule entlassen.«

Bei dem Wort »cool« spitzte Trisha die Ohren. Cool zu sein war für sie sehr wichtig. Martin hatte keinen blassen Schimmer, warum das so war. Seine andere Schwester, Fidelma, wollte nämlich immer »hot« aussehen. Trisha hingegen wollte immer »cool« aussehen. Frauen ließen sich anscheinend nach der Temperatur einteilen. Martin selbst mochte »lauwarm« am liebsten. Er war eine lauwarme Nuss.

»Ach so … vielleicht will er vermeiden, dass sein Liebesbrief irgendwie schmalzig klingt?«, fragte Trisha, die auf einmal wieder Interesse zeigte. »Dann meint er das alles vielleicht ironisch oder so?«

»Äääh … Jep! Ist doch klar!«, log Martin munter. Allerdings war ihm selbst nicht ganz klar, was mit »ironisch« gemeint war.

»Oha. Dann ist das hier ja irgendwie … ganz *lustig*, glaube ich.« Trisha betrachtete das Gedicht nun plötzlich mit ganz anderen Augen. Sie fing sogar an, ein bisschen zu kichern, was Martin und mich ziemlich verstörte.

»Dann … äh, meinst du nicht auch, du könntest dich noch mal mit Declan treffen? Und ihn dann nicht mehr so anschreien?«, fragte Martin vorsichtig.

Trisha schaute auf das Gedicht und setzte ihre coolste Miene auf. »Vielleicht. Vielleicht auch nicht.« Sie zuckte die Schultern und ging davon, wobei sie auf die Suppendose blickte und wie eine Irre vor sich hin kicherte.

Kapitel 24
Turteltäubchen und ein rachsüchtiger Clown

Am nächsten Tag standen Trisha und Declan Mannion am Seeufer und gurrten miteinander wie zwei Turteltäubchen. Na ja, »gurren« konnte man es nicht direkt nennen. Vielleicht eine Art verlegenes, langes Schweigen. Und weil beide schwarze Mäntel trugen und unfreundlich dreinblickten, sahen die »Turteltäubchen« eher wie ein gereiztes Krähenpaar aus. Aber wenigstens standen sie am Ufer des Sees – dem romantischsten Ort in ganz Boyle. In Boyle, um Boyle und um Boyle herum. Trisha liebte es, die Enten zu füttern. Schon immer. Schon seit sie ein kleines Mädchen gewesen war. Und ein Mädchen ändert seine Lieblingsgewohnheiten nie. Das ist eine allgemeinbekannte Tatsache. Denke ich mal.

Es war ihr erstes Date, und wir hatten uns vorgestellt, dass sie am Ufer sonnenbaden würden, vielleicht sogar mit einem improvisierten Picknick, während Declan ihr süße Gedichte ins Ohr flüsterte. Aber leider war der Himmel grau und trübe, ein kalter, böiger Wind blies über den See, und Martin hatte sowieso vergessen, das Picknick mitzubringen. Außerdem hatten wir auch vergessen, ein neues meisterhaftes Gedicht zu dichten. Aber

wenn überhaupt jemand in der Lage war, aus dem Stegreif* irgendein kitschig-dämliches Gequassel** von sich zu geben, dann war es Declan Mannion.

Hofften wir jedenfalls.

*** Stegreif:** ungeplant, spontan. Ursprünglich hatte das etwas mit dem Steigbügel am Pferdesattel zu tun, und die Redewendung »aus dem Stegreif« bedeutet, dass man etwas sagt, ohne vom Pferd zu steigen. War hier allerdings schon deshalb nicht möglich, weil Declan kein Pferd dabeihatte.
**** kitschig-dämliches Gequassel:** ein anderer Ausdruck für Liebesgeflüster.

Eine ganze Weile standen sie in vollkommenem Schweigen am See, bis Declan irgendwann sagte: »Na ja, ist ja ganz nett hier.«

Trisha beäugte ihn misstrauisch, dann blickte sie wieder auf die vom Wind gepeitschte graue Wasserfläche hinaus.

Noch mehr Schweigen.

Martin und ich beobachteten die Szene hinter einem Baumstamm hervor und wurden von Sekunde zu Sekunde nervöser.

»Was hat er gesagt?«, flüsterte mir Martin zu.

»Ich glaube, er hat gesagt, ›Na ja, ist ja ganz nett hier‹.«

»Nett?! Was zum Teufel soll das? Glaubt er, dass er hier auf einem verdammten Blumenmarkt ist oder was? Kann der Typ denn nicht mal eine Frau richtig anbaggern?«

»Keine Ahnung, Kumpel. Irgendwie sieht er ziemlich hilflos aus. Vielleicht haben wir ihm versehentlich grünes Kryptonit* verabreicht. Seinen Schwachpunkt getroffen. Vielleicht ist das Werben um eine Frau genau das, was Declan *nicht* kann?«

* **Grünes Kryptonit:** grünes Kristallzeug, das Superman machtlos macht. Aber wenn man gerade kein Kryptonit zur Hand hat, kann man auch indisches Curry verwenden; es hat genau die gleiche Wirkung und kostet nur einen Bruchteil.

»Das darfst du nicht mal denken! Wenn die Sache hier in die Binsen geht, kriegen wir keinen Bullyguard! Und ohne Bullyguard bleiben wir für immer und ewig in den Fängen der Bonner-Bullys!«

Trisha schien ungeduldig zu werden; ein paarmal schaute sie zum Parkausgang.

»Sie verliert die Geduld«, flüsterte ich. »Ich glaube, sie wird gleich gehen.«

»Nein!«, jammerte Martin in panischer Angst.

Seine Schwester hatte glücklicherweise den jammervollen Aufschrei nicht gehört – ihr Gehör hatte bei einem Konzert der Pogues* im vorigen Sommer dauerhaften Schaden erlitten –, aber Declan blickte sich um.

Martin signalisierte ihm, mit dem Entenfüttern anzufangen. Vorsorglicherweise hatte er Declan mit einer Tüte alter Brotabfälle ausgestattet, aber Declan schien die Tüte völlig vergessen zu haben. Er nickte Martin kurz zu und öffnete die Tüte.

»Da, ihr Enten!«, schrie er laut und warf den Viechern eine Handvoll hartes Brot zu.

Eine Entenfamilie flatterte aufgeregt mit den Flügeln und platschte durch das Wasser herbei.

*** The Pogues:** die berühmteste irische Folk-Punk-Band in den 1980er Jahren, bei der ein zahnloses Genie den Ton angab.

»Du fütterst doch nicht die Enten?«, fragte Trisha und zog die Augenbrauen hoch, als sei Entenfüttern das Uncoolste, was sie in ihrem ganzen Leben je gesehen hatte.

»Äh, ja, doch«, antwortete Declan. »Martin hat gesagt, dass du das magst.«

»Als ich zehn war! Ich füttere schon lange keine Enten mehr!«

Declan verzog verlegen das Gesicht und knüllte die Tüte zusammen. »'türlich nicht! Haut ab, ihr lahmen Enten!«, schrie er. Die Enten erschraken und suchten das Weite. Am See wurde es wieder still.

Wir beobachteten die beiden weiter, aber allmählich wurde die Szene so peinlich, dass ich es fast nicht mehr ertragen konnte. »Worauf wartet er denn noch?«, fragte ich ungeduldig. »Los, Mann, stürz dich auf sie!«

Trisha machte eine vage Geste in Richtung Ausgang. »Na, ich sollte dann mal wieder nach ...«

Und plötzlich stürzte sich Declan auf sie. Buchstäblich. Er packte sie und drückte ihr die Lippen auf den Mund. Trisha schien zuerst ein wenig überrascht, sträubte sich aber nicht. Mannion küsste sie leidenschaftlich. Heftig, aber sanft. Zart, aber entschlossen. Leicht, aber feucht.

Martin grinste vor Freude, rieb sich die Hände und stöhnte: »Na also, geht doch! Küsse sie! Aber richtig! Los, setz noch einen drauf, sie will das!«

Letzteres fand ich ein bisschen voreilig, wollte aber kein Spielverderber sein.

Nach einer Weile löste Declan seine Lippen mit einem leicht schmatzenden Geräusch wieder von Trishas Mund und nickte zufrieden.

»Affengeil.« Er lächelte ihr zu und stolzierte glücklich von dannen.

Trisha zuckte gleichgültig die Schultern und schlenderte in der entgegengesetzten Richtung davon.

»Jaha!«, brüllte Martin triumphierend und boxte in die Luft. »Wir sind der Sache mit dem Schlägerschutz einen großen Schritt näher gekommen! Endlich fügen sich die Puzzleteile zu einem Bild zusammen!«

»Das stimmt«, sagte ich, obwohl ich nicht ganz so zuversichtlich war wie er. »Aber es ist ein ziemlich … seltsames und kompliziertes Puzzle, meinst du nicht auch? Vielleicht sollten wir in Zukunft lieber Karten spielen?«

Im selben Moment sprang ein dicklicher Clown vor uns auf den Weg – aber von oben und verkehrt herum. Wir erschraken gewaltig.

»BUH!«

»Lou!«

»Kuckuck!«, schrie der zappelnde Trottel. Er zappelte wirklich, denn er baumelte kopfüber von einem Ast und sah aus wie ein stark übergewichtiger Affe.

»Was hast du nur mit dem verfluchten Laub, Lou?«, fragte ich ihn gereizt. »Warum springst du immer aus dem Laub?«

»Ein echter Imaginärer weiß eben, wie er einen wirkungsvollen Auftritt inszeniert, Haargesicht!«, grinste er ölig. »Aber in der Kundendienstschule lernts man das halt nicht! Hahaha!«

Er lachte meckernd und versuchte, sich ganz cool vom Baum auf den Weg hinabzuschwingen, aber das ging ein bisschen schief, so dass er mit dem Kopf ziemlich hart auf dem Boden aufschlug.

»Hoppsala!«, sang er und tat so, als hätte er sich kein bisschen weh getan.

Schließlich kam er wieder auf die Füße, klopfte sich Dreck und Blätter von den Kleidern und lächelte uns breit an. »Na, was gehts ab, Kumpels? Feierts ihr den endgültigen Abschied?«

Martin blickte ihn verwundert an. »Abschied? Warum denn?«

»Ach, ich weiß nich so recht«, gab Lou lässig zurück. »Nur für den Fall, dass deinem neuen Kumpel hier was zustößt. Wärs doch wirklich jammerschade, wenn er plötzlich … weggehen täte – für immer!«

»Weggehen? Ich? Wohin denn?«, fragte ich. »Hab ich ganz bestimmt nicht vor!«

»Schon möglich.« Lou zuckte die Schultern. »Aber manchmal verschwindens Dinge einfach. Wie die Blume hier.«

Er hielt ein Gänseblümchen hoch und versuchte, es wegzuzaubern, aber der Trick funktionierte nicht. Frustriert ließ er das Gänseblümchen fallen.

»Was willst du damit sagen, Lou?«, fragte Martin, der langsam wütend wurde.

»Ach, nichts, nichts, Moo-Moo. Ich sage doch nur,

dass es furchtbar schade wäre, wenn dieser Gockel rausgeschmissen würde!«

»Rausgeschmissen?!«, rief ich aus.

»Was meinst du mit ›rausgeschmissen‹?«, wollte Martin wissen. »Von wem und wo?«

»Aus deiner Einbildung, Marty. Denn eigentlich hats er darin gar nix zu suchen. Loopy Lou wars zuerst da.«

Martin blickte mich ein wenig besorgt an. »Stimmt das? Kannst du … rausgeworfen werden?«

Ich muss zugeben, dass ich mich das schon selber gefragt hatte. Irgendwie konnte ich mich vage erinnern, dass sie uns in der Kundendienstausbildung mal was von imaginärem Rausschmiss erzählt hatten. Aber damals hatte ich nicht aufgepasst, weil ich gerade den Kopf der langweiligen Lotte mit einem Papierflugzeug bombardierte.

Ich lächelte Martin beruhigend an. »Keine Sorge, Kumpel, niemand schmeißt mich raus.«

Aber Lou grinste uns selbstgefällig an. »Ich kanns nur hoffen, dass das alles ist, was sie mit dir machen tun, Schleimscheißer. Der W. I. F. F.-Rat hats nämlich was gegen Realo-Klau.«

»Realo-Klau?« Ich lachte. »Martin hat mich selbst *ausgewählt*, Lou! Akzeptiere das endlich! Du hängst dich an uns wie ein widerliches Geschwür! Du bist ein stinkender Widerling!«

Lou rückte näher heran; jetzt sah er eindeutig bedrohlich aus. Oder jedenfalls so bedrohlich, wie jemand in einer rotgetupften Hose und einem großen orangefarbenen Schuh aussehen konnte. »Ich akzeptiere das, aber erst, wenn du verschwunden bist. Wenn du wieder mit Kundenbefragungen und Bleistiftfressen beschäftigt bist. Wenn du wieder dort bist, wo du hingehörst!«

»Ach ja? Und wer zwingt mich dazu?«

»Ich, wer sonst? Ich schwimms jetzt ganz oben!«, kreischte Lou wie ein Irrer. »Ich schwimms ganz oben! Und du säufst ab, Bartgesicht!«

»Jungs! Jungs! Bitte!«, rief Martin frustriert und drängte sich zwischen uns. »Ich weiß, ihr wollt beide mein IF sein. Ehrlich – das kann euch auch niemand vorwerfen, schließlich bin ich ein klasse Realo. Aber es ist genug Martin Moone da für euch beide. Warum arbeiten wir nicht einfach zusammen, wir drei?«

Eine Pause trat ein, während Lou und ich einander wütend anstarrten.

Dann hatte ich einen genialen Einfall. Ich grinste boshaft. »Weißt du was, Lou? Der kleine Idiot hat recht. Genug von dieser blöden Streiterei. Wir wollen Spaß haben!«

»Das klingt schon besser«, lächelte Martin. »Und womit haben wir Spaß?«

»Nun, der Boyle Forest ist nicht weit von hier«, sagte ich und deutete auf eine langgestreckte Baumreihe hinter uns. »Dort könnten wir ein wenig Räuber und Gendarm spielen, oder?«

»Endlich mal ein gescheiter Vorschlag! Genau das Richtige, um uns nach der ganzen Knutscherei, die wir mitansehen mussten, zu entspannen, Lou, bist du dabei?«

Lou zögerte und schaute mich unsicher an. Aber ich wusste, dass er nicht widerstehen konnte. »Natürlich bins ich dabei, Marty Moo!«, grinste er. »Ich bins der totale Räuber-Gendarm-Freak!«

Und so machten wir uns auf den Weg. Lou hüpfte und sprang hinter uns her. Aber der kleine Tollpatsch hatte keinen blassen Schimmer, dass ich nicht nur Verstecken spielen wollte. Sondern dass ich einen Plan hatte. Nämlich diesen rotgetupften Knallkopf ein für alle Mal loszuwerden.

Kapitel 25
Trabbel mit Laurel

»Jetzt laufen wir doch schon eine Ewigkeit, KunDiB263!«, beklagte sich Martin. »Warum spielen wir nicht einfach hier Räuber und Gendarm?«

Ich blieb stehen und blickte mich um. Wir waren inzwischen im dunkelsten Teil des Waldes, wo das Unterholz am dichtesten wucherte. Der perfekte Ort, um sich zu verirren. *Auf immer und ewig* verloren zu gehen!

»Stimmt, hier ist es ganz gut«, sagte ich, und ich konnte das teuflische Glitzern in meinen Augen spüren. Unwillkürlich musste ich wie ein böser Dschinn kichern. »MUAHAHAHAHAHA!«

Aber ich brach abrupt ab, als ich sah, dass mich Martin und Lou seltsam anschauten. »Oh, äh, sorry! Wollte eigentlich nicht so laut lachen.«

»Nullo Problemo«, sagte Martin gutmütig. »Wir sind ja auch ganz aufgeregt, wie es laufen wird.«

»Dann verstecken wir uns doch gleich!«, rief ich. »Lou, du bist der Gendarm, Martin und ich sind die Räuber!«

»Klar bins ich der Gendarm!«, rief Lou aufgeregt und strahlte.

»Du musst uns aber einen guten Vorsprung geben«, erklärte ich ihm. »Zähl bis fünftausend!«

»Fünftausend?! Dann spielens wir also die XXL-Version von Räuber und Gendarm?«, rief er begeistert. »Die spiels ich besonders gern!«

Er schlug die Hände vors Gesicht und begann zu zählen. »Ein Mississippi! Zwei Mississippi! Drei Mississippi* …«

Ich packte Martins Hand und zog ihn zwischen den Bäumen hindurch in die Richtung, aus der wir gekommen waren. »Schnell, Kumpel«, flüsterte ich ihm zu. »Jetzt werden wir diesen Dämlack endgültig los. Der findet hier nie mehr allein raus. Und dann kann er auch die Sache mit dem Rausschmiss glatt vergessen!«

Martin warf mir einen verwunderten Blick zu. »Hast du nicht behauptet, dass du dir darüber keine Sorgen machst?«

»Oh, ja, äh, mach ich mir auch nicht. Es ist nur so …«

»So – was?«

»Na ja …« Ich blickte verlegen auf den Waldboden, während wir weitergingen.

***Mississippi:** Man braucht genau eine Sekunde, um das Wort auszusprechen. Wenn man es nicht zu schnell und nicht zu langsam sagt. Schnellschwätzer müssen deshalb »Ein Missi-Mississ-Mississippi« sagen. Und Langsamschwätzer sagen »Ein Mippi«. Viel Glück beim Zählen.

»Die Sache ist eben die«, fuhr ich nach einer Weile fort, »Lou hat nicht ganz unrecht, dass ich eigentlich kein *richtiger* IF bin. Das stimmt gewissermaßen ...«

»Wie meinst du das?«

»Also, zum Beispiel braucht man für den IF-Job eine Lizenz, und die habe ich nicht. Ich hab nie die IF-Kunstschule besucht. Und nie den IF-Eid abgelegt. Ich hatte noch nie den Geheiligten LIFfel* in der Hand und hab auch noch nie den Großen Gong angeschlagen. Nie den Magischen Lodenmantel getragen oder aus dem Ehrwürdigen Kelch des IFfismus getrunken. Und erst recht hab ich noch kein geheimes Tattoo auf meiner linken Pobacke ...«

»Wow. Das sind aber ziemlich harte Voraussetzungen, wenn man als IF arbeiten will«, staunte Martin.

»Das kannst du ruhig laut sagen. Unglaublich hart. Und ich hab nichts davon gemacht! Ich trage nicht mal komische Klamotten.«

»Wie man's nimmt. Dein Anzug sieht ein bisschen eng aus um die Schultern«, versuchte mich Martin zu trösten.

* **Geheiligter LIFfel:** ein magischer, hundertprozentig tropffreier Suppenlöffel. Der Legende nach kann sogar ein Mann mit fortgeschrittener Zitteritis in beiden Händen mit Hilfe des Geheiligten LIFfels einen Teller Tomatensuppe leerlöffeln, ohne dass sein schneeweißes Hemd auch nur einen einzigen roten Spritzer abbekommt.

»Äh, ja, danke, Kumpel«, lächelte ich. »Fakt ist jedenfalls, dass Loopy Lou besser für den Job qualifiziert ist als ich. Er hat einen höheren Abschluss als ich. Ich bin nur ein einfacher Bürohengst. Zuständig für Kundenbefragungen. Berichte schreiben. Das Aufregendste, das ich in meinem Job mache, sind Kuchendiagramme*.«

»Klingt aber lecker!«

* **Kuchendiagramm:** auch Torten- oder Kreisdiagramm genannt. Damit kann man bildlich darstellen, wie viel ein Teil vom ganzen Kuchen ist.

»Hört sich nur so an, sind sie aber nicht. Es sind nur verdammt langweilige Grafiken! Ich kann damit einfach nicht mehr weitermachen, Martin, das halte ich nicht aus! Ich will nicht mein ganzes Leben lang diesen jämmerlichen Papierkram erledigen müssen, eingepfercht in eine winzige Arbeitsnische, mit nichts als Kuchendiagrammen vor den Augen!«

»Ach, KunDiB263, zerbrich dir darüber nicht den dummen kleinen Kopf!«, beruhigte mich Martin. »Du bist mein imaginärer Freund! Du bleibst bei mir, basta!« Er lächelte mir aufmunternd zu. »Aber wenn du dir wegen Lou Sorgen machst, dann seilen wir uns endgültig von diesem Hohlkopf ab.«

Wir klatschten uns begeistert ab und sprinteten davon.

Zwanzig Minuten später hatten wir uns vollkommen und total verlaufen. Anscheinend waren wir immer im Kreis herumgeirrt. Die Sache mit dem »Lou-Loswerden« lief nicht so glatt, wie wir uns das vorgestellt hatten – wir stießen nämlich immer wieder zufällig auf ihn. Er war allerdings nach wie vor mit Zählen beschäftigt, auch als wir bereits zum dritten Mal über ihn stolperten.

»Zweitausenddreihundertsechzehn Mississippi! Zweitausenddreihundertsiebzehn Mississippi!«

»So ist es richtig, Lou, immer schön weiterzählen!«, rief ich, drehte mich um und rannte wieder davon.

Okay, *ich* rannte davon – Martin drehte sich um und … krachte gegen einen Baumstamm.

Er hielt sich die angeschlagene Nase und blickte an dem gewaltigen Stamm hoch.

»Wer hat den verdammten Baum hierher … Oh! Sorry, Jan! Hab mir an deinem Stamm fast die Nase gebrochen«, entschuldigte sich Martin. Dann wandte er sich zu einem anderen, etwas kleineren Baum um. »Nett, dich wiederzusehen, Laurel«, und schüttelte einen der Äste.

»Nö, das is nur een normaler Maulbeerboom, Dummkopf!«, fauchte Jan. »Wo's Laurel? Laurel!!!«

Ein Lorbeerbaum trabte heran, ein wenig außer Atem. »Ah, du hast sie gefunden, Tann. Gut gemacht, alter Junge.«

Martin winkte ihm zu. Aber Laurel beachtete ihn nicht, sondern wandte sich mit strenger Miene an mich.

»Kundendienstberater 263749?«, fragte er scharf.

»Das … äh … bin ich«, sagte ich nervös.

Schwungvoll riss Laurel ein sehr amtlich aussehendes Dokument zwischen seinen Ästen hervor und reichte es mir.

»Hiermit offiziell ausgehändigt, junger Mann.«

»Ausgehändigt?« Ich runzelte die Stirn. »Was denn? Ich hab nichts bestellt! Ich bin nicht mal hungrig! Hier im Wald sind mir schon fünf Bienen in den Mund geflogen!«

»Das ist dein Ausweisungsbescheid. Innerhalb von achtundvierzig Stunden musst du die Einbildung dieses Jungen verlassen. Andernfalls wirst du gewaltsam aus seiner Imagination verbannt.«

AUSWEISUNGSBESCHEID

Dem Kundendienstberater 263749 wird zur Last gelegt, sich illegal in der Imagination von Martin Moone aufzuhalten, dort zu wohnen und mit ihm imaginäre Freundschaft zu praktizieren, ohne im Besitz einer entsprechenden Lizenz zu sein.

Er wird aufgefordert, innerhalb von zwei Tagen aus Mr Moones Gedanken auszuziehen und dessen Phantasiewelt zu verlassen, damit Mr Moones rechtmäßiger IF, Loopy Loopington Lou, wieder an seinen Arbeitsplatz zurückkehren kann.

Dieser Bescheid erfolgt auf Anweisung des Weltverbands der Imaginären Freunde und Freundesvereine (W.I.F.F.)

»Ein Ausweisungsbescheid?«, rief ich entsetzt.

»Ach, du Scheiße«, stöhnte Martin.

»Das hast du dir selbst zuzuschreiben, Bärtiger«, schimpfte mich Laurel aus. »Du hast dich wie ein totaler Langer* benommen. Loopy Lou war zuerst hier. Du solltest nur eine Kundenbefragung machen und ihm nicht den Job wegnehmen!«

»Aber ich selbst habe ihm doch den Job gegeben!«, mischte sich Martin ein. »Ich wollte, dass er mein imaginärer Freund wird!«

»Aber er ist nur ein Bürohengst! Er hat noch nicht mal den Großen Gong angeschlagen, um Himmels willen! Du kannst nicht einfach einen voll qualifizierten IF in die Wüste schicken und ihn durch irgendeinen unqualifizierten imaginären Schreiberling ersetzen!«, bellte Laurel und wandte sich zum Gehen.

»Warte! Warte!«, rief Martin. »Es tut uns leid!«

Die Bäume blieben stehen, und Martin schaute flehend zu Jan de Tann auf. »Bitte helft uns, bitte! Was können wir tun, damit KunDiB263 eine Lizenz bekommt? Wie können wir aus ihm einen richtigen IF machen?«

Jan de Tann blieb stehen und kratzte sich nachdenklich am Stamm. »Na ja, das isch eene bisschen komische Frage. Und mit komisch meene ich nischt hahaha. Realos dürfen normalerweijsje nischt unqualifiziertes Gesindel als IFs aussuchen.«

* **Langer:** spezieller irischer Ausdruck, etwa mit »Dorftrottel« zu übersetzen.

Ich wollte gegen die Beleidigung protestieren, aber Martin trat mir ans Schienbein, damit ich die Klappe hielt.

»Aua!«

»Kijken wir doch mal in det Handbook«, meinte Jan de Tann. Er griff in eine seiner Stammnischen und holte ein enormes, altertümliches Buch hervor. *Das Große Wichtig-Wuchtige Handbuch*, stand auf dem Deckel. Jan setzte seine Lesebrille auf und blätterte in dem Buch herum, bis er die Stelle fand, die er suchte. »Ah. Da haben wir's ja schon!«, sagte er und überflog die Passage.

»Hm, hm ... okay ... hier steht, wenn een unlizenzierter IF, der von eenem Realo ausgewählt wird, nachweijsen kann, dass er als IF kompetent, würdevoll und den Vorschriften entsprechend arbeijtet, kann der W.I.F.F.-Rat seiner Erhebung in den IF-Stand zustimmen.«

»Das ist alles?«, rief ich erleichtert. »Ich bin absolut kompetent und würdevoll!«

»Super!«, stimmte Martin zu. »Problem gelöst! Ausweisung abgewiesen!«

»Haha!«, lachte Laurel. »Auch wenn das geschehen würde, könnte er nicht in zwei Tagen IF werden. Viel zu viel Papierkram. Zu viel Gongschlagen. Und die ganze Zeremonie, der Amtseid, die Entfernung der Zehen, die Tätowierung ...«

»Er hat recht«, stimmte Jan zu. »Laurel stammt

zwar aus Cork, aber er ist keen hirnloser Flaschenverschluss.«

»Wie können wir die Ausweisung aufschieben?«, wollte Martin wissen.

»Ganz eenfach«, erklärte Jan de Tann. »Musst nur eene neue Bleijbe für Loopy Lou finden.«

»Wie … wie zum Beispiel eine neue Hecke?«, fragte ich.

»Nee, nee!«, rief Jan de Tann und schüttelte den Kopf. »Een echtes Zuhause! In een realen Realo! Du musst eene Person finden, die noch keenen imaginären Freund hat – aber eenen haben will, hast du das begrijpen?«

»Eigentlich nicht«, antwortete Martin.

»Du musst eenen Realo mit leerer Imagination finden. Jemanden, der noch Platz genug im Kopf hat. Und der den Platz mit Loopy Lou ausfüllen möchte. Und wenn der- oder diejenige sich ihn genau richtig vorstellt, dann springt Lou rüber.«

Martin und ich blickten einander an. Wir waren wirklich vollkommen baff.

Laurel Laurelius lachte laut auf. »Hahaha! Viel Glück dabei, ihr baumrassistischen Langers!«

Auch Jan kicherte. »Hahaha. Ja, Laurel hat recht – das wird euch ganz bestimmt nicht gelingen.« Er lächelte breit und klatschte ein paarmal die Äste zusammen, während wir bedrückt weitergingen.

Die neue Entwicklung bereitete Martin großen Kummer. Und ich wiederum machte mir ziemlich große Sorgen, dass er mich in die Wüste schicken würde, wenn ihm die ganze Sache zu anstrengend wurde.

»Hör zu, ich hab eben mal kurz nachgedacht, KunDiB263«, begann er nach einer geraumen Weile.

»Das wird nicht gut enden«, bemerkte ich.

Martin rollte den Ausweisungsbescheid zusammen und stopfte ihn in die Hosentasche. »Ich könnte mir nämlich denken«, fuhr er unbeirrt fort, »dass inzwischen über deine Person große Verwirrung herrscht. Über deine Identität, um genau zu sein. Ich denke, ich sollte dir einen richtigen Namen verpassen.«

»Gefällt dir mein Name nicht?«

»Na ja, KunDiB ist ja eigentlich kein Name, und dann auch noch diese Ziffern! Klingt doch ziemlich seltsam, findest du nicht auch?«

»Das stimmt wohl«, gab ich zu.

»Ich will, dass du einen Namen hast, der dich von allen anderen Iren in Irland unterscheidet. Etwas Einmaliges. Etwas Herausragendes.«

»Ach so, okay. Das ist aber nicht leicht. Hast du dir schon einen Namen ausgedacht?«

»Aber sicher!«, sagte er.

»Ich auch. Wie wär's mit Trent Superboot Prachtbart?«

»Nein.« Martin schüttelte heftig den Kopf.

»Max Silberfinger Smart?«

»Nicht einfallsreich genug.«

»Na gut«, seufzte ich. »Und was schwebt dir vor?«

Martin grinste. »Ich hab mein Hirn auf Höchstleistung geschaltet und einen Namen erfunden, den niemand jemals vergessen wird!«

»Brillant! Und wie lautet er?«

»Sean* Murphy«, sagte Martin. Und wartete auf Applaus.

Ich stand schweigend da und ließ das erst einmal einsinken.

»Aber das ist doch mit Abstand der häufigste Name in ganz Irland!«

»Eben! Weil er so großartig ist!«, rief Martin.

»Oh. Ach so. Na gut. Vielleicht können wir ihn ein bisschen aufmotzen ... mit einem zündenden mittleren Namen?«

»Daran hab ich natürlich auch schon gedacht.« Martin lächelte. »Und zwar: CAUTION!«

»Caution?«, erkundigte ich mich sicherheitshalber. »Aber das bedeutet doch ... ›Vorsicht‹? Meinst du das wirklich?«

*** Sean:** irischer Männername, bedeutet John oder Johann und wird »Schon« ausgesprochen. So ähnlich wie Shaun das Schaf.

»CAUTION wie Vorsicht«, bestätigte er. »Nämlich wie Vorsicht, mit wem du dich hier anlegst. Vorsicht, du Idiot. Vorsicht!«

»Dann wäre mein neuer Name also Sean Caution Murphy?«

»Ganz genau. Wie findest du ihn?«

Ich wälzte den Namen eine Weile in Gedanken hin und her. Die Sache musste gut überlegt sein. Schließlich bekam man nicht alle Tage einen neuen Namen verpasst.

»Gefällt mir!«, erklärte ich schließlich.

»In echt? Warum?«, fragte Martin, weil er glaubte, dass ich es nicht ernst meinte.

»Er gefällt mir, weil du ihn für mich erfunden hast«, erklärte ich lächelnd.

Daraufhin klatschten wir uns ab und verirrten uns weiter im Wald.

Kapitel 26
Einbürgerung statt Ausweisung!

Nach unserer Konversation mit der Konifere* und dem immergrünen Baum fanden wir schließlich den Weg aus dem Wald und blieben am Seeufer stehen, um gründlich zu überlegen, was wir jetzt tun sollten.

Aus der Ferne konnten wir immer noch Loopy Lou lauthals zählen hören. »Viertausenddreihundertdreiunddreißig Mississippi! Viertausenddreihundertvierunddreißig Mississippi! Viertausend…«

Ich faltete den Ausweisungsbescheid auseinander und betrachtete ihn bedrückt. »Zwei Tage … das gibt uns nur noch Zeit bis Montag.«

»Dann ist das unser letztes Wochenende zusammen?«, fragte Martin und schaute mich zutiefst bedrückt an. Oder vielleicht musste er auch nur pinkeln. Beide Mienen sahen bei ihm ziemlich ähnlich aus.

»Martin, ich sehe, dass du bedrückt bist – oder dass du pissen musst.«

»Stimmt beides, Sean Murphy.«

* **Koniferen:** auch Nadelbäume genannt, sind Bäume, die Nadeln haben. Keine Blätter. Tannen zum Bespiel. Früher hat man Tannenzapfen als Eiscremehörnchen verwendet.

»Mach dir keine Sorgen, Kumpel, und pisse nicht. Noch nicht. Wir schaffen das!«

Martin nickte, und seine Miene hellte sich wieder auf. »Du hast unbedingt recht! Warum sollen wir uns von unserer Blase zum Sklaven machen lassen, frag ich dich?«

»Ich hab eigentlich die Sache mit der Ausweisung gemeint.«

»Das ergibt sogar noch mehr Sinn«, nickte er. »Und es bedeutet, dass wir tatsächlich eine Chance haben.«

»Natürlich haben wir eine Chance! Wir müssen doch nur einen neuen Realo für Loopy Lou finden! Kann doch nicht so schwer sein, oder?«

»Nö. Wahrscheinlich laufen ganze Busladungen von Realos herum, die einen IF haben wollen.«

»Busladungen? Millionen! Milliarden! Komm, stellen wir mal eine Liste zusammen. Hast du dein Heft dabei?«

Martin zog sein Notizheft aus der Gesäßtasche. Wir setzten uns und stellten eine Liste von potentiellen Kandidaten für die Lou-Adoption zusammen.

»Padraic«, schlug Martin vor.

»Schon vergeben.«

»Mum?«

»Deine Mutter wird bestimmt keinen weiteren hyperaktiven Clown im Haus haben wollen.«

REALOS, DIE LOOPY LOU ALS IF ÜBERNEHMEN KÖNNTEN

1. ~~Padraic~~
2. ~~Mum~~
3. ~~Sinead~~
4. ~~Dad~~
5. ~~Fidelma~~
6. ~~Mr Jackson~~
7. ~~Postbote Matt~~
8. ~~Readybix Kid~~
9. ~~Jan de Tann~~
10. ~~Loopy Lou~~
11. …

»Sinead?«

»Die würde Loopy Lou in einer Woche zu Staub verarbeiten.«

»Stimmt«, nickte Martin betrübt.

Ich sprang auf, lief hin und her und strich mir nachdenklich über meinen wunderbaren Bart, während wir unser »Brainstorming« fortsetzten. Bärte sind großartig, wenn es auf heftigstes Nachdenken ankommt. Eigentlich war das sogar der Grund gewesen, dass ich ihn wachsen ließ. Aber wegen des vielen nachdenklichen Bartstreichens konnte ich mich kaum noch auf etwas anderes konzentrieren. Deshalb wurde unser »Gedankensturm« schon bald immer weniger stürmisch und ging schließlich in einen milden Lufthauch über. Oder anders ausgedrückt: Uns fiel nichts mehr ein.

»Das bringt jetzt nichts mehr. Wir machen später damit weiter«, sagte ich. »Aber keine Angst, uns wird schon etwas einfallen. Niemand schmeißt mich raus, Kumpel. Einbürgerung statt Ausweisung!«

Und mit diesem glühenden Slogan zerriss ich den Ausweisungsbescheid in tausend Fetzen, und die warf ich in den See. Jedenfalls versuchte ich es. Nur dass die kleinen Fetzen wieder in unsere Gesichter zurückgeblasen wurden.

»Das ist die richtige Einstellung, Sean!«, jubelte Martin, während er sich einen Ausweisungsbescheidfetzen aus dem Mund klaubte.

»Und bis dahin«, erklärte ich, »treiben wir die Operation Bullyguard voran und räumen mit den Bonners auf.«

Martin nickte, aber schon die bloße Erwähnung des Namens der Bonner-Brüder reichte, um ihn in Angst und Schrecken zu versetzen.

»Mach dir über diese blöden Schläger keinen Kopf, Martin«, sagte ich. »Sobald wir Declan Mannion auf unserer Seite haben …«

Aber Martin konnte jetzt vor Sorgen kaum noch stillstehen.

»Ach so, du zappelst nur so, weil du pinkeln musst …«

»Stimmt«, rief er und stürzte ins Gebüsch. »Aber das heißt nicht, dass ich keine Angst habe!«

Stadium 1 der Operation Bullyguard war jetzt abgeschlossen. Zufrieden hakte Martin den Punkt auf unserer Liste ab. Allerdings gab es noch eine Menge zu tun.

Operation Bullyguard

Stadium 1: ~~Declan und Trisha knutschen wie irre am See~~
Stadium 2: Declan und Trisha haben ein Date, und er begrapscht ihre Titten
Stadium 3: Declan Mannion wird mein Bullyguard
Stadium 4: Declan Mannion verabreicht den Bonner-Brüdern Hosenzieher
Stadium 5: Ich lehne mich zurück und genieße das Leben mit einem Twix

In diesen Tagen schrieben wir wirklich eine Menge Listen. Aber vermutlich passiert das immer, wenn man eine Menge zu tun hat. Man muss sich organisieren. Die Zeit einteilen. Und um eine klare Zeiteinteilung zu haben und organisiert zu sein, muss man eben Listen anlegen. Was idiotischerweise eine Menge Zeit kostet und dich davon abhält, eine Menge Dinge zu tun, die du eigentlich machen solltest. Aber ohne die Listen kannst du dich nicht daran erinnern, was du eigentlich tun solltest, aber nicht tust, weil du

Listen schreiben musst, um sicherzustellen, dass die Sachen, die du eigentlich tun solltest, erledigt werden. Das ist wirklich ein Teufelskreis.

Als wir nach Hause kamen, streckte Martin den Kopf in das Zimmer seiner Schwestern. Trisha lag auf ihrem Bett und las ein Magazin.

»Na duuuu … wie ist es denn so gelaufen, Kleine?«, fragte Martin mit honigsüßer Stimme, als wüsste er nichts über die Knutscherei am Seeufer.

Trisha ließ ihr *Rogue**-Magazin sinken.

»Der küsst wie eine Waschmaschine«, sagte sie unverblümt.

Martin warf mir einen verblüfften Blick zu. Keiner von uns beiden hatte den blassesten Schimmer, wie eine Waschmaschine küsste. Ziemlich nass vermutlich?

»Eine Waschmaschine? Wow! Wirklich ein Supertyp, meinst du nicht auch?«, sagte Martin bewundernd.

Trisha verdrehte die Augen und schaute wieder in ihr Magazin.

*** *Rogue*:** Modemagazin für Motorradfahrerinnen. Das Wort bedeutet eigentlich »Galgenvogel«, und wenn du jemals eine Motorradfahrerin in Lederklamotten auf einem Motorrad gesehen hast, weißt du, dass das stimmt.

»Wie wär's denn mit einem richtigen Date heute Abend?«, schlug Martin vor. »Kino vielleicht? Wir … zahlen.«

»Wir?«, fragte sie stirnrunzelnd.

»Ich meine, wir … Männer. In diesem Fall ist er gemeint. Declan.«

Neugierig senkte sie wieder das Magazin.

»Was läuft?«

Martin und ich wechselten einen Blick und grinsten befriedigt. Es lief super, wir hatten sie. Trish-der-Fisch zappelte an der Angel. Jetzt mussten wir sie nur noch an Land ziehen. Und Declan Mannion dazu bringen, endlich ihre schuppigen Titten zu begrapschen.

»Ich hab gefragt, was läuft, Taubnuss«, sagte sie noch einmal laut.

»Äh, ach so, tut mir leid … *Edward mit den Scherenhänden**, glaub ich.«

Trisha grunzte zufrieden und las weiter in ihrem Magazin.

Martin war ebenfalls zufrieden. Sehr sogar. Vielleicht sogar ein bisschen zu sehr zufrieden, denn

*** *Edward mit den Scherenhänden*:** ein Film über einen Typen, der Scheren statt Hände hat und deshalb Starfriseur wird. Außerdem hat er einen Föhn an jedem Fuß, aber aus irgendeinem Grund kommen die in dem Film gar nicht vor.

er näherte sich vorsichtig und setzte sich sogar auf ihre Bettkante.

»He, Trish, ich hab da mal nachgedacht. Du hast doch keine Freunde und so, oder? Jedenfalls keine, die nicht total daneben sind. Wärst du vielleicht an einem netten imaginären Freund interessiert?«

Trisha hob sehr langsam den Blick und schaute ihn an.

»Ach, du Scheiße«, murmelte ich, genau im selben Augenblick, in dem sie ihm eine gewaltige Kopfnuss verabreichte.

Kapitel 27

Netter Realo gesucht!

Eine Stunde später waren wir wieder auf dem Spielplatz. Declan Mannion saß auf der kaputten Schaukel und las die neueste *Racing Post*. Er schaute Martin mit gerunzelter Stirn an.

»Aber wenn ich einen imaginären Freund haben wollte, warum kann ich mir dann nicht einfach einen … einbilden?«

»Ha! Viel Glück dabei!«, lachte Martin und schüttelte den Kopf. »Glaub mir – ich kann dir eine Menge Ärger und unzählige Brennnesselstiche ersparen. Und er ist so gut wie unverbraucht. Kaum benutzt.«

»Ich weiß nicht so recht, Moone«, sagte Declan zögernd. »Er ist trotzdem aus zweiter Hand. Wer weiß, wo der sich schon herumgetrieben hat?«

»Na, bisher war er nur in meiner Einbildung.«

»Du glaubst doch nicht etwa, dass ich ihn in *meiner* Einbildung haben will, nachdem er schon in *deiner* war?«

»Aber … aber er ist nicht krank oder so. Und ich würde ihn vorher auch gründlich waschen«, fügte Martin hinzu, um den Handel für Declan attraktiver zu machen.

Declan grübelte eine Weile darüber nach, doch

dann schüttelte er den Kopf. »Nö. Ich glaub, das lass ich mal lieber.«

Martin nickte bedrückt. Declan faltete die Zeitung zusammen und steckte sie in die Tasche. »Dann kommen wir mal zur Tittensache. Der Film heute Abend – worum geht's da?«

»Um einen Typen namens Edward. Er hat Scheren statt Hände.«

»Wie Freddy Krueger*?«, wollte Declan interessiert wissen.

»Ja, ich glaube, es ist die Fortsetzung«, log Martin. »Also, hör mal zu. Wenn du es, du weißt schon« – er zwinkerte Declan zu –, »getan hast, dann hältst du dich an deinen Teil der Abmachung, ja?«

»Keine Sorge, Moone!«, versicherte ihm Declan. »Hab ich erst mal 'ne Titte gepackt, kriegen die Bonner-Brüder eins auf den Sack.«

Martin strahlte glücklich. Wir hatten es beinahe geschafft.

* **Freddy Krueger:** die Hauptfigur der Filmreihe *Nightmare*, der serienweise Teenager abschlachtet. Das Auffälligste an ihm sind das brandnarbige Gesicht und eine Hand mit Messerklingen an den Fingern. Aber während Edward mit seinen Scherenhänden Hundefelle und Frauenhaare frisiert, versenkt Freddy Krueger seine Klingenfinger in den Eingeweiden seiner Opfer. Das ist schon ein kleiner Unterschied.

»Oh, ach so, und küsse sie weiter wie eine Waschmaschine, ich glaub, das mag sie.«

»Gebongt«, sagte Declan. »Ich lass dich dann wissen, wie die Tittensache ausgegangen ist. Bleib sauber, Marty.«

Declan schlenderte lässig davon, und Martin winkte ihm nach. »Bis bald!«

Dann blickte er sich um. Er war ganz allein auf dem Spielplatz.

»Wie küsst eine Waschmaschine?«, fragte er sich. Neugierig, wie er war, wollte er es herausfinden. Aber weil er sein eigenes Gesicht nicht knutschen konnte, knutschte er eben seine Hand. Er hielt sie hoch und begann sie leidenschaftlich zu küssen. Speichel spritzte, Sabber tropfte auf den Boden, und das Handknutschen kam ihm tatsächlich so ähnlich vor wie das Waschmaschinenprogramm »Feinwäsche mit viel Wasser«.

»Moone!«, schallte es plötzlich über den Platz, und Martin schreckte von seiner Handknutscherei hoch.

Wieder einmal bewiesen die Bonner-Brüder ihr unglaubliches Geschick, Martin in den peinlichsten Situationen in flagranti zu erwischen.

»Jetzt knutscht der Idiot schon mit sich selbst«, sagte der eine Bonner mit fiesem Grinsen zum anderen. »Keinen toten Vogel mehr gefunden?«

Sie sprangen von ihren Rädern und rückten drohend heran, aber Martin hob abwehrend die Hände.

»Halt!«, brüllte er. Und die Bonner-Brüder blieben tatsächlich stehen, verblüfft und amüsiert, dass er sich zum ersten Mal gegen sie zur Wehr setzte.

»Ich hab grad zu viel zu tun, um mich jetzt auch noch verprügeln zu lassen«, erklärte ihnen Martin. »Ihr könnt euch heute Abend mit mir beschäftigen. Hinterm Kino. Nach *Edward mit den Scherenhänden*.«

Connor Bonner grinste bösartig. »Abgemacht, Moone.«

Und Jonner Bonner fügte besorgt hinzu: »Aber … keine Knutscherei, klar?«

Die Brüder nickten einander zu und fuhren davon.

»Sie ahnen nicht«, kicherte ich, als wir ihnen nachschauten, »dass ein gewisser Mr Mannion ihnen heute Abend alles heimzahlen wird, was sie dir angetan haben, Kumpel, mit Zins und Zinseszins.«

Martin grinste voller Vorfreude und klatschte mit

mir ab – also mit der Luft neben ihm. Jedenfalls sah es für die Person so aus, die gerade heranschlenderte: Padraic. Er hielt ein Fischernetz in der einen und eine Tüte in der anderen Hand, so dass er gewisse Probleme hatte, sich den Mund mit Süßigkeiten vollzustopfen.

»Mmhe, Mmmarrrtin«, nuschelte er fröhlich. Beide Backen waren prall gefüllt, was ihm das Sprechen erschwerte und ihn noch hamsterähnlicher als sonst aussehen ließ.

»Hallo, P-Boy!«, grinste Martin. »Wieder mal auf dem Hamstertrip?«

»Mmm ... die Weiber ...« – mampf-mampf – »nennen mich nicht umsonst ›Hamsterbacke‹.« Padraic lachte und schluckte die enorme Backenladung auf einmal hinunter, was ihm aber ein bisschen Schmerzen bereitete. »Uuuhrrrg ... Hätte vielleicht doch noch ein bisschen kauen sollen.«

Martin fischte eine Schokomaus aus Padraics Tüte und warf sie sich in den Mund. »Woher hast du den Süßkram?«, wollte er wissen. »Von deinem Vater als Belohnung für die Ernte?«

»Nö. Hab nur ein bisschen geangelt.«

»Geangelt?«

»Jep. Wollte herausfinden, ob ich einen von den Schokofischen erwische, von denen du neulich gefaselt hast.«

Martin runzelte ein wenig die Stirn und schaute zum Alten Boyle hinunter, der sich langsam an ihnen vorbeiquälte. »Das kommt mir aber ein bisschen … *krass* vor, P.«

»Crunchie behauptet, mit dem richtigen Köder kannst du alles fangen.«

Padraics IF Crunchie nickte. »Wenn du Schokofische fangen willst, brauchst du Schokoköder!«, erklärte er. »Ist doch so simpel wie irgendwas!«

»Simpel scheint mir das richtige Wort zu sein«, murmelte ich zweifelnd.

Padraic warf eine Handvoll Schokokugeln in den Fluss.

»He! Spinnst du? Was machst du denn?!«, rief Martin geschockt.

»Hör auf mit dem Blödsinn!«, schrie ich.

Crunchie schaute mich wütend an. »Hör nicht auf die Typen hier, Padraic. Du lachst als Letzter, wenn du dir den Bauch mit Schokoforelle vollrammelst!«

»Hahaha! Und wie!«, lachte Padraic.

»Wie was?«, fragte Martin, der Crunchie ja weder sehen noch hören konnte. (Martin konnte zwar Imaginäre wie Jan de Tann oder die Elster sehen und hören, aber nicht den IF einer anderen Person. Wahrscheinlich deshalb, weil die IFs immer im Kopf anderer Leute hockten, so ähnlich wie Hirnzecken.)

»Bist du sicher, dass Crunchie diese Sache gut durchdacht hat?«, erkundigte sich Martin. »Weil es nämlich so aussieht, als würdest du gerade prima Süßigkeiten in den Fluss werfen.«

»Ja, klar, so ungefähr kommt es mir auch vor«, gab Padraic zu.

Martin legte seinem Freund den Arm um die Schultern und führte ihn ein paar Schritte abseits. »Hör mal, Paddy, hast du jemals überlegt, ob du Crunchie nicht gegen einen neuen IF austauschen willst? Weil ich nämlich momentan einen übrig hab. Ein echtes Schnäppchen.«

Padraics Augen leuchteten auf. »Ja, bitte! Ich wollte schon immer einen schlanken, ranken, bärtigen IF haben!«

»Äh, nein, der ist nicht zu haben. Ich meine den anderen IF. Loopy Lou.«

Padraics Lächeln schwächte sich deutlich ab. »Loopy Lou, der echt nervige IF, der dich schier in den Wahnsinn getrieben hätte?«

»Genau der!«

»Wird er immer noch mit einem Schokofisch ausgeliefert?«, fragte Padraic hoffnungsvoll.

»Nein, ich glaube, das war ein einmaliges

Sonderangebot. Außerdem ist mir der Fisch sowieso entwischt. Durchs Klo.«

»Na dann«, nickte Padraic, »ist die Sache für mich klar. In diesem Fall muss ich leider nein sagen.«

»Ach, komm schon, P! Hilf mir aus dem Schlamassel! Ich muss Lou loswerden, sonst wird Sean ausgewiesen! Ich weiß nicht, was ich machen soll – alles ist schiefgelaufen!«

»Wirklich? Auch deine Schlägerschutzpläne?«, fragte Padraic besorgt.

»Nö, die eigentlich nicht, die laufen momentan ganz gut«, antwortete Martin ein bisschen zuversichtlicher. »Declan geht mit Trisha heute Abend ins Kino, und mit ein bisschen Glück lässt sie sich begrapschen, und dann wird er für immer mein Bully-Bodyguard sein!«

»Wow!«, staunte Padraic. »Das ist total nett von Trisha, dir da rauszuhelfen.«

»Äh. Ja.« Martin nickte ein wenig zögernd.

»Manchmal erlebt man doch noch eine richtige Überraschung, wenn man Leute um einen Gefallen bittet«, wunderte sich Padraic. »Wie ich schon immer sagte: Ehrlich währt am … am breitesten, oder so ähnlich.«

»Das stimmt. Das stimmt wirklich«, sagte Martin, allerdings warf er mir einen schuldbewussten Seitenblick zu.

Padraic merkte sofort, dass Martin log. »Aha. Sie hat also keinen blassen Schimmer, was dann wirklich abgeht, stimmt's?«

»Äh, nein.«

»Das ergibt schon mehr Sinn, so wie ich Trisha kenne. Aber mach dir keine Sorgen, Kumpel – das wird sich alles wieder einrenken, ganz bestimmt.«

»Glaubst du wirklich?«

»Na klar. Oder es gibt die totale Katastrophe.«

»Das ... beruhigt mich aber«, murmelte ich.

Martin fand seine Zuversicht schnell wieder. »Weißt du was, Padraic? Du hast recht. Wir haben eine fünfzigprozentige Chance, dass alles wieder gut wird! Das sind, grob gerechnet, fast zwei Drittel von hundert Prozent! Keine Ahnung, warum ich mir solche Sorgen mache! Danke, P-Boy, du weise alte Krähe!«

»Ach, du brauchst dich nicht zu bedanken, Martin«, antwortete Padraic bescheiden. »Du bist der Reisende. Ich bin nichts weiter als ein Wegweiser an deinem Pfad.«

Martin runzelte die Stirn; sein Freund redete wieder einmal in Rätseln.

»Dann bin ich also ein Reisender?«

»Und was bin dann ich?«, fragte Crunchie und schlenderte näher.

»Du bist auch ein Wegweiser«, erklärte ihm Padraic. »Oder vielleicht ein Abfalleimer oder so.«

»Ein Abfalleimer!«, strahlte Crunchie aufgeregt. »Der Entsorgungsbeauftragte! Der Wertstoffwächter! Der Graf von Müllheimer!«

Kapitel 28
Vermasselt

Padraics aufmunternde Reden waren genau das, was Martin gebraucht hatte, denn bis wir zu Hause ankamen, war er entschlossener denn je, seine Pläne auszuführen. Er marschierte sofort in Trishas Zimmer und informierte sie triumphierend, dass das Date jetzt Sache sei. Dann riss er ihren Kleiderschrank auf und machte sich daran, ein geeignetes Outfit für sie auszuwählen. Kurz darauf kauerte er auf dem Boden, hielt sich den Kopf an den Stellen, an denen sie ihn mit ihrem Hausschuh bearbeitet hatte, und kroch dann, weniger triumphierend, aus dem Zimmer.

Doch ein paar Stunden später war eine aufgebrezelte Trisha bereit zum Ausgehen. Mit »aufgebrezelt« meine ich natürlich, dass sie wie eine gruselige Voodoo-Puppe daherkam. Martin war ein bisschen enttäuscht, weil sie schwarzen Nagellack aufgetragen hatte, aber inzwischen hatte er seine Lektion gelernt und behielt seine Modetipps für sich.

»Wow, echt, du siehst total … *geil* aus!«, staunte er.

Trisha verdrehte die Augen und motzte sich immer weiter für ihr großes Date auf.

Zufrieden beobachteten Martin und ich ihre

Vorbereitungen. Ja, jetzt kam die Sache endlich ins Rollen. Am Ende des Tages würde Trisha offiziell Mannions Freundin sein, und Mannion würde Martins Bullyguard sein. Keine Hosenzieher mehr. Und keine Brennnesseln, ob chinesisch oder kambodschanisch. Keine toten Arme und Beine, natürlich abgesehen von denen, die er Sinead zu verdanken haben würde, aber damit musste er sich ein andermal befassen.

Ja, wir hatten es endlich geschafft! Martins Plan war wasserdicht und absolut unsinkbar – wie die *Titanic*.

»Ich bin ein verdammtes Genie!«, jubelte der Knabe, als wir wie kleine Schulmädchen durch den Flur hüpften.

»Was hast du gesagt, Martin?«, fragte Debra Moone, die unbemerkt hinter uns herging. »Wieso bist du ein Genie?«

Martin zermarterte sich das Gehirn, um eine vernünftige Erklärung zu finden.

»Weil ich gerade ... was erfunden hab ... äh ... einen Klopapierhalter ...«

»Wovon um Himmels willen redest du jetzt wieder?«, fragte sie verwundert. »Weißt du was, Martin? Du benimmst dich ein bisschen seltsam in letzter Zeit. Fehlt dir was? Oder bist du wieder mal von einem Baum gefallen?«

»Siehst du, Kumpel?«, raunte ich Martin zu. »Deine

Lügen funktionieren nicht so richtig gut. Vielleicht solltest du einfach mal Padraics Ehrlichkeitstheorie ausprobieren?«

»Hmmm … scheint mir in diesem Stadium zu riskant«, gab der kleine Moone zurück.

»*Was* ist riskant, Martin? Wovon redest du denn die ganze Zeit?«, nörgelte seine Mum. »Hast du wieder mal Monster-Chips mit abgelaufenem Verfallsdatum gegessen?«

Martin holte tief Luft und beschloss, die neue Taktik auszuprobieren.

»Nein, nein, Mum, keine Sorge. Mir ist nur grad wieder eingefallen, dass ich ein kleines Problem mit den Bullys in der Schule hab.«

»Ja, das hast du wohl … machen sie dir denn immer noch Schwierigkeiten? Du armer, armer kleiner …«

»Nein, Mum, genau darum geht's doch. Ich glaube nicht, dass sie mir jemals wieder Probleme machen werden. Ich hab die Sache geregelt.«

»Du hast die Sache geregelt?«

»War so einfach wie ein Babypuzzle. Ich hab eine simple Lösung gefunden und meine Probleme wie ein Mann selbst in die Hand genommen.«

Debra nahm Martins kleines Gesicht in beide Hände und drückte ihm die Wangen, als wollte sie sehen, wieviel Luft noch in einem halbleeren Ballon war.

»Ich bin so stolz auf dich, mein Kleiner! Ich wusste, dass sich die Sache irgendwann regeln würde!«

Martin runzelte die Stirn. Was meinte sie damit?

»Ja, du bist wirklich ein außergewöhnliches Genie!«, lachte sie. »Wusste ich doch, dass du mit diesen Hohlköpfen fertig werden würdest. Du musst es nur wollen!«

»Danke, Mum. Eigentlich wurden wir zu zweit mit ihnen fertig.«

»Ach ja? Dann hat dir dein Vater also doch geholfen?«

»Nein, nein ... das hat er zwar gesagt, aber ich glaube, er kam einfach nicht am Pub vorbei.«

Debra runzelte die Stirn, als ihr einfiel, wie gut geölt ihr Mann an dem Abend nach Hause gekommen war.

»Na, wenigstens gibt es in diesem Haus *einen* cleveren Burschen«, lächelte sie stolz und ging in die Küche. »Komm, ich mache dir zur Belohnung ein paar Pfannkuchen!«

»Pfannkuchen?«, jubelte ich. »An einem Samstagabend?! Das ist ja noch besser als ein Abend in ... Las Vegas*!«

*** Las Vegas:** glitzer-glitter-magische Stadt der Lichter und der Spielcasinos, in der amerikanischen Wüste zu finden. Kommt einem vor wie ein funkelnder Diamant im Sand. Aber eben ein falscher Diamant. Der auch noch wie Pisse stinkt.

»Ja, finde ich auch, Sean. Der Trick mit der Ehrlichkeit funktioniert traumhaft. Hätte ich schon vor Jahren ausprobieren sollen«, strahlte Martin, als wir in die Küche gingen.

»Ein Glas Kakao für Mister Clever?«, fragte Debra, während sie den Pfannkuchenteig vorbereitete.

»Warum nicht? Hab ich mir ehrlich verdient«, nickte Martin.

»Und wie hast du es angestellt, Martin? Wie hast du dir die Bonner-Brüder vom Hals geschafft?«, fragte Mum mit runden Augen, wie ein weiblicher Teenager beim Anblick eines Popstars.

Martin schaute mich an; er überlegte, ob er weiter auf dem Pfad der Wahrheit bleiben sollte oder nicht.

»Hat doch bisher ganz gut funktioniert, oder nicht?«, sagte ich mit einem Schulterzucken.

»Na ja, liebe Mutter«, prahlte Martin, während er den ersten Schluck Kakao schlürfte, »ich hab einfach Trishas Titten als Köder eingesetzt.«

Debra hörte auf, den Teig zu schlagen, und ließ langsam den Schneebesen sinken.

»Wie bitte?«, murmelte sie und drehte sich langsam zu ihrem Sohn um.

»ICH HAB EINFACH TRISHAS TITTEN ALS KÖDER EINGESETZT!«, brüllte Martin, aus Rücksicht auf das altersschwache Gehör seiner Mutter.

Wir merkten ziemlich schnell, dass Mums Gehör perfekt funktionierte und dass die Ehrlichkeitstheorie vielleicht doch nicht ganz so gut bei ihr ankam. Und als wir gleich darauf Schritte hörten, die aus vier Richtungen zur Küche gestürmt kamen, waren wir ziemlich sicher, dass die Theorie auch bei den übrigen Familienmitgliedern nicht gut ankam.

»Keine Chance, dass wir uns einfach wegbeamen, Sean?«, fragte ich hoffnungsvoll.

Aber bevor Martin antworten konnte, tauchten die Gesichter von Trisha, Sinead, Fidelma und Liam wie wütende Lamas in der Küchentür auf.

»Du hast *was*?!«, wollte Martins Vater barsch wissen.

»Ich, äh …«, begann Martin zögernd, »will heute Abend einen Bully mit dem Busen meiner mittleren Schwester bestechen. Ist doch … genial, oder?«

»Total genial«, fauchte Trisha. »Meine Titten gehören *mir*, und nur *ich* bestimme, wer sie begrapschen darf!«

Bei dieser klaren Ansage ihrer minderjährigen Tochter warfen sich Liam und Debra besorgte Blicke zu, während sich Trisha mit Fidelma abklatschte. Dann rauschte Trisha wieder in ihr Zimmer zurück.

»Trisha, warte doch mal!«, schrie Martin hinter ihr her. »Er bringt die Suppe mit!«

»Martin. Weißt du eigentlich, in welchen Schwierigkeiten du steckst?«, donnerte Liam.

»In kleinen bis gar keinen?«, riet Martin hoffnungsvoll.

»Also, ich finde, man kann ihm keine Vorwürfe machen«, argumentierte Debra. »Sein Vater wollte doch die Sache ausbügeln, schaffte es aber dann nur bis zur nächsten Kneipe!«

Liam starrte seinen Verrätersohn wütend an.

»Das war nicht ... na ja ... die Sache ist ziemlich kompliziert«, stotterte er.

Woraufhin sich die Eltern zum Streiten in ihr Schlafzimmer zurückzogen. Ich versuchte herauszufinden, wozu der Ehrlichkeitstest nützte.

»Könnte man sagen, dass Ehrlichkeit die schlechteste Lösung ist?«, überlegte ich.

»Du bist ja so was von einem Trottel – und jetzt hast du auch noch Ausgehverbot!«, kreischte Sinead voller Schadenfreude und hüpfte vergnügt ins Wohnzimmer zurück.

Martin stellte sich plötzlich vor, was an diesem Abend geschehen würde. Declan und die Bonner-Brüder würden zum Kino gehen und furchtbar sauer sein, weil sie dort nichts außer viel zu teurem Popcorn und einem hübschen Jungen mit Friseurscherenhänden vorfinden würden.

»Letzter Versuch, Kumpel?«, fragte ich und nickte in Richtung der einzigen Schwester, die hier, in der Küche, noch greifbar war.

Martin holte tief Luft.

»Fidelma ... weißt du, eigentlich hast du doch auch ein ganz ordentliches Paar Titten ...?«

Kurz darauf saß Martin auf seinem Bett und drückte sich einen nassen, kalten Waschlappen auf das blaue Auge. Er war am Verzweifeln. Alles war so sorgfältig geplant gewesen, und nun hatte er die Sache doch noch vermasselt. In sein Notizheft kritzelte er eine einfache, traurige Formel:

Kein Date = kein Tittengrapschen. Bullyguard + Sean-Ausweisung aus meiner Imagination = gehe zurück auf den verdammten START

»Na ja, wenigstens wirst du in Mathe allmählich besser«, versuchte ich ihn zu trösten.

Er seufzte düster und schloss das Notizheft.

»Mach dich nicht verrückt, Kumpel. Wir denken uns einfach einen anderen Plan aus – einen neuen und besseren Plan!«

»Einverstanden«, sagte Martin. »Weil wir nämlich am Montag nicht ohne neuen Plan in der Schule auftauchen können.«

»Schon klar. Aber wir haben ja noch den ganzen Sonntag, um uns etwas einfallen zu lassen. Wir teilen den Sonntag auf. Im ersten Drittel lösen wir das Bully-Problem. Und im zweiten Drittel lösen wir das Ausweisungsproblem.«

»Klingt super, Sean! Dann bleibt uns immer

noch mehr als ein halber Tag, um die Pläne für meine Fabrik für Raumfahrtaffen endlich fertig zu zeichnen!«

Was wir am Sonntag gemacht haben:

- Mühle gespielt
- Readybix gegessen
- einander Zöpfchen ins Haar geflochten
- Verstecken gespielt (XXL-Version)
- Marienkäfer gefunden und gezähmt
- Haus für Marienkäfer gebaut
- in der Küche Tee getrunken
- Marienkäferhaus war inzwischen eingestürzt
- Marienkäfer würdig bestattet
- noch mehr Readybix gegessen
- MacGyver im Fernsehen angeschaut
- lange Predigt von Mum und Dad angehört, Thema: Wie man Privatsphäre der Schwestern beachtet

Was wir am Sonntag nicht gemacht haben:

- einen neuen Plan entwickelt

Kapitel 29
Die Heuballen-IFs

»Martin!«, kreischte seine Mum aus der Küche. »Steh auf, du Faulpelz! Du kommst sonst zu spät zur Schule!«

Martin schnaubte und setzte sich im Bett auf; das Notizheft klebte an seiner Stirn. Ich lag zusammengerollt auf dem Boden und schlief fest – bis er mir das Heft an den Kopf warf. »Sean, wach auf, du Faulpelz!«

Ich sprang auf die Füße, bereit für alles (aber eigentlich hoffte ich nur auf das Frühstück).

»Montag heute, Sean! Der verfluchte Montag ist da!«

»Montag!«, rief ich fröhlich. »Ich liebe Montage!«

»Nein, Sean, den heute liebst du ganz bestimmt nicht! Es ist dein Ausweisungstag! Und ich hab immer noch keinen Bullyguard! Wir sind alle beide erledigt.«

»Na, das verdirbt mir den Tag ein bisschen«, gab ich zu. »Vor allem nach unserer wunderbaren Montagsplanung.«

»Was machen wir jetzt bloß?«, jammerte Martin.

»He, warte mal, waren wir nicht die ganze Nacht wach und haben uns einen neuen Plan überlegt?«

»Haben wir das?«

»Haben wir das etwa nicht?«

»Kann mich nicht daran erinnern.« Martin schüttelte den Kopf. »Hoffentlich sind uns nicht eine Menge großartiger Ideen eingefallen, und wir haben dann vergessen, sie aufzuschreiben.«

»Du meinst so wie damals, als wir die Idee hatten, einen Brief mit dem Computer in die ganze Welt zu verschicken? Als wir den Brief dann in den Computer steckten und auf ›Senden‹ drückten?«

»Ja, genau! Oder unsere geniale Erfindung, Telefone mit Supercomputern zu riesigen Supermünztelefonen zu verbinden?«

Ich schnippte frustriert mit den Fingern. »Sei bloß ruhig! Wenn ich mich nur noch an die Einzelheiten erinnern könnte. Wir könnten jetzt Tausendäre* sein!«

»Vielleicht sollten wir uns aufschreiben, dass wir von jetzt an alles aufschreiben«, meinte Martin und schrieb sich das auf.

»Einverstanden. Aber ich bin ziemlich sicher, dass wir uns diesmal etwas aufgeschrieben hatten. Lass mal sehen.« Ich nahm das Heft und blätterte zurück. »Siehst du? Wir haben es doch aufgeschrieben! Wir sind gerettet!«

* **Tausendäre:** wie Millionäre, aber ein bisschen ärmer und viel toller.

Martin schaute sein Gekritzel im Heft an und seufzte tief auf. »Scheiße.«

Kurze Zeit danach waren wir auf dem Schulweg. Aber während wir der Schule mit jedem Schritt näher kamen, kamen wir der Lösung unserer Probleme nicht einen Schritt näher.

»Wir könnten doch unseren Tod vortäuschen«, schlug ich vor.

»Brillant!«, rief Martin begeistert. »Und wie machen wir das?«

»Keine Ahnung«, gab ich ehrlich zu.

Er nickte düster. »Oder wie wär's mit einer Zeitreise rückwärts?«

»Genial!«, rief ich. »Solange man dafür keine Zeitmaschine braucht.«

»Nein, das ist doch das Schöne daran«, rief er aufgeregt. »Wir reisen einfach durch die Zeit zurück und benutzen dabei eine … eine … warte mal … Ja, okay. Man braucht eine Zeitreisemaschine.«

»Genau. Das macht die Sache ziemlich kompliziert.«

»Vielleicht sollten wir lieber vorwärts zeitreisen«,

überlegte Martin. »Bis zu einer Zeit, in der wir in Sicherheit sind.«

»Perfekt! Es ist allerdings so, dass wir sowieso schon in der Zeit vorwärtsgehen.«

»Umso besser!«, rief er.

»Ja, schon ... nur glaube ich nicht, dass man schneller als sonst vorwärtsreisen kann.«

»Stimmt«, nickte er, als ihm das Problem klarwurde. »Dann hilft uns das auch nicht weiter, oder?«

Wir seufzten tief und schlurften völlig niedergeschlagen weiter – als plötzlich eine dicke Gestalt vor uns aus einem Gebüsch kullerte.

»Loopy Lou in da Haus!«, kreischte er schrill und rollte prompt in eine riesige Regenpfütze. »Ach, Mist!«, rief er, sprang auf und versuchte, seine albernen Kleider sauber zu wischen.

»Hallo, Lou«, sagte Martin tonlos.

Lou hörte auf zu wischen und strahlte ihn an. »Kuckuck, Marty! Wo habt ihr zwei Schleicher euch wieder versteckt?«

Martin zuckte die Schultern. »Nur bei mir zu Hause.«

»Bei dir zu Hause!«, brüllte Lou, offensichtlich über sich selbst verärgert. »Wusste doch, dass ich dort hätte nachschauen müssen!«

»Wollen wir nicht noch mal Räuber und Gendarm spielen, Lou?«, fragte ich.

»Ha!«, schnaubte Lou. »Auf den Trick falls

ich nicht noch einmal herein! Keine Spielchen mehr, Bartgesicht! Deine Zeit ist vorbei! Heute ist Ausweisungstag!«

»Oder vielleicht eine schnelle Runde Scharade*?«, schlug ich vor.

»Ich habs schon eine Scharade für dich vorbereitet!«, fauchte mich Lou an. »Drei Wörter. Drei Silben. Und die Lösung: ›Schnappts ihn, Jungs!‹«

»Bin ich hier im falschen Film?«, fragte Martin verwirrt.

Im selben Moment bemerkte ich zwei muskulöse Gestalten, die drohend die Straße entlangkamen. Sie rückten ziemlich schnell auf uns zu, ließen ihre Fingerknöchel knacken, fletschten die Zähne und waren eindeutig auf Streit aus.

»O nein, bitte nicht!«, wimmerte ich und verspürte plötzlich einen Knoten in meinem Magen. »Sie haben die Heuballen-IFs geschickt!«

»Die Heuballen-IFs? Was sind Heuballen-IFs?«, fragte Martin verblüfft.

* **Scharade:** ein Spiel, das die Großen gern spielen, weil sie tatsächlich glauben, dass es den Kleinen Spaß macht. Der Spielleiter schreibt Wörter auf kleine Zettel, faltet sie zusammen, mischt sie und lässt jeden Mitspielenden einen davon ziehen. Jeder muss nun – schön der Reihe nach – sein Wort den anderen Personen pantomimisch erklären, bis sie es erraten. Kinder schaffen das in Sekunden, die Großen … na ja.

»Die Heuballen-Brüder*!«, jammerte ich. »Die härtesten, brutalsten IFs, die es im ganzen imaginären Königreich gibt!«

»Stimmt genau, Seanchen Schlau!«, kicherte Lou wie irre.

Martin drehte sich um. Zwei harte Burschen stürmten auf uns zu. Ronnie Hay und Reggie Hay waren groß, breit wie Kleiderschränke und sahen absolut gleich aus – eineiige Zwillinge. Sie trugen schwarze Bomberjacken, und ihre Mienen waren so kalt und hart wie die von Profikillern.

Die beiden Schlägertypen waren so etwas wie die imaginäre Version der Bonner-Brüder. Nur bestanden die Bonner-Brüder nicht aus Heuballen. Okay, an dieser Stelle sollte ich doch noch einmal betonen, dass die Heuballen-IFs tatsächlich aus *Heuballen* bestanden. Das klingt vielleicht nicht sehr furchteinflößend, aber wenn du jemals einen Heuballen auf den Kopf bekommen hast oder wenn du schon mal von zwei Heuballen-Schlägertypen

* **Heuballen-IFs:** große, kräftige, männliche IFs im Heuballenformat, oft auch »Ballen-IFs« genannt. Wenn ein IF einen Ausweisungsbescheid nicht befolgt, tauchen die beiden Ballen-IFs auf und »überreden« den ausgewiesenen IF, dass es für ihn doch viel gesünder wäre, das zu tun, was in dem Bescheid steht. Sofern er dazu überhaupt noch in der Lage ist.

in Bomberjacken zusammengeschlagen wurdest, wirst du wahrscheinlich anderer Meinung sein. Weil sich die Leute vom W.I.F.F. nicht gern die Hände schmutzig machten, heuerten sie die beiden Hays manchmal für die Drecksarbeit an. Deshalb nahm ich an, dass die Angelegenheit, die heute anstand, Drecksarbeit war. So ungefähr, als müssten die Hay-Brüder eine Bremsspur auf dem Asphalt wegwischen.

»Die sehen aber gar nicht nett aus«, bemerkte Martin. »Was wollen sie?«

»Was glaubst du wohl? Sie wollen mich abtransportieren! Wir müssen verschwinden!«

»Dann sind die beiden so was wie Bullen?«

»So könnte man sie auch nennen – Bullen-IFs. Aber sie werden Ballen-IFs genannt.«

Ich wollte so schnell wie möglich weg, doch Martin plapperte immer weiter: »Warte mal! Sind sie nun Bullen-IFs oder Ballen-IFs?«

»Spielt das jetzt noch eine Rolle? Lauf, du Idiot!!!«

Aber es war schon zu spät – die Heubrüder stürzten sich bereits auf uns. Ronnie Hay packte mich am Hemdkragen und starrte mir wütend ins Gesicht.

»'allo, Sean. Biste wieda mal nich bravv gewesn, wa?«, fragte er in seinem seltsamen Ostlondoner Dialekt* und grinste. In seinen Augen lag ein wahnsinniges Glitzern.

»Bin ich das?«, quiekte ich.

»Jep. Biste doch, Sean.«

»Jep, verdammmich, klar isser das«, grinste Reggie Hay.

»Biste wieda mal 'n richtig bösa Jung gewesn, Sean«, fuhr Ronnie fort. »Hast dich ill-le-gal inne Imagination von dem Jung da eingenistet, Sean. Stimmt doch, nich?«

*** Ostlondon:** der dreckigste Teil von London, von wo die Gangster kommen. Dort laufen auch ständig Kunststudenten in selbstgeschnitzten Holzschuhen und mit ziemlich umstrittenen Frisuren herum, was einen ordentlichen Gangster unglaublich ärgern muss.

»Hab ich das?«, wimmerte ich.

»Jep, verdammmich, klar hatter das«, warf Reggie wieder ein. Er schien sich richtig darüber zu freuen.

»Un so biste zu 'nem echten Brobblem geworrn, Sean«, fuhr Ronnie fort. »Un weißttu auch, was wir mit den Brobblems machen tun?«

»Sie freundlich und sanft anpacken?«, fragte ich hoffnungsvoll.

Ronnie beugte sich näher zu mir. »Wir sorgen 'für, dasse verschwinden tun«, sagte er unheilvoll.

Erst jetzt bemerkte ich, dass Martin nicht mehr neben mir stand. Während dieser furchteinflößenden Unterredung hatte er sich hinter die beiden Hays geschlichen und kniete jetzt direkt hinter ihren kurzen Beinen.

»Was machst du denn, Marty?«, fragte Lou neugierig. »Spielst du eine Muh-Muh?«

Aber Martin ignorierte den Clown. »Schubs sie weg, Sean!«, schrie er.

Und ich zögerte nicht eine Sekunde! Okay, vielleicht hab ich tatsächlich ein paar Augenblicke gezögert, weil ich wirklich Angst hatte. Aber schließlich schluckte ich die Angst hinunter und versetzte beiden Hays einen himmelerdundhöllemäßigen Stoß, so dass sie zurückstolperten und über Martin fielen.

»Hahcha!«, rief ich triumphierend. Aber uns blieb keine Zeit, unseren Sieg zu feiern, denn schon kamen sie wieder auf die Füße – und jetzt sahen sie noch wütender aus als vorhin.

»Das wirscht du bereun, Seany-Boy!«, knurrte Ronnie Hay.

Martin und ich kletterten über eine Hecke und rannten quer durch die Wiese davon. Aber die beiden Brüder rasten hinter uns her, wobei Heu in alle Richtungen aus ihnen herauswirbelte.

In dem Moment entdeckte ich eine Schafherde, die mitten auf der Wiese eng beisammen lag – und hatte eine geniale Idee!

»Martin! Locke sie zu den Schafen! Das ist unsere einzige Chance!«

Wir bogen ab in Richtung Herde, und schon drehten die ersten Schafe die Köpfe in unsere Richtung. Kaum sahen sie die beiden Heuballen hinter uns heranrasen, als sie auch schon ganz aufgeregt zu blöken anfingen. »Mäh, Leute, seht doch mal, da kommen zwei Heuballen daher, lecker-lecker, mal was anderes als das langweilige Grünfutter!«

Martin und ich sprinteten mitten durch die Herde. Als uns die beiden Heuballenbrüder folgen wollten, versperrten ihnen die Schafe den Weg, kreisten sie ein und begannen, sie buchstäblich zu vernaschen.

»Komm her! Du riechst wunderbar«, blökten die Schafe. »Schmeckst du auch so?«

»Aus'm Weg, ihr blöden Schafe!«, brüllte Ronnie Hay.

»Hört auf, an mir zu knabbern!«, schrie Reggie Hay und schlug ein Schaf auf die Nase.

Die Brüder brauchten eine ganze Weile, bis sie die hungrige Herde abgeschüttelt hatten – und wir waren längst über alle Berge.

Loopy Lou war nicht beeindruckt. »Ihr blöden Dödels! Sie sinds weg!«, schrie er den Ballen-IFs zu und sprang vor Wut auf und ab.

Aber wir waren nicht ganz weg; wir kauerten hinter einem Gebüsch und beobachteten sie.

»Weißt du was, Martin? Im Abhauen bist du absolute Spitze«, sagte ich.

»Du bist auch nicht allzu übel, Sean.«

Glücklich und erleichtert klatschten wir uns ab und machten dann das, was wir am besten konnten – wir hauten noch weiter ab.

Kapitel 30
Finale Abreibung?!

Wir rannten den ganzen Weg bis zur Schule. Stürmten durch das Tor und versteckten uns hinter einer Mauer. Im Verstecken waren wir große Klasse, mindestens so gut wie im Abhauen.

Die Heuballen-Brüder waren zwar nirgends zu sehen, aber uns war natürlich klar, dass wir die Sache noch nicht hinter uns hatten.

»Okay, Martin, wir haben es geschafft, unseren imaginären Feinden zu entkommen, aber wir haben es immer noch mit unseren realen Feinden zu tun«, flüsterte ich ihm zu.

»Die verfluchten Bonner-Brüder?«

»Jep. Und ich bin ziemlich sicher, dass auch Declan Mannion nicht erfreut sein wird, wenn er dich zu sehen bekommt. Bestimmt hat es ihm nicht gefallen, dass Titten-Trisha gestern Abend nicht auftauchte.«

»Du meinst, er wird mich jetzt auch selbst verprügeln wollen?«

»Vermutlich«, nickte ich. »Aber hallo, ich hätte da so eine Idee!«

»Wird aber auch höchste Zeit. Taugt sie was?«

»Bestimmt … sie ist zwar ziemlich kompliziert, aber wir müssen sie nur richtig durchziehen!«

»Nun sag schon, Bartgesicht!«

»Wir hauen noch weiter ab.«

Martin dachte drei volle Sekunden über meinen komplizierten Plan nach.

»Das ist total genial, Sean! Wir laufen einfach für immer und ewig vor unseren Problemen davon!«, rief er aus und fing schon mal an, seine Schnürsenkel fester zu binden.

»Aber wohin laufen wir?«, fragte ich.

»Erst mal nach Westen. In null Komma nix schlagen wir in China auf!«

»Klar, in Erdkunde bist du einsame spitze«, sagte ich anerkennend und gab ihm den High five. Dann sprangen wir auf, voller Aufregung über unser nächstes Abenteuer.

Wir drehten uns um – und prallten gegen Declan Mannion.

Schluck.

»Jetzt mal schön langsam, Mondgesicht«, grunzte Declan, nachdem Martin von seiner Brust zurückgeprallt war.

»Oooh … hallooo, Declan … du siehst heute aber besonders stark aus …«, plapperte Martin drauflos, um Zeit zu gewinnen.

»Denk schnell nach, Kumpel, und denk dran: Ehrlichkeit ist aller Probleme Anfang«, erinnerte ich ihn.

»Aaalsooo«, begann Martin, »du hast doch

bestimmt mitgekriegt, dass ... äh ... ein sehr kleiner Bezirk von Boyle gestern von ... von einem ... äh, Tornado verwüstet wurde?«

»Hä? Warte mal ... war ich gestern nicht irgendwie fürs Kino verabredet?«

»WIR SIND RAUS!«, jubelte ich. »Er hat's glatt verschwitzt!«

»Oh ... nein, Declan«, log Martin, »das mit dem Tornado hab ich nur so gesagt. Die Leute reden doch immer gern übers Wetter, oder nicht?«

»Nö.« Declan zuckte die Schultern und wollte davongehen.

»Hör mal, Mr Mannion«, rief ihm Martin nach, »ich hab da so ein Gefühl, dass ich heute vielleicht deine Hilfe brauchen könnte. Was meinst du, könntest du mir vielleicht als Bullyguard einen Vorschuss geben?«

Declan schüttelte den Kopf. »Sorry, Moone, du weißt doch: Erst die Titte, dann die Tritte«, sagte er und schlenderte zum Fahrradschuppen hinüber, um sich einen Glimmstängel anzuzünden.

»Okay, Kumpel, dann bleibt uns nur noch das Exil«, sagte ich zu Martin.

»Moone!«

Wir wirbelten herum. Jonner und Connor Bonner stürmten wie siamesische Tyrannosaurus-Rex-Zwillinge auf uns zu.

»Na, wen ham wir denn da?«, grinste Connor fies.

»Hallo, Leute.« Martin lächelte nervös.

»Wir schulden dir noch 'ne kleine Bonner-Abreibung*«, informierte ihn Jonner Bonner.

»Eine Bonner-Abreibung ...?«

Connor nickte. »Wir hamm gestern Abend drei volle Stunden lang beim Kino gewartet. Bis wir halb erfroren waren.«

»Bis wir *ganz* erfroren waren!«, korrigierte Jonner seinen Bruder.

»Aha. Aber ich ... äh, kann jetzt grad nicht, Leute. Wir müssen einen neuen Termin ausmachen ...«

»Hier iss dein neuer Termin, Moone«, unterbrach ihn Jonner Bonner und hielt ihm die Fäuste vor das Gesicht.

Martin stöhnte auf, weil er glaubte, dass er jetzt sofort die Fäuste zu spüren bekommen würde, aber stattdessen sah er, dass etwas auf den Knöcheln geschrieben stand.

Martin war echt beeindruckt. »Wow. Ihr seid ja wirklich super organisiert«, sagte er bewundernd. »Das ist wohl eine Art Faustliste?«

* **Bonner-Abreibung:** eine in und um Boyle verbreitete ländliche Form des Verprügelns. Das Verfahren ist ein bisschen schmutziger als die übliche (städtische) Form, denn erstens werden dabei richtig dreckige Wörter gesagt, und zweitens endet es mit einem zweifachen Gesichtsklatscher in einem warmen Kuhfladen.

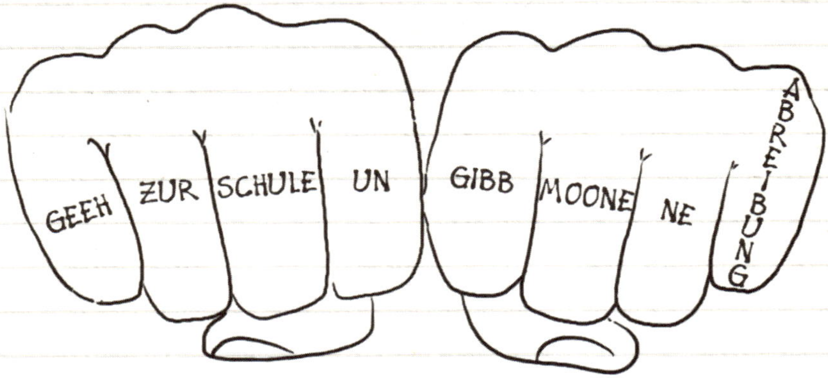

»Genau. Bekanntlich sind Fäuste nich nur zum Boxen da«, erklärte Jonner.

»Sondern auch zum Anklopfen«, fügte Connor hinzu und klopfte mit den Knöcheln kräftig gegen Martins Stirn.

»Aua!«

»Genug gequatscht. Fang'n wir an«, sagte Jonner Bonner. Er und sein Bruder packten Martin und nahmen ihn in einen doppelten Schwitzkasten.

»AAARRRGGGH!«, stöhnte Martin und versuchte sich zu wehren.

»Nur keine Panik, Martin«, probierte ich ihn zu beruhigen. »Ich hab schon wieder eine Idee! Mit der wir vielleicht zwei Tauben mit einem Stein vom Dach holen können. Was wiederum eine Ironie des Schicksals wäre, weil die ganze Sache ja damit angefangen hat, dass wir einen Vogel retten wollten …«

»Spuck's schon aus, Sean!«, schrie Martin mit hochrotem Gesicht aus dem Schwitzkasten hervor.

»Gib den Bonners Loopy Lou!«, rief ich.

»Mit wem redest du da?«, fauchte Connor Bonner. »Wir ham dir doch schon mal gesagt, quatsch nich rum, während wir dich verprügeln! Das bringt uns total durcheinander!«

»Tut mir leid, Jungs«, entschuldigte sich Martin, während sich seine Gedanken überstürzten. »Ich hab nur … mit … würg … meinem imaginären … Freund … geredet! Loopy Lou!«

»Mit deinem – was?«

Die Bonners hielten inne und starrten ihn an.

»Habt ihr etwa keine imaginären Freunde?«, quiekte Martin verächtlich aus dem Schwitzkasten, als wären die Bonners hinter dem neuesten Modetrend zurückgeblieben. »Also echt, Kumpels, da entgeht euch was.«

»Wo ist er?«, wollte Connor Bonner wissen und blickte sich besorgt um.

»Hier, neben mir.« Martin wies mit einer Kopfbewegung neben sich.

Connor Bonner ließ eine profimäßige Gerade gegen niemanden krachen. »Hab ich ihn erwischt?«

»Nein, jetzt ist er hier drüben.«

Connor Bonner wirbelte herum und boxte erneut in die Luft. »Und jetzt – bin ich näher dran?«

»Nein. Er ist wie ein Ninja*. Den erwischst du nicht so leicht«, prahlte Martin. Offenbar hatte er immer noch vor, nach Asien auszuwandern. »Mit deinem Kampfstil erwischst du ihn bestimmt nicht.«

Die Augen der Bonners leuchteten auf. »Ein Ninja! Wir lieben Ninjas!«

Martin packte die Gelegenheit sofort beim Schopf. »Wie wär's dann mit einem kleinen Geschäft? Ihr verprügelt mich nie mehr, und dafür überlasse ich ihn euch beiden!«

Die Bonners schauten einander kurz an und ließen sich das Angebot durch den Kopf gehen.

»Welche Art Ninja ist er denn?«, wollte Jonner Bonner wissen. »Die Art, die springt, oder die Art, die sticht?«

»Na ja, er ist ...«

»Vorsicht, Martin«, sagte ich, weil mir eingefallen war, was Jan de Tann gesagt hatte. »Sie müssen sich Lou so vorstellen, wie er aussieht. Sonst kann er den Sprung von deiner in ihre Vorstellung nicht schaffen.«

*** Ninja:** sehr stille Leute, die ständig in schwarzen Morgenmänteln herumschleichen. Sehen ein bisschen wie Mönche aus, beten aber weniger und sind überhaupt viel gemeiner.

»Na ja, er ist …«, fing Martin noch einmal an, aber nicht mehr ganz so zuversichtlich. »Er ist ein Ninja mit ein bisschen Übergewicht … Und er trägt seit langem keine Ninja-Klamotten mehr. Sein Outfit sieht eher aus wie ein Clownkostüm … eine Hose mit großen roten Punkten und Clownschuhe … Aber sonst ist er echt spaßig.« Dann fügte er noch hinzu: »Wirklich total *craic*. Hört auf den Namen Loopy Lou.«

Die Bonners schauten ihn verwirrt an. »Dann ist er gar kein Ninja?«

»Äh, nein, jedenfalls nicht im traditionellen Sinn. Eigentlich ist er eher eine Art Clown. Nervt ein bisschen, ist aber sonst ganz okay.« Eifrig fragte er: »Was ist, wollt ihr ihn haben?«

Die Bonners schienen nicht beeindruckt zu sein. »Ich glaube, wir sollten lieber mit dem Verprügeln weitermachen«, meinte Jonner.

Die Brüder wollten Martin gerade wieder in den Zwillingsschwitzkasten nehmen, als er plötzlich den Neuen bemerkte. Trevor saß nicht weit entfernt auf einem Stein. Die Bonners hatten noch gar nicht bemerkt, dass ein Neuer in der Klasse war, weil sie die meiste Zeit ganz hinten im Klassenzimmer schliefen. Martin konnte sich keinen besseren Augenblick wünschen, sie mit Trevor bekannt zu machen.

»He, Leute, schaut mal, dort: ein Neuer!«, rief Martin und deutete auf Trevor.

»Ein Neuer?« Die Bonners runzelten gleichzeitig die Stirn; ihre Blicke zuckten zu dem Neuen hinüber. Sie ließen Martin los und zogen drohend die Reißverschlüsse ihrer Bomberjacken zu, bereit zur *action*. Martin wusste, dass es nichts gab, was Schulhofschläger wie die Bonners mehr liebten als Frischfleisch, und Trevor saß dort drüben wie eine frischgebackene Lammfleischpastete.

Kapitel 31
Die imaginäre Transplantation

Martin winkte Trevor herüber. Der Neue schien sich darüber zu freuen, denn er lief schnell herbei – gekleidet in einen sauberen Pullover, das Haar ordentlich gescheitelt und absolut keine Rotzspuren im Gesicht. Freundlich lächelte er die Bonners an und hielt ihnen die Hand hin.

»Hallo, ich bin Trevor«, sagte er strahlend. »Ich glaube, wir sind uns noch nicht begegnet. Wie heißt ihr, neue Kumpels?«

Die beiden Bonners betrachteten ihn mit ausdruckslosen Blicken. Dann packte Jonner Trevors Hand und zog ihn in den Schwitzkasten, während Connor anfing, den Neuen mit harten Faustschlägen weichzuklopfen. Und Martin machte sich vom Acker, wie ein echter Feigling.

An der Eingangstür blieb er kurz stehen und warf einen Blick zurück. Sein schlechtes Gewissen meldete sich. »Ich fühle mich schuldig«, murmelte er düster.

»Ach, mach dir darüber keine Sorgen, Marty«, versuchte ich ihn aufzumuntern. »Trevor ist schließlich selbst schuld – warum muss er hier als Neuer auftauchen?«

Dieses Argument ließ sich Martin eine Weile durch

den Kopf gehen, während wir zuschauten, wie Trevor die Prügel mit einem tapferen Lächeln zu überstehen versuchte. Aber seine Augen lächelten nicht. Sie blinzelten. Die Brauen zogen sich zusammen. Dann tröpfelte etwas aus seinen Augen.

»Ich weiß nicht so recht, Sean, die Sache passt mir gar nicht. Fühle mich komisch. In der alten Blutpumpe, wenn du weißt, was ich meine.« Martin drückte sich die Hand aufs Herz.

»Das nennt man Schuldgefühl, Kumpel. Und es gibt nur eine Möglichkeit, es wieder loszuwerden, fürchte ich.«

Wir schauten einander an und nickten wissend. In diesem Augenblick beschloss Martin Moone, zum ersten Mal in seinem kleinen Idiotenleben ein Held zu werden.

Er streckte die Brust heraus, richtete sich auf und marschierte hocherhobenen Hauptes auf die Bonner-Brüder zu.

»STOPP!!!«

Rrrrrrriiiiiiiiiiiiiiiinnnnnnnnnggggggg!

Die Schulglocke schrillte über den Hof.

Die Bonners hörten auf zu prügeln und schauten Martin verblüfft an.

»Äh … ihr kommt zu spät zum Unterricht, Leute«, sagte Martin mit unsicherer Stimme.

Die Bonner-Brüder schauten sich an.

»Na, das wollen wir doch auf gar keinen Fall«,

sagte Jonner, was Martin und mich wiederum total überraschte.

»Nein, Zuspätkommen steht heut nich' im Terminkalender«, nickte Connor, ließ Trevor auf den Boden fallen und zeigte Martin die Fäuste.

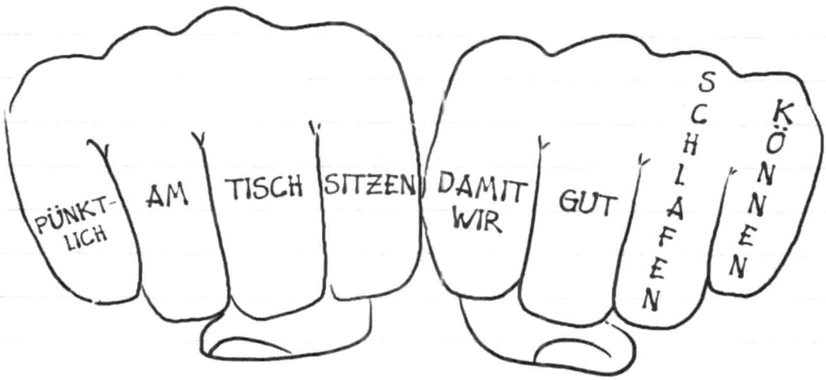

»Keine Angst, Neuer, das mit dem Prügeln machen wir später komplett«, versicherte Connor dem am Boden liegenden Trevor.

»Wie in Zukunft jeden Morgen bis ans Ende deiner Tage«, fügte Jonner hinzu.

Dann schlurften die Brüder ins Klassenzimmer, zogen Kissen aus ihren Taschen und machten sich bereit, an ihrem Tisch einzuschlafen.

Nach und nach schwappten auch die übrigen Schüler ins Klassenzimmer. Martin und ich seufzten erleichtert auf. Wir betrachteten den Neuen, der sich den Dreck von den Kleidern klopfte.

»Hallo, Trevor«, grüßte Martin freundlich.

Trevor blickte überrascht auf und blickte sich um. War da vielleicht ein anderer Trevor gemeint? Aber nein, er war der Einzige in der Nähe. Da redete tatsächlich jemand mit ihm!

»Hallo«, antwortete er ebenso freundlich.

»Ich bin Martin Moone. Du kannst mich Martin nennen. Oder Pfirsichrotzer. Aber vielleicht bleiben wir lieber bei Martin. Kann ich mich zu dir auf den Boden setzen?«

»Müssen wir nicht reingehen?«

»Keine Sorge – an Montagen kommt Mr Jackson immer ein bisschen zu spät. Und an den übrigen Wochentagen viel zu spät«, erklärte Martin und setzte sich neben Trevor. »Tut mir leid, die Sache mit den Bonners. Alles okay bei dir?«

Trevor nickte traurig. »Ja. Jetzt weiß ich wenigstens, dass es auch in dieser Gegend hier Schulhofschläger gibt.«

»Ach, die gibt's doch überall. Wie die verdammten Werwölfe.«

»Werwölfe? Hab hier noch keine gesehen.«

»Aber genau darum geht es doch! Du siehst sie nicht, bis es zu spät ist. Und dann – RATSCH! – ziehen sie dir die Unterhose hoch.«

Trevor nickte unsicher.

»Und sonst – hast du dich schon ein wenig eingelebt?«, fragte Martin.

Trevor zuckte die Schultern. »Geht so.«

Declan Mannion kam auf dem Weg vom Fahrradschuppen zur Tür an ihnen vorbei und brüllte: »Verdammter Neuer!«

Trevor hob die Hand und winkte Declan halbherzig zu, aber der achtete nicht auf ihn.

»Es ist nicht gerade die *freundlichste* Schule«, sagte Trevor.

Martin blickte beschämt zu Boden. »Nein, vermutlich nicht.«

»Um ehrlich zu sein, ich könnte eigentlich einen guten Freund brauchen, Martin. Verstehst du?«

Als Trevor das sagte, verspürte Martin plötzlich eine gewisse Aufregung in seiner Hirnmasse. Er warf mir einen vielsagenden Seitenblick zu.

»Einen Flügelmann«, fuhr Trevor fort. »Einen guten Kumpel. Weißt du, was ich meine?«

»Ja, ich weiß es!«, stieß Martin hervor und schaute mich ein zweites Mal ganz aufgeregt an. »Du brauchst einen männlichen Begleiter!«

»Ganz genau! Oder jedenfalls irgendeinen Kompagnon.« Trevor zuckte die Schultern. »Ich bin nicht wählerisch.«

»Er ist perfekt!«, freute ich mich. »Endlich haben wir den richtigen Burschen gefunden!«

»Vielleicht möchtest du mein Freund sein, Martin«, schlug Trevor ernst vor.

Martin legte ihm eine Hand auf die Schulter und

sagte aufrichtig: »Das möchte ich wirklich gern, Trevor.«

Trevors Gesicht hellte sich auf. »Möchtest du wirklich?«

»Aber ich hab eine noch viel bessere Idee!«, fuhr Martin fort. »Wie wär's mit einem *imaginären* Freund?«

Trevors Lächeln wurde schwächer. »Aber ... wäre ein echter Freund nicht viel besser?«

»Pfff!«, schnaubte ich kopfschüttelnd. »Was für ein Vollpfosten!«

»Echte Freunde sind ganz okay«, erklärte Martin, »aber *imaginäre* Freunde sind noch *viel* besser! Oder glaubst du, ein echter Freund könnte so etwas tun?«

Er deutete auf mich, und ich verzog das Gesicht zu einer umwerfend komischen Grimasse. Martin brüllte vor Lachen, aber Trevor schaute nur völlig verwirrt drein, weil er mich nicht sehen konnte. »Äh ... wahrscheinlich nicht?«

»Nein, kann er nicht!«, bestätigte Martin nachdrücklich. »Imaginäre Freunde sind die allerbesten! Und heute ist dein Glückstag, Trevor! Weil ich nämlich genau den Richtigen für dich habe!«

Vor Aufregung konnte er nicht mehr stillsitzen und sprang auf. Das war die beste Gelegenheit, die wir bisher gehabt hatten, Loopy Lou loszuwerden, und Martin war fest entschlossen, die Sache auf der Stelle festzuklopfen. Leider hatte er nicht viel Erfahrung als IF-Verkäufer. Und weil er keine Ahnung hatte, was er als Nächstes tun musste, fing er einfach an zu singen.

Stell ihn dir vor, den phantastischen Mann,
den i-magi-nä-ren Freund!
Er ist lustig und kirre, doch ein klein bisschen irre,
man staunt, was er alles kann!

Er ist immer gut drauf, und ziemlich laut,
der i-magi-nä-re Freund!
Er ist dumm wie Stroh, sitzt gern auf dem Klo,
hat 'ne Glatze und singt immerzu:
Ich bin Loopy Lou, ich bin Loopy Lou,
ich bin Loopy Loopington Lou!

Die letzte Zeile schmetterte Martin mit voller Lautstärke, breitete wie ein Opernsänger theatralisch die Arme aus und erstarrte in dieser Haltung.

»Wow!«, murmelte ich ein wenig verwirrt. »Das hätte ich dir gar nicht zugetraut …«

Aber dann brach Trevor plötzlich in Applaus aus. Er klatschte frenetisch, offensichtlich stark beeindruckt von Martins blöder Singerei. Und dann war auch hinter uns Applaus zu hören.

»Oh, Marty!«, schluchzte Loopy Lou und wischte sich eine Träne weg. »Das wars das schööönste Lied, was jemand jemals über mich gesungen hat! Gleich muss ich heulen wie ein Heulwasel*!«

»He! Was zum Henker hat Lou hier zu suchen?!«, kreischte ich, sprang auf und wollte fliehen, aber schon stürzten sich die beiden Heuballen-IFs auf mich.

»Du willst doch nicht etwa abhauen?«, flüsterte mir Ronnie Hay ins Ohr.

»Du bist hiermit verhaftet«, verkündete sein Bruder mit fiesem Grinsen.

»Lasst mich los!«, brüllte ich und versuchte, mich loszureißen, aber die Ballen-IFs packten mich am Kragen und schleppten mich davon.

»He, nicht so grob, Heu-Leute«, rief ihnen Lou nach, dem ich wohl ein wenig leidtat.

Aber die Heuballen-IFs achteten nicht auf ihn, sondern zerrten mich weiter. Martin schaute uns entsetzt nach.

»NEEEIIIN!«, schrie er.

»Alles in Ordnung, Moone?«, rief Mr Jackson, der gerade sehr langsam und widerwillig durch das

* **Heulwasel:** ein nur in Irland vorkommendes Tier, das Ergebnis einer liebevollen Begegnung zwischen einem Wal und einer Eselin. Es heult die meiste Zeit, weil es keine Klamotten finden kann, die ihm passen.

Tor geschlurft kam. Er konnte weder mich noch die Ballen-IFs sehen, deshalb verwirrte ihn Martins verzweifelter Aufschrei.

»Jep. Super!« Einfältig, wie er war, winkte ihm Martin zu. »Ich … äh … übe nur Nein-Schreien.«

»Los, Martin! Jetzt!«, schrie ich, als mich die Ballen-IFs fast bis zum Tor geschleppt hatten. »Das ist unsere letzte Hoffnung!«

Martin nickte und wandte sich wieder an Trevor. »Du willst also einen imaginären Freund haben?«, fragte er drängend.

»Ja, klingt doch ganz witzig«, nickte Trevor. »Aber vielleicht doch lieber einen, der auch große Engelflügel hat!«, fügte er aufgeregt hinzu. »Dann kann er überall herumfliegen und Blitze schleudern …«

»Was? Nein, Flügel hat er nicht!«

»Schnell, Martin!«, jaulte ich.

»Dann vielleicht Spinnenbeine?«, schlug Trevor eifrig vor. »Oder einen unheimlichen Buckel?«

»Was?!« Martin geriet in Panik. »Hör auf, blöde Sachen zu erfinden! Er sieht ganz normal aus! Sozusagen!«

»Aber wenn er doch imaginär ist, warum kann ich ihn mir dann nicht so vorstellen, wie ich will?«, fragte Trevor, was eigentlich eine ganz vernünftige Frage war.

»Weil … weil er eben nicht so ist!«, blaffte ihn Martin an.

Er schaute zu Lou hinüber, der zusah, wie ich grob aus dem Schulhof gezerrt wurde. Sogar Lou wirkte jetzt ein bisschen besorgt; er knabberte an den Fingernägeln, und das machte Martin noch nervöser.

»Er ist im Grunde nur ein großer, kahler, dicker Trottel«, sagte Martin ehrlich. »Und manchmal geht er einem gewaltig auf die Nerven. Aber er will nun mal der beste imaginäre Freund sein, den es jemals gegeben hat. Und deshalb braucht er einen Realo, der sich um ihn kümmert, der ihn mag und der ihn nicht ständig zum Meer schickt oder ihn allein im Wald zurücklässt. Er braucht einen besseren Realo als mich«, fügte Martin hinzu. »Er braucht einen Realo, der ihn wirklich haben will.«

Trevors Blick wurde glasig, als er sich Loopy Lou vorstellte. Und Loopy Lou selbst begann plötzlich zu leuchten. Er drehte sich um, runzelte die Stirn und schaute verwundert an seinem Körper hinunter, der jetzt magisch schimmerte.

Dann blickte er Martin besorgt an. »Marty Moo…? Was machst du?«

Martin schaute Trevor ernst an. »Also, was ist – willst du ihn?«

Alle Blicke richteten sich auf den Neuen.

»Darauf kannst du Gift nehmen!«, schrie Trevor begeistert.

Kaum hatte er es gesagt, als Lou auch schon

mit einem lauten PLOPP! aus Martins Vorstellung verschwand.

Und gleichzeitig begann Trevor glücklich zu strahlen, als er seinen neuen imaginären Freund willkommen hieß. Martin konnte Lou nicht mehr sehen, aber Trevor begann sich sofort mit ihm zu unterhalten.

»Loopy mag den Song! Hahaha! Total genialer Rap-Song! Sing ihn noch mal! Kann ihn nicht oft genug hören!«

Martin Moone hatte die imaginäre Transplantation erfolgreich durchgeführt. Damit gab es jetzt keinen Grund mehr, mich aus seiner Imagination zu verbannen. Er hatte mich gerettet!

Martin wollte mir die gute Nachricht mitteilen, aber ich war verschwunden. Er rannte zu der Stelle, an der er mich zuletzt gesehen hatte, aber die Heuballen-IFs und ich waren verschwunden. Nichts war geblieben außer einer roten Strickmütze, die auf dem Boden lag.

»Sean!«, rief Martin. »Wo bist du?«

Aber er bekam keine Antwort.

Und während Trevor, fröhlich vor sich hin pfeifend, ins Schulhaus lief, stand Martin einsam und allein mitten auf dem Pausenhof, völlig verstört und mit Tränen in den Augen.

Die Transplantation hatte zu lange gedauert. Er hatte zu lange dafür gebraucht, und nun war ich verschwunden. Genau wie Loopy Lou und die Ballen-IFs.

Zum ersten Mal, seit die ganze Geschichte begonnen hatte, war Martins Vorstellungskraft vollkommen leer, erschöpft, ausgelaugt. An einem einzigen Morgen hatte er zwei imaginäre Freunde verloren und fühlte sich jetzt so allein wie noch nie.

Kapitel 32
Readybix Togo

Die Tage vergingen. Einsame, imaginär-freundlose Tage. Jeden Morgen wachte Martin auf und freute sich darauf, mich schlafend auf dem Boden vor seinem Bett zu finden, zusammengerollt wie ein treuer Dackel. Und jeden Morgen fand er auf dem Boden nichts als Readybix-Krümel, ausgeleierte Zopfgummis und Schuppen von Sineads Kopfhaut.

In der Schule erkundigte sich Martin jeden Tag bei Padraic, ob Crunchie Haystacks irgendetwas von mir gehört habe. Aber die Antwort war immer dieselbe.

»Sorry, Kumpel. Leider nein.«

Aber dann, eines Tages, erzählte ihm Padraic, dass ich entflohen sei! Crunchie habe gehört, ich hätte die Heuballen-IFs überwältigt und sei nun auf der Flucht. Den Gerüchten zufolge sei ich derzeit als blinder Passagier auf einem Dampfschiff zum Himalaya* unterwegs und wolle dort als

* **Himalaya:** Heimat des Yeti, des grässlichen Schneemenschen. Und auch Heimat der grässlichen Vogelscheuche, die eigentlich noch viel grässlicher ist als der Yeti, aber weit weniger bekannt, weil sie ständig zugeschneit ist und sich nicht bewegt, so dass niemand sie jemals zu sehen bekommt.

Sherpa* ein neues Leben anfangen. Aber als Padraic seinen IF später genauer befragen wollte, gestand Crunchie, dass er alles nur frei erfunden habe.

»Sorry, Kumpel«, entschuldigte sich Padraic, »Crunchie fand es einfach zu langweilig, mir jeden Morgen dasselbe melden zu müssen.«

Martin nickte niedergeschlagen.

Es war, als sei ich einfach spurlos verschwunden. Martin hatte nichts mehr, was ihn an mich erinnerte – abgesehen von seinen beiden roten Strickmützen. Und von *meiner* roten Strickmütze. Inzwischen hatte er die drei Mützen durcheinander gebracht und wusste nicht mehr, welche wem gehörte. Deshalb bewahrte er sie alle wie einen wertvollen Schatz auf, stülpte sie übereinander und trug sie Tag und Nacht.

Aber Martin konnte nicht einfach nur herumsitzen und Mützen tragen. Er war ein Mann der Tat und musste etwas unternehmen. Deshalb beschloss er eines Tages, einen Stapel Vermisstenanzeigen herzustellen und sie überall in der Stadt an die Bäume zu heften. Sehr sorgfältig zeichnete er eine Art Phantomzeichnung von mir, bis ihm einfiel, dass

*** Sherpa:** ein Experte im Bergsteigen, der die wagemutigen Bergentdecker auf seinem Rücken bis ganz nach oben zum Gipfel trägt. In Irland gibt es was ganz Ähnliches: den Leitesel, der besoffene Bauern vom Pub durch die Hügel nach Hause schleppt.

ich für jeden anderen Menschen außer ihm selbst unsichtbar war. Deshalb ließ er die Phantomzeichnung weg und zeichnete stattdessen eine unsichtbare Phantomzeichnung von mir.

Aber auch die ganze mühselige Arbeit mit den Suchanzeigen führte zu keinem Ergebnis. Ganz allmählich kehrte Martin Moones Leben wieder in seine normalen, langweiligen Gleise zurück. Seine Schwestern quälten ihn weiterhin tagtäglich, genau wie die Bonner-Brüder – aber inzwischen war er auf die Idee gekommen, ihnen so gut wie möglich aus dem Weg zu gehen. Er machte weiterhin alles, was er so machte – er ging zur Schule, machte seine Hausaufgaben, schaute fern, zeichnete ein bisschen oder radelte auf seinem klapprigen alten Rostmobil in der Stadt herum.

Trotzdem konnte er das Gefühl nicht abschütteln, dass ihm etwas fehlte. Etwas Großes. Etwas Imaginäres. Etwas Bärtiges.

Wochen vergingen ohne Neuigkeiten. Bis Martin eines Morgens seinen Kleiderschrank öffnete und etwas auf dem Schrankboden liegen sah. Es war ein Umschlag! Umschläge sind ja so was von aufregend! Er lag auf einem Haufen alter Schuhe, und Martin zögerte keine Sekunde, ihn an sich zu nehmen. Vorne drauf stand sein Name in meiner vertrauten Handschrift. Eifrig riss er den Umschlag auf.

Und fand eine kurze Mitteilung.

Am nächsten Morgen lief Martin in die Küche und fand den ganzen Rest der Moones am Tisch beim Frühstück.

Seine Mutter blickte sich zu ihm um. »Readybix?«, fragte sie strahlend.

»Du sagst das, als hätten wir eine andere Wahl, Mum«, brummte Fidelma missmutig.

»Man hat immer eine Wahl ... zum Beispiel *keine* Readybix«, sagte Debra.

Sofort hörten alle auf zu essen.

»Wir hätten die Wahl?«, fragte Liam, der gerade seine vierte Schale von dem Zeug hinunterwürgte.

»Nein«, gab Debra zu. »Esst weiter, ihr Moones.«

Sie nahm eine saubere Schale. »Du auch, Martin. Wie immer mit Milch und Puderzucker?«

»Klar doch, Mum. Aber ein bisschen fix. Muss dringend weg.«

»Weg wohin?«, fragte sie.

Martin zögerte mit der Antwort; meine weise Warnung fiel ihm wieder ein: »Ehrlichkeit ist aller Probleme Anfang«, hörte er von weit weg das Echo meiner Stimme.

»Äh. Nirgendwohin ...?«

Das kam ihm wie eine absolut unwiderlegbare Auskunft vor, aber aus irgendeinem Grund starrten ihn nun alle misstrauisch an. Doch bevor sie ihn ins Kreuzverhör nehmen konnten, kam Martins Rettung: Es klopfte an der Hintertür. Und Padraic trat ein.

»Moin, Moones«, winkte er den Readybix kauenden Moones zu.

Die Mädchen grunzten nur verächtlich.

»Wir müssen los, M-Meister. Bereit und fertig?«

»Bin ich, P-Nut«, sagte Martin. »Ich nehme heute mein Readybix als Togo*, Mum!«, fügte er hinzu.

Debra fragte Padraic: »Wohin wollt ihr denn?«

*** Togo:** die ländliche Form von Readybix »to go«, was bedeutet, dass du das Zeug auf dem Fahrrad löffeln kannst. Es wurde in Togo erfunden und galt ursprünglich nur für »Coffee to go«, aber heutzutage kann man fast alles als Togo kaufen.

Padraic zögerte, und sein Gesicht zuckte nervös. »Äh. Nirgendwohin …?«

Inzwischen versuchte Martin verzweifelt, eine gute Lüge zu erfinden. »Wir wollen zu … zu … einer Beerdigung!«, verkündete er plötzlich.

»Zu einer Beerdigung?«, erkundigte sich Liam. »Wer wird denn beerdigt?«

»Kennst du nicht«, versicherte ihm Martin schnell.

»Ja, äh, nur einer von unseren Freunden«, nickte Padraic.

Debra schaute die beiden Jungen entsetzt an. »Einer eurer Freunde ist gestorben?«

»Äh, nein, nicht *direkt* gestorben«, sagte Padraic. »Nur so … teilweise halt. Er, äh, hat nur ein Bein verloren.«

»Ihr geht also zur Beerdigung des Beines von eurem Freund?«, fragte Debra ungläubig.

Martin kicherte nervös. Er hatte allmählich den Eindruck, dass die Sache nicht ganz glaubwürdig klang. »Hahaha. Nein, nein, nein. Keine Ahnung, warum wir das gerade gesagt haben. Natürlich gehen wir irgendwohin … irgendwo total normal.«

»Sein linkes Bein war es, glaube ich, hat er gesagt«, versuchte Padraic die Sache zu retten.

»Hahaha, großer dummer Padraic«, lachte Martin und zog seinen Freund am Ärmel zur Tür, wobei er sich mit der freien Hand noch ein paar knochentrockene Readybix schnappte. »Okay, höchste Zeit, sorry, aber wir müssen los. Müssen vor dem Mittagessen noch jede Menge ganz normales Zeug erledigen. Bis dann, tschüs!«

»Schönen Samstag noch, Moones!«, winkte Padraic zurück, als Martin ihn hastig durch die Tür zog.

Draußen nahm Martin sein schrottiges, rostiges Mädchenfahrrad und schob es zur Einfahrt. Aber Liam kam ihm nachgelaufen.

»Warte noch kurz, Martin!«, rief Liam. »Fast hätte ich es vergessen.«

Er verschwand in seinem Werkstattschuppen und kam mit dem Readybix-Bike wieder heraus.

»Ich hab dein neues Bike wieder ein bisschen in Form gebracht«, sagte er. »Willst du es überhaupt noch haben?«

Martin betrachtete das Fahrrad und sah, dass sich Liam damit sehr viel Mühe gemacht hatte. Es hatte zwei neue Räder, und der Sattel war geflickt. Und obwohl der Rahmen viele kleine Kerben aufwies, die von den Hammerschlägen herrührten, mit denen Liam den Rahmen wieder in Form gebracht hatte, sah das Rad großartig aus.

»Schau mal, ich weiß, es ist nicht perfekt, aber, na ja … wer ist schon perfekt? Ich will nicht mehr mitansehen müssen, dass mein Sohn auf einem Mädchenfahrrad herumkurvt. Deshalb dachte ich … wenn du schon dauernd vor irgendwelchen Bullys davonlaufen musst, wäre es doch entschieden besser, wenn du ihnen auf dem Rad davonfährst. Und ...«

Aus lauter Verlegenheit hätte er immer weiter geplappert, aber Martin fiel ihm um den Hals und drückte ihn so fest an sich, dass er den Mund halten musste. Dieser plötzliche Gefühlsausbruch verschlug Liam buchstäblich die Sprache.

Dann kam auch noch Padraic und legte die Arme um alle beide.

»Ahhh. Nichts ist besser als eine große, wunderbare Männerumarmung an einem schönen Morgen«, seufzte er zufrieden.

Die seltsame Umarmung dauerte noch ein paar Augenblicke lang, dann sagte Liam: »In Ordnung, Jungs – wird wohl besser sein, wenn ihr euch auf den Weg macht. Ich schätze, es dauert bestimmt eine ganze Weile, bis ihr in Irgendwo-Total-Normal ankommt.«

Er zwinkerte Martin zu, der glücklich zurücklächelte. Die beiden Jungen sprangen auf ihre Räder und traten in die Pedale. Sie rasten auf die Straße hinaus, die Herzen voller Hoffnung und mit Readybix-Togo in den Hosentaschen.

Kapitel 33
Der Große IF-Eid

Boyle, 4. November
Wetteraussichten: Gelegentliche Regenschauer sind möglich. (Na, hör mal: Wir sind in Irland! Und es ist schließlich Winter!)

Sollte es tatsächlich mal nicht regnen, ist der Klimawandel schuld.

»Danke, dass du mitkommst, P-Nut«, sagte Martin, als sie durch den Wald gingen. »Bei dieser Sache kann ich einen Flügelmann gut brauchen, glaube ich.«

»Nullo Problemo, Kumpel. Ich geh irre gern in den Wald, jedenfalls solange die Primeln nicht blühen. Aber was ich dich noch fragen wollte: Als Sean den Zettel mit ›Caution‹ unterschrieben hat – meinst du, er hat da nur mit seinem zweiten Vornamen unterschrieben, oder hat er tatsächlich ›Pass auf!‹ gemeint?«

»Keine Ahnung.« Martin zuckte die Schultern. »Bin aber ziemlich sicher, dass es eins von beiden war.«

Padraic nickte und sah ein wenig besorgt aus.

Sie drangen immer tiefer in den Wald hinein, bis sie schließlich zu der Lichtung kamen. Jan de Tann und Laurel Laurelius blockierten ihren Weg.

»Hallo, Jungs«, winkte ihnen Martin zu. »Ihr habt nicht zufällig Sean Murphy irgendwo gesehen, oder? Früher war er mal als KunDiB263 bekannt. Großgewachsen, sieht wahrscheinlich ziemlich einsam aus.«

Die beiden Bäume wandten sich zu ihm um. Jan de Tann zückte sein Klemmbrett. »Und deijn Name isch?«

Martin schaute ihn ein wenig befremdet an, doch dann lachte Jan auf. »Hahaha! War nur 'n Scherz. Ik been ja nich blod, ik erinnere mich genau an dich! Baume vergessen nie nix! Wir sind die Olefanten des Waldes!«

»Ha! Weil Elefantenbeine wie Baumstämme aussehen?«, lachte Padraic, nur um sich am Gespräch zu beteiligen.

Jan de Tann hörte auf zu lachen und runzelte die Rinde. »Was? Nee, weil wir und die Olefanten nie was vergessen. Beijne und Stämme haben nix damit zu tun. Sind zwee verschiedene Paar Stiefel.«

»Oh. Ach so«, murmelte Padraic verlegen.

»Oder glaubst du, das hier sieht wie een Olefantenbeijn aus?«, fragte Jan ein wenig gereizt und klopfte sich mit seinen Zweighänden auf den Stamm.

»Nein, Sir«, antwortete Padraic in bedauerndem Tonfall.

»Wer ist dieser Dorftrottel, Martin?«, fragte Laurel

und zeigte mit einer Astbewegung auf Padraic. »Noch so ein Baumrassist, nicht wahr!«

»Der Dorftrottel ist Padraic«, erklärte Martin milde.

Jan de Tann fuhr mit dem Holzfinger über die Liste auf seinem Klemmbrett. »Äh, da haben wir ihn. ›Martins doofer Freund Padraic.‹«

»Das bin ich!«, meldete sich Padraic begeistert.

»Okay, dann mal rein mit euch, Jungs. Viel Spaß bei der Show.«

»Show? Welche Show?«, fragte Martin. »Ich will mich doch nur mit Sean treffen.«

»Ja, ja, rein mit euch. Geht gleijch los. Äh, wartet – konnt ihr beide Blut vertragen?«

Die beiden Jungs blieben stehen und blickten ihn beunruhigt an.

»Kommt drauf an«, sagte Padraic zögernd. »Meinst du nur sehen oder … trinken?«

»Wessen Blut?«, fragte Martin ängstlich.

»Na, Sean Murphys Blut naturlich!«, antwortete Jan.

»Ach, du Scheiße«, flüsterte Martin und sah noch besorgter aus.

Aber bevor Jan antworten konnte, krachte es laut. BONG!

»Schnell, Janni, es geht gleich los!«, rief Laurel aufgeregt. »Muss guten Platz finden, kommt endlich, ihr Dorftrottel!«

Die beiden Bäume trabten davon, so schnell ihre Wurzeln sie tragen mochten. Martin war nun wirklich *sehr* besorgt, aber er lief hinter den Bäumen her, und Padraic lief ihm hinterher.

Als sie sich durch Büsche und Unterholz drängten und auf die Lichtung traten, blieben sie wie vom Blitz getroffen stehen und starrten auf die Szene.

Es war inzwischen November geworden; die Laubbäume im Wald ragten nackt und kahl in die Höhe – aber hier schien der Frühling gerade erst seinen Höhepunkt erreicht zu haben. Wildblumen blühten überall, saftiges grünes Gras bedeckte den Boden, und Martin und Padraic standen in einem Meer von Glockenblumen, Maiglöckchen und Osterglocken. Die Lichtung wurde von Bäumen mit frischen grünen Blättern gesäumt, deren rote, blaue und goldene Blüten einen betörenden Duft verströmten. Ja, genau: blaue und goldene Blüten! Mutter Natur zog heute wirklich eine Megashow ab.

Auf der Lichtung drängten sich mindestens hundert imaginäre Freunde – aber natürlich konnten Martin und Padraic keinen Einzigen von ihnen sehen. Sie sahen eigentlich nur Jan de Tann und Laurel Laurelius sowie ein leicht bekloppt aussehendes Einhorn, das neben dem Buffet stand und gerade frischen Saft in eine große Bowlen-

schale goss. Der Tisch war beladen mit Canapés*
und seltsamen Delikatessen**.

Dann klopfte Laurel Laurelius mit einem Messer gegen sein Glas, so dass es klingelte.

*** Canapés:** winzige Portionen von Sachen auf Miniaturbrotscheiben, die bei Partys ziemlich beliebt sind. Weil sie so winzig sind, kommen sich die Partygäste wie Riesen vor, kommen in riesenmäßig gute Stimmung und erzählen einander Riesenquatsch.

**** Delikatessen:** ekliges Zeug, für das reiche Leute furchtbar viel Geld ausgeben, zum Beispiel für schleimigen schwarzen Fischlaich.

»Okay, jetzt mal Ruhe, Leute, Ruhe!«, brüllte Jan de Tann. Er und Laurel standen vor einem kleinen Holzpavillon* am anderen Ende der Lichtung, wo man ein Mikrofon auf einem Ständer aufgestellt hatte.

»Ruhe, ihr Hohlkopfe!«, brüllte Jan noch einmal, und endlich kehrte Stille ein.

»Es ist 'ne große Ehre, und alle begrußen jetzt erst mal mit 'nem kraftigen Hurra eines der machtigsten Geschopfe der imaginaren Welt. Das muss ich am besten wissen, denn schließlich kackt er mich jeden Tag voll! Also – ruhrt mal kraftig die Hande für Elvis die Elster!«

Die imaginären Freunde brachen in donnernden Applaus aus, den Martin und Padraic natürlich nicht hören konnten. Aber sie sahen Martins alten Elster-Freund, der sich aus den Bäumen auf den Pavillon herabschwang.

Elvis die Elster landete auf dem Mikrofonständer und tippte ein paarmal mit dem Schnabel gegen das Mikro. »Hallo, Leute. Ist das Ding hier an?«

Aus den Lautsprechern kam ein schrilles Pfeifen. Alle lachten und jubelten.

* **Pavillon:** eine Art Holzzelt. Meistens aus Zweigen, Ästen oder Holzstangen. Für Wandertouren nicht so gut geeignet, weil sich die Holzstangen durch den Rucksack bohren.

»Hahaha! Na, kriegt euch erst mal wieder ein«, sagte Elvis und machte beruhigende Bewegungen mit den Flügeln. »Schön, dass ihr alle hier seid. Freue mich, euch gesund und munter wiederzusehen. Kann allerdings nicht lange bleiben, fürchte ich. Meine bessere Elsterhälfte ist heute nicht so gut drauf. Magenverstimmung. Hat 'ne nicht mehr ganz frische Made gefressen, denke ich. Aber egal, bringen wir's hinter uns. – Kundendienstberater 263749, wo bist du?«, rief er und schaute sich auf der Lichtung um.

»Hier bin ich!«, rief ich und trat hinter Martin hervor.

Martin fuhr herum, und sein dummes kleines Gesicht leuchtete auf. »Sean!«

»Hallo, Kumpel. Hast mich wohl vermisst, wie?«

»Tritt vor, du großer Schlaks«, rief Elvis die Elster, »und bring deinen Realo gleich mit!«

»Was geht hier ab, Sean?«, fragte Martin verängstigt.

»Wirst du schon sehen, Kumpel, wirst du schon sehen.«

Die Menge teilte sich, und wir gingen mitten durch die IF-Versammlung hindurch – gute Feen, Cowboys, Roboter, Superhelden, überdimensionale Kaninchen, Ringer und sogar eine Art Riesenpopel. Und mitten in der IF-Menge entdeckte ich auch Crunchie Haystacks und Loopy Lou.

»Hast dich ja richtigs aufgepeppt, Seanie-Depp!«, rief mir Lou zu und hob beide Daumen.

»Hallo, Martin!«, rief Trevor, der neben ihm stand und auch gerade eingetroffen war.

Wir winkten fröhlich zurück – und dann standen wir vor dem Pavillon.

Elvis klopfte wieder mit dem Schnabel auf das Mikro. »Na denn. Wie viele von euch wissen, wurde Sean aus der Imagination dieses jungen Burschen hier ausgewiesen, weil er gar nicht berechtigt war, als IF zu praktizieren. Aber unsere Ermittlungen haben ergeben, dass Sean das Ideal einer imaginären Freundschaft voll erfüllt hat. Denn er hat Martin geholfen, mit den Bonner-Brüdern fertig zu werden und sogar eine imaginäre Transplantation durchzuführen, damit Loopy Loopington Lou einen anderen Jungen finden konnte, der ihn dringender brauchte als irgendjemand sonst.«

Ich schaute über die Schulter zu Loopy Lou, der sich eine Träne abwischte und dann trompetenartig in sein rotkariertes Taschentuch schnäuzte.

»Und wegen dieser edlen Taten«, fuhr Elvis fort, »war der Hohe Rat des W.I.F.F. einstimmig der Meinung, dass sich Sean als IF bewährt hat. Er hat zwar die IF-Kunstakademie nicht absolviert, ist aber seinem Realo so treu ergeben und so imaginär wie jeder voll qualifizierte IF. Aus diesem Grunde verkünde ich hiermit, dass der Kundendienstberater

Nummer 263749, der imaginäre Büroangestellte, hier und heute den Großen IF-Eid ablegen und ab sofort den Titel ›Imaginärer Freund‹ mit allen Rechten und Pflichten führen darf. Er wird umbenannt in IF Sean Caution Murphy.«

Die gesamte Versammlung brach in donnernden Applaus aus. Martin und ich klatschten uns begeistert ab.

Als der Jubel endlich verstummte, mussten wir die ganzen Formalitäten zur Vorbereitung des Großen IF-Eids hinter uns bringen. Ich schlug auf den großen Gong. Dann zog ich den Imaginären Magischen Lodenmantel an, und Elvis tippte mir sieben Mal mit dem Geheiligten LIFfel auf die Stirn. Ich trank einen Schluck IFfy-Milch aus dem Ehrwürdigen Kelch des IFfismus und musste kurz kotzen, aber danach war ich soweit, dass ich den IF-Eid ablegen konnte.

Ich drehte mich zu der IF-Menge um und legte die Hand aufs Herz.

»Ich schwöre, meinem Realo immer treu zu sein,
immerdar sein Freund und die Ausgeburt seiner Phantasie zu bleiben;
ihn aufzurichten, wenn er darniederliegt, ihn herabzuholen, wenn er abhebt (oder nicht mehr von einem Baum herunterkommt);
bei allen seinen Plänen und Abenteuern mitzuwirken,

selbst wenn sie hoffnungslos zum Scheitern verurteilt sind und uns am Ende sogar ins Krankenhaus oder Gefängnis bringen können;

niemals ›Nein‹ oder ›Stopp‹ zu sagen und auch nicht: ›Das würde ich nicht essen, wenn ich du wäre‹;

immer nur ›Ja‹ zu sagen oder: ›Das sollten wir unbedingt klauen!‹ oder: ›Komm, wir hauen ab, du Hirni!‹

Doch vor allem schwöre ich, sein treuer imaginärer Freund zu sein, von diesem Tag an bis zum Ende aller Zeit.

Oder jedenfalls bis zum Ende seiner Kindheit, wenn er womöglich sogar anfängt, Mädchen zu küssen oder genug von mir hat oder aufhört, mich sich vorzustellen, oder was auch immer.«

Daraufhin lächelte die Elster stolz (oder jedenfalls glaubte ich, dass sie lächelte, bei Leuten mit Schnäbeln ist das nämlich nicht so einfach zu erkennen) und stimmte die Eideshymne an, mit der der IF-Eid besiegelt wurde.

»IFFY!«, brüllte Elvis.

»ICH!«, brüllten wir alle zurück.

»IFFY!«

»ICH!«

»IFFY! IFFY! IFFY!«

»ICH! ICH! ICH!«

Und wieder brach die Menge in Jubel und Hochrufe aus. Und dann war ich – ENDLICH – ein amtlich anerkannter, offizieller imaginärer Freund.

Die anderen IFs drängten sich heran, um mich als einen der Ihren willkommen zu heißen, mir auf die Schultern zu klopfen und mir zu gratulieren.

»He, warte, Sean, wir sind noch nicht fertig!«, rief Elvis.

Ich schaute mich um: Jan de Tann griff gerade nach der Tätowierungspistole. Laurel Laurelius assistierte ihm; er hielt die riesige Zehenzange in den Ästen.

»Ich kriegs seine Zehn!«, übertönte Lous schrille Stimme den Lärm. »Oder wenigstens einen von seinen zehn Zehn!«

»Gar nicht fair!«, bellte Crunchie Haystacks. »Er muss die Zehen über seine Schulter in die Menge

werfen, so wie die Braut ihren Brautstrauß bei der Hochzeit! So verlangt es die Tradition!«

Martin schaute besorgt zu mir auf. Mir wurde flau im Magen. Wir schluckten beide.

»Ach, du Scheiße.«

ERNENNUNGSURKUNDE

Der »Weltverband der Imaginären Freunde und Freundesvereine« hat heute Samstag, den 4. November, auf einer Lichtung in der Umgebung von Boyle, in der Grafschaft Roscommon, in der Republik Irland, auf dem Kontinent Europa, auf dem Planeten Erde das folgende imaginäre Wesen (Nichtzutreffendes ist durchzustreichen) – Person ~~– Tier – Ungeheuer – Schleimklumpen – sonstiges seltsames Wesen –~~ in die Gemeinschaft der Imaginären Freunde aufgenommen.

Das imaginäre Wesen wird fürderhin den Namen SEAN CAUTION MURPHY tragen.

Es erhält hiermit die Lizenz zur vollen Ausübung der Rechte und Pflichten eines IMAGINÄREN FREUNDES auf der Grundlage der Gesetze, Verhaltensregeln und Leitlinien der Imaginären Freundschaft, die im *Großen Wichtig-Wuchtigen Handbuch* (irgendwo im mittleren Teil) erläutert werden.

Lang lebe der IF!

Für den W.I.F.F.-Vorstand: Elvis die Elster, Vorsitzender

Erster Zeuge: Jan de Tann

Zweiter Zeuge: Crunchie Haystacks

Imaginäre Freunde
W.I.F.F.

FIN*

*** Fin:** ein französisches Wort, das normalerweise »Ende« bedeutet. Hier auch. Es stammt noch aus der Zeit, als ein schiffbrüchiger Franzose in der Irischen See die Finne eines Hais sah und wusste, dass dies sein Ende bedeutete.